ARCHE

In dreizehn funkelnden Kurzgeschichten erzählt Petina Gappah von den Menschen in Simbabwe. Von ihren Ängsten, Träumen und Hoffnungen. Da ist die junge Frau in der Township, die sich trotz des Elends der sie umgebenden Kinder ein eigenes wünscht, der alte Sargbauer, der zu unverhofftem Reichtum kommt oder die Witwe eines hohen Staatsbeamten, die an seinem leeren Sarg ihr Leben Revue passieren lässt. Mit Mitgefühl und Humor schreibt Gappah von denen, die Glück und Halt unter den widrigsten Umständen suchen.

Petina Gappah wurde 1971 im damaligen Rhodesien (heute Simbabwe) geboren und gilt heute als eine der international erfolgreichsten und wichtigsten Autorinnen ihres Landes. Für ihr Debüt *Im Herzen des goldenen Dreiecks* wurde sie mit dem Guardian First Book Award ausgezeichnet. Im Arche Literatur Verlag erschienen außerdem der Roman *Die Farben des Nachtfalters* (2016) sowie der Kurzgeschichtenband *Die Schuldigen von Rotten Row* (2017).

Petina Gappah

IM
HERZEN
DES
GOLDENEN
DREIECKS

Stories

Aus dem Englischen von
Patricia Klobusiczky

 ARCHE

Quellennachweis

Lewis Carroll, *Der Brabbelback*. Übertr. von Lieselotte und
Martin Remane © 2003 by Sauerländer, Düsseldorf
T. S. Eliot, *Old Possums Katzenbuch*. Aus dem Engl. von Peter Suhrkamp
© 1952 by Suhrkamp Verlag, Frankfurt am Main
Thomas Hardy, *Im Dunkeln. Jude the Obscure.*
Aus dem Engl. von Eva Schumann © 1988 by Greno, Nördlingen

Die Originalausgabe erschien 2009 unter dem Titel
An Elegy for Easterly bei Faber and Faber, London

Die Übersetzerin dankt der Max Geilinger-Stiftung und dem
Übersetzerhaus Looren für die großzügige Förderung ihrer Arbeit
und für die inspirierende Gastfreundschaft.

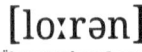 Max Geilinger-Stiftung
Übersetzerhaus Looren

ISBN 978-3-7160-4022-5

Deutsche Erstausgabe
1. Auflage 2020
© 2009 by Petina Gappah
© der deutschsprachigen Ausgabe:
2020 by Arche Literatur Verlag AG, Zürich-Hamburg
Alle Rechte vorbehalten
Lektorat: Claudia Jürgens, Berlin
Gesetzt aus der Adobe Garamond Pro
Umschlaggestaltung: Hauptmann & Kompanie Werbeagentur AG, Zürich
unter Verwendung eines Fotos von © mauritius images / Boaz Rottem / Alamy
Satz: Pinkuin Satz und Datentechnik, Berlin
Druck und Bindung: GGP Media GmbH, Pößneck
Printed in Germany

www.arche-verlag.com

Für Tererai und Simbiso Gappah,
meine geliebten Eltern,
und für Regina, Ratiel, Vimbai und Vuchirai

INHALT

Widerstandskraft weckt in mir immer
    mehr Bewunderung.
Nicht die schlichte Widerständigkeit eines
    Kissens, dessen Füllung
stets zur ursprünglichen Form zurückfindet,
    sondern die geschmeidige
Zähigkeit eines Baums: Wird ihm plötzlich
    das Licht verstellt, auf einer Seite,
    wendet er sich einer anderen zu. Eine
    blinde Einsicht, gewiss.
Doch erwuchsen aus solcher Beharrlichkeit
    Schildkröten, Ströme,
Mitochondrien, Feigen – die ganze Erde,
    harzig und untilgbar.

Jane Hirshfield, »Zuversicht«

WENN
DER
LETZTE
ZAPFENSTREICH
ERKLINGT

Der Hornruf zerreißt die Stille des Grabmals. Sein melancholischer Klang, altbekannt und dennoch verstörend, löst unweigerlich Rührung aus. Sogar der Präsident scheint hinter seinen Brillengläsern feuchte Augen zu bekommen. Am Ehrenplatz der Witwe bin ich dicht dran und nehme jede seiner Regungen wahr. Ich beobachte ihn, ohne den Blick zu wenden. Vielleicht sind nicht seine Augen feucht, sondern meine von plötzlichen Tränen umflort. Die Orden, mit denen seine Amtsschärpe gespickt ist, schimmern und verschwimmen auf dem grünen Stoff.

Als er zu klatschen anhebt, treten an beiden Händen die Sehnen hervor. Für einen winzigen Moment wirkt er so betagt, wie er in Wahrheit ist. Ganz unerwartet werde ich von Mitleid ergriffen. Halb vergessene Gedichtzeilen kommen mir unwillkürlich in den Sinn: Er wird alt, er wird alt; bald stellt ihn das Leben kalt. Am Scheitel sind weiße Haarwurzeln zu sehen, die das Färbemittel nicht erreicht hat. Ob er wohl die Jahre oder auch nur die Monate und Tage zählt, die ihm bleiben, bis der Hornruf auch ihn ereilt und er unter glänzend schwarzem Marmor am freien Platz neben dem Grab seiner ersten Frau zu liegen kommt?

Die Gesichter der Sargträger sind zur Hälfte verdeckt von ihren olivgrünen Baretten. Die metallenen Abzeichen an ihren Epauletten glitzern in der Sonne. Ihre Säbel spiegeln sich im polierten Stiefelleder. Sie packen den Sarg und hieven ihn sich auf die Schulter. Die Flagge, die den Sarg bedeckt, rutscht von der glatten Oberfläche und gibt den weiß-goldenen Kasten preis. Die vorderen Soldaten greifen gleichzeitig nach der Flagge, damit sie ihnen nicht entgleitet.

Sie marschieren, ein Schritt, Pause, Doppelschritt, Pause, zum Grab, das mit grünem Filz ausgelegt ist. Der weiße Bestatter steht stocksteif in seinem Frack und Zylinder da. Wo treiben sie diese weißen Männer mit verkniffener Miene über der Begräbnistracht nur auf?

Hierzulande gibt es so gut wie keine Weißen mehr.

Alles ist schwarz und grün und braun und weiß. Schwarz sind der Marmor der polierten Grabsteine und die Trauerkleidung. Grün die Präsidentenschärpe und die olivfarbenen Barette auf den Soldatenhäuptern und die künstlich glänzenden Gebinde auf dem Grab. Zu Schwarz verschwimmt die Menschenmenge, die sich hier versammelt hat und dem Jugendchor in seiner Kampfkleidung lauscht, flaschengrüne Tarnanzüge, heisere Stimmen in der Augusthitze, so besingen sie einen Krieg, den sie nicht vergessen dürfen. Schwarz und braun sind die Warren Hills ringsum, kahle Hügel, wo einst Bäume standen, sind nur Stümpfe geblieben, die grünen Bäume sind nun braunes Holz, als Ersatz für den Strom, den man in den Häusern vergeblich sucht.

Das Horn schweigt, als der Sarg hinabgelassen wird. Die plötzliche Stille reißt mich aus meinen Gedanken zur Sterblichkeit des Präsidenten. Ich mache mich bereit für den Gang zum Grab. Auch der Präsident setzt sich in Bewegung, und ich beobachte ihn, ja, ein alter Mann, aber zugleich Oberster Befehlshaber der Armee, Vorkämpfer gegen den Imperialismus und, wie eben, Chefgrabredner für tote Helden.

～

Vor einer knappen Stunde hat er – nach den Eröffnungsgebeten und vor der letzten Ehrensalve – die Grabrede gehalten.

»Er war ein guter Mann, ein tapferer Mitstreiter in unserem Befreiungskampf, ein liebender Ehemann und Vater. Seiner Familie und seiner Witwe Esther sprechen wir unser tiefstes Beileid aus, möge sie diesen unwiederbringlichen Verlust mit Fassung tragen.«

Die Kameras des nationalen Senders richteten sich auf mein Gesicht. Ich erschien landauf, landab auf sämtlichen Bildschirmen, meinen unwiederbringlichen Verlust mit

Fassung tragend. Die Kameras richteten sich wieder auf den Präsidenten: »Lasst euch eines gesagt sein: Hütet euch vor Selbstgefälligkeit, wie es dieser tapfere Held getan hat, den wir heute zu Grabe tragen. Nehmt euch ein Beispiel an unserem gefallenen Kameraden, der hier liegt. Heute müssen wir nach vorn sehen und gemeinsam voranschreiten, in Harmonie, Einheit und Solidarität, um die Errungenschaften unseres Befreiungskampfes noch stärker zu konsolidieren.«

Um mich herum trübten sich die Blicke während dieser siebten Grabrede anlässlich des siebten Heldenbegräbnisses binnen vier Monaten. Nach und nach werden sie alle ausgemerzt, Alter und Aids verrichten ihr Werk, selbst an den tapfersten Helden. Der Vizepräsident mit seinen verschleierten Augen sieht aus, als ob er als Nächster an die Reihe käme. Der Redenschreiber des Präsidenten braucht sich wohl nicht besonders anzustrengen, jede neue Rede klingt so, als hätte er einfach den Namen des letzten gefallenen Kameraden gestrichen und dafür den Namen des jüngst Verstorbenen eingesetzt.

Der Präsident redete weiter. Der oberste Richter döste ein. Der Polizeichef wachte ruckartig auf, als Beifall geklatscht wurde. Einzig der Leiter der Zentralbank schien zuzuhören, mit so ungeteilter Aufmerksamkeit, dass seine Miene ganz angespannt wirkte. Beim Begräbnis des dritten toten Kameraden in diesem Jahr, nur eine Woche nachdem das Kabinett sich endlich auf den patriotischsten Wechselkurs für den Umtausch der nationalen Währung in Pfund, Euro, Dollar und Rand geeinigt hatte, hatte der Präsident seinerseits einen anderen, noch patriotischeren Wechselkurs verkündet.

Ich lauschte dem Rhythmus seiner Rede. Nachdem er Thema Nummer eins, den Freiheitskampf, angesprochen hatte, wurde es Zeit für sein zweites Thema. Ehe ich bis zehn zählen könnte, würde er sich schon gegen die Opposition wenden.

Ich war gerade bei sechs angelangt, als seine Stimme von den Hügeln widerhallte.

»Hütet euch vor den Lakaien der sogenannten Opposition, sie stehen alle im Dienst der Downing Street. Mit ihrem ganzen Demokratiegerede wollen sie euch nur in die Irre führen.«

Als er »Lakaien« sagte, knisterte das Mikrofon ein bisschen, es klang wie »Lackhaien«.

»Downing Street« war für ihn das Stichwort, zum nächsten Thema überzugehen, die mehr oder weniger bewegende Frage nach der Souveränität des Landes: »Blair und Bush sollte eins gesagt sein: Dieses Land wird nie, nie wieder zur Kolonie werden, und wenn ich es zig Billionen Mal wiederholen muss.«

Bei »zig Billionen Mal« schrillte das Mikrofon, so hörte sich diese Wendung lauter an als alles andere. Der Gebrauch von »Billion« statt »Million« als Maßstab für die Unmöglichkeit einer Rekolonialisierung brachte den Hauch des Neuen. Seit drei Monaten liegt die Inflationsrate bei jährlich drei Millionen dreihundertfünfundzwanzig Prozent, sodass hierzulande jeder Milliardär ist, sogar die Mägde und Gärtner.

Der Sarg ist hinabgelassen worden.

Rwauya, der älteste Sohn meines Ehemanns, führt mich zum Grab, damit ich eine Handvoll Erde darauf werfe. Er hat auf sein übliches Outfit verzichtet, bestehend aus einer Hose von undefinierbarer Tönung und einem Hemd, das fast immer die knalligen Farben der National-flagge mit dem Konterfei des Präsidenten zu kombinieren vermag. Dennoch dringt aus seinem zerknitterten Anzug der strenge Geruch des ungewaschenen Rwauya. Ich ver-suche, nicht zusammenzuzucken, als er mich am Ellbogen nimmt und wir dem Präsidenten folgen, an den Gräbern der vielen Männer und beiden Frauen vorbei, die hier bestattet wurden. Meine Handvoll Erde hinterlässt einen großen braunen Spritzer auf dem weißen Sargdeckel.

Die Familie schließt sich uns an. Edna, die Schwester meines Mannes, bricht in laute Wehklagen aus. »Bruder«, heult sie und geht am Grab auf die Knie. »Komm zurück, mein Bruder. Komm zurück. Du hast deine Pflicht noch nicht erfüllt, Bruder. Sieh doch, wie unser Land deine Rückkehr herbeisehnt.«

Sie macht Anstalten, ins Grab zu springen, und wird von ihren Töchtern zurückgehalten. Sie taumelt gegen die Präsidentengattin, die zweite First Lady, die ihr zur

Beschwichtigung eine parfümierte Hand auf die Schulter legt. Während Edna sich am schwarzen Seidenkostüm der zweiten First Lady in trockenen Schluchzern ergeht, landet mein Blick auf Ednas Schuhen. Höchste Zeit, dass sie etwas mehr Geld dafür in die Hand nimmt, ihre unförmigen Bäuerinnenfüße benötigen deutlich festeres Schuhwerk als diese billigen *Sching-Schong*-Kunstlederlatschen.

Es überrascht mich kein bisschen, dass Edna sich zum Gespött macht. Sie hat einen Hang zu Gefühlsausbrüchen in aller Öffentlichkeit. Und sie entrüstet sich gern stellvertretend für andere. Als ich der Familie meines Mannes vor einundzwanzig Jahren mitteilte, dass ich ihn verlassen würde, flüsterte Edna ihrer Schwester auf so theatralische Weise zu, dass ich jedes einzelne Wort vernehmen konnte: »*Ngazviende*, ein Glück, dass wir die los sind. Wenn man bedenkt, dass richtige Frauen die Scheidung hinnehmen mussten, um einer solchen *mhanje* Platz zu machen.«

Da habe ich zum ersten Mal dieses Wort gehört, *mhanje*, so bezeichnen sie die unterste Kategorie von Weiblichkeit, eine mangelhafte Weiblichkeit, *mhanje* ist nämlich eine unfruchtbare Frau, eine Frau ohne Nachwuchs, zu nichts nütze, eine fruchtlose Hülle. Es war ihnen gar nicht in den Sinn gekommen, dass ihr Bruder zeugungsunfähig sein könnte. Die drei Kinder von der Frau, die immer noch seine Ehefrau war, als wir in einer Londoner Amtsstube ohne Zentralheizung von einem Beamten getraut wurden, dem unablässig Rotz ins Taschentuch lief, waren Beweis genug für seine Männlichkeit.

Ich glaubte, ihn zu lieben, aber das war in einem anderen Land.

Ich frohlockte, wenn ich ihn sagen hörte: »Ich möchte eine Frau, die meine Träume teilt; eine gleichberechtigte Frau, keine Untergebene.« Ich half ihm, wutentbrannte Briefe voller gerechter Empörung zu schreiben, die das Walten der weißen Siedler und die Lage in seiner Heimat anprangerten. Ich vergaß den Kampf, der in meiner Heimat gegen die Apartheid geführt wurde, weil seiner von größerer Dringlichkeit schien. Wir schrieben Briefe, nahmen Exilanten auf und diskutierten nächtelang über Fanon, Biko, Marx und Engels. Das war, bevor wir in dieses Land kamen, das schließlich seine Unabhängigkeit errungen hatte. Bevor ich herausfand, dass mein Mann bereits eine Frau und drei Kinder hatte, deren Namen mir nicht leicht von der Zunge gingen.

∿

Ednas Versuche, das Grab zu stürmen, sind die einzige Störung im durchchoreografierten Ablauf des Trauerzugs. Nach den engsten Angehörigen werfen die prominenten Gäste ihre Handvoll Erde auf den Sarg, erst die Mitglieder des Politbüros, dann die Anführer der Armee und der Luftwaffe, danach der Polizeichef und der Direktor des Gefängniswesens, zum Schluss die Abgeordneten und Richter in der Reihenfolge ihres Dienstalters.

Am Ende machte ich die Drohung, die ich gegenüber Edna und anderen Angehörigen meines Mannes ausgesprochen hatte, nicht wahr. Ich wurde zum Bleiben überredet, auch wenn ich nicht mehr weiß, auf welche leeren Versprechungen ich damals hereinfiel. Ich lernte, die Feinheiten der Betonung in ihrer Sprache zu erkennen, dass *chimbuzi* beispielsweise »Toilette« bedeutet, wenn man die Stimme bei den letzten beiden Silben senkt, während *chimbudzi* mit dem eingeschobenen *d* eine junge Ziege bezeichnet, wenn man die Stimme bei den letzten beiden Silben hebt. Ich lernte, die Namen seiner Kinder auszusprechen, bis er mir schließlich nicht mehr erklären musste, was welcher Name bedeutet, wie er es am Anfang getan hatte.

»Den Erstgeborenen habe ich Rwauya genannt, ›der Tod ist gekommen‹, den zweiten Sohn Muchagura, ›du sollst deine Taten bereuen‹, und den dritten Muchakundwa, ›du sollst besiegt werden‹. Das sind Botschaften an die weißen Unterdrücker, Warnzeichen für die Weißen.«

Auf diese Weise hatte er seinen Kindern den Stempel seines Patriotismus aufgedrückt und sie mit Namen zurückgelassen, die denjenigen, für die diese Botschaften bestimmt waren, garantiert nichts sagen würden, jenen Weißen, die die einheimischen Sprachen bevorzugt ignorierten. Inzwischen wurden die Weißen zweifach besiegt, zuerst durch den Regierungswechsel und nun durch die Wiederinbesitznahme des Landes, aber die Kinder haben ihre unseligen Namen behalten. Ich kenne sie gut, weil ich ihnen die Mutter ersetzt habe, nachdem ihr Vater sich von ihr hatte scheiden lassen.

»Dafür brauchen wir nichts Amtliches«, hatte mein Mann gesagt. »Wir haben nach Gewohnheitsrecht geheiratet, ohne offizielle Papiere. Ich gebe ihr einfach ein *gupuro*, und das kann sie dann ihrer Familie mitbringen.« Er suchte einen Topf aus, den eine rote und eine gelbe Blume zierten, und überreichte ihn ihr zum Zeichen, dass die Scheidung vollzogen war. Sie starb drei Jahre später, dennoch hat sie mit ihrem geblümten Topf und dem frühen Tod das bessere Los gezogen.

Wie alle seine nichtsnutzigen Landsmänner glaubte mein Mann, sein Penis wäre vergeudet, wenn er einer einzigen Frau treu bliebe. Er beglückte jede läufige Hündin, sogar diese Schlampe von Nachrichtensprecherin, amtliche Obernutte der Regierungspartei, die deren Mitgliedern allnächtlich ihre hohlen Reize zur Verfügung stellt. Sie wurde von einem zum anderen weitergereicht, erst die Geliebte eines Geschäftsmanns, dessen Todesursache leicht an seinen roten Lippen abzulesen war, dann die Geliebte des Leiters der Zentralbank, später die Geliebte eines Ministers ohne Geschäftsbereich. Das sieht meinem Mann ähnlich – nach Resten zu lechzen, die andere Männer übrig gelassen haben.

Muchakundwa und Muchagura wirken ernst und feierlich in ihren dunklen Anzügen. Sie leben jetzt beide in Kalifornien, wo sie mit einem staatlichen Stipendium studieren. Sie haben sich dafür entschieden, ihr Glück fernab dieses souveränen Landes zu suchen, das nie, nie wieder zur Kolonie werden wird, und wenn man es zig Billionen Mal wiederholen muss.

Diese beiden sind gegangen, Rwauya hingegen ist geblieben.

Eigentlich müsste man ihn mit seinem mittelmäßigen Schulabschluss für gescheitert erklären, aber er zählt just zu der Sorte, die in diesem neuen System die Nase vorn hat, vorausgesetzt, man nimmt an jeder Parteiversammlung teil und skandiert jede ihrer Parolen. Doch trotz der vielen Fürsprecher, die ihm den Weg zum Erfolg ebnen sollen, hat Rwauya bereits zwei Metzgereien und einen Spirituosenladen heruntergewirtschaftet, und von sechs Autobussen ist ihm nur einer geblieben. Er steckt voller Pläne und Ideen, aus denen nie etwas wird.

»*Ndafunga magonyeti*«, erklärte er seinem Vater und mir, woraus wir schlossen, dass er offenbar in Speditionslaster investieren wollte. »Ich brauche nur zwei *magonyeti* zu kaufen, dann bin ich fein raus.«

Als sein *magonyeti*-Vorhaben genauso den Bach runterging wie alle anderen, ließ er den Import von Benzin und Zucker sein und flog stattdessen in die Demokratische Republik Kongo, um dort Kunstwerke zu rauben. Und als im Kongo die Masken mit Sehschlitzen, die alten Holzschalen und Fruchtbarkeitsidole mit Riesenphallus ausgingen, wandte er sich der hiesigen Steinbildhauerei zu.

»*Ndafunga zvematombo*«, sagte er und exportierte fortan minderwertige Artefakte aus Speckstein, die Namen trugen wie *Adler*, *Geist*, *Medium* oder *Leere*. »Ich brauche nur zwei Schiffsladungen zu verkaufen, dann bin ich fein raus.«

Jetzt will er sich die Farm unter den Nagel reißen, die mein Mann hinterlassen hat. Vor vier Tagen kam er dort an und machte dem Tod in seinem Namen alle Ehre, die Augen rot von unmäßigem Alkoholkonsum, mit diesen räudigen Dreadlocks, die heutzutage als Ausweis afrikanischer Authentizität gelten, wenn man davon ausgeht, dass es im authentischen Afrika weder Kämme gibt noch Wasser, mit dem man sein Haar waschen könnte. Er umarmte mich eine Spur länger, als schicklich gewesen wäre, wobei seine Hand sich zu meinem Hintern verirrte, anstatt oben bei meiner Schulter zu verweilen.

»Du siehst fabelhaft aus, *Mainini*.«

Bei Rwauya verzichte ich inzwischen auf jegliches soziale Geplänkel und komme gleich zur Sache. Als ich ihn fragte: »Was willst du?«, ließ er sich lang, breit und nur teilweise verständlich über einen der sechs Minister ohne Geschäftsbereich aus, über dessen drei Neffen, von denen einer die Tochter des Polizeichefs im Bezirk Mazowe geheiratet hatte, der wiederum mit einer Nichte des Agrarministers verheiratet war.

»Stell dir vor, die haben einen Schlägertrupp engagiert,

der die Farm besetzen soll. Und das keine zwei Jahre nachdem Vater sie von diesem Kennington übernommen hat«, sagte Rwauya. »Du musst unbedingt etwas unternehmen, um die Farm zu schützen. Das ist ein Überfall. Die dürfen sich die Farm nicht einfach unter den Nagel reißen. Mein Vater hat für dieses Land sein Leben hingegeben. Die Farm ist mein Geburtsrecht.«

»Und was soll ich tun?«

»*Izvi zvotoda* Präsident. Lass dir einen Termin beim Präsidenten geben. Du hast doch Zugang zu ihm, *Mainini*, lass dir einfach einen Termin geben.«

⌒

Früher hätte ich ohne Weiteres mit dem Präsidenten reden können, damals, als er noch Premierminister hieß, bevor das Gesetz zur Ausweitung der präsidialen Macht erlassen wurde, bevor er seine marxistisch strengen Safarianzüge durch Nadelstreifen und goldene Manschettenknöpfe ersetzte, bevor er seine zweite Frau ehelichte, Grace die Große, unsere teuer behütete First Lady. Damals bewegte ich mich im inneren Zirkel, stand seiner ersten Frau nah, mit der ich bis tief in die Nacht über Bildung und Emanzipation redete.

»Du bist ein Feigling«, sagte sie zu ihrem Mann. »Stimmt doch. Er sollte endlich diese erniedrigende Praxis der Vielehe abschaffen.« Hinter den Brillengläsern blitzten seine Augen vor Vergnügen, und er fragte uns, wie er das anstellen sollte, wenn die Bauern derart an diesen obskuren Ritualen hingen. Der Justizminister klagte über die Schwierigkeiten, marxistisch-leninistische Prinzipien im Kontext afrikanischer Kultur anzuwenden. »Die Veränderungen, die das Gesetz zur Volljährigkeit herbeigeführt hat, beweisen, dass die Rechtsprechung kurzfristig zum sozialen Wandel beitragen kann, doch am Ende bestimmt nicht das Bewusstsein der Menschen ihr Sein, es ist ihr gesellschaftliches Sein, das ihr Bewusstsein bestimmt. Wenn der Staat abstirbt, muss auch die Rechtsprechung als Überbau absterben.«

Und wir tranken noch etwas mehr Wein und diskutierten über das, was wohl bleiben würde, wenn der Staat abgestorben wäre.

Seine Frau nahm mich in ihren kleinen Kreis von Ausländerinnen auf, die ihre Männer geheiratet hatten, als sie noch im Exil waren, manche stammten aus so fernen Ländern wie Jamaika, England oder Schweden, andere aus Ghana, Swasiland und Südafrika. Wir sprachen Englisch, ohne das Gefühl zu haben, uns dafür entschuldigen zu müssen, tranken Wein und sahen uns in der Residenz des Premierministers Filme an. Wir waren alle hochgebildet: Einige hatten Geisteswissenschaften studiert oder Pädagogik, es gab auch drei oder vier promovierte Ärztinnen. Trotzdem hatten wir uns offenbar damit abgefunden, dass uns die Welt der Werktätigen verschlossen blieb, während wir Kinder großzogen und Partys veranstalteten, auf denen man sich über dialektischen Materialismus und Nationenbildung unterhielt. Als die Weltbank sich auf die Stärkung der Zivilgesellschaft verlegte, gab es eine Flut von Fördergeldern, und wir nahmen allerlei Projekte in Angriff, Stiftungen für Kinder, Hilfsprogramme für Behinderte, feministische Aktivitäten, Alphabetisierungskampagnen für Erwachsene.

»Um die Nationenbildung hierzulande zu unterstützen«, erklärten wir, dabei wollten wir uns vor allem selbst beschäftigen und den Abgrund der Langeweile überbrücken, der uns in seine gähnende Leere zu reißen drohte.

Dann starb die First Lady, doch zuvor kam es wegen »Willowgate« noch zu einem Eklat. »Führende Kabinettsmitglieder in den illegalen Verkauf von Dienstwagen verstrickt«, geißelten die Schlagzeilen, »Regierung an Willowgate beteiligt«.

Im inneren Zirkel hielten wir den Atem an, überzeugt, dass nun Köpfe rollen und die Arbeiter und Bauern den Aufstand proben, dass sie Rechenschaft verlangen würden. Es starb aber nur ein Minister, der die ungeheure Schwäche besaß, Selbstmord zu begehen. Seine letzte Ruhestätte liegt dort hinter dem Grabmal des Unbekannten Soldaten. Wir, die Gruppe der ausländischen Ehefrauen, nahmen schockiert zur Kenntnis, wie die First Lady, unsere Freundin und Gönnerin, mitten in den Strudel dieses Skandals geriet. Der Schock ließ nach, als sie sich an der Spitze halten konnte. Die Fördergelder flossen nach wie vor, und wir lernten die Vorzüge kreativer Buchführung kennen. Wir redeten uns ein, dass diese Form der Kreativität harmlos sei, weil die Arbeiter und Bauern trotzdem von den Geldern profitierten.

Dann starb die First Lady, aber selbst als sie im Sterben lag, hielt sich der Präsident in einem Häuschen eine heimliche Zweitfrau, und auch unsere Männer legten sich Häuschen zu und verstreuten ihren Samen in sämtliche Provinzen. Mein Mann und ich wurden als Botschafter in eine Bananenrepublik entsandt, damit die Nation seine inzwischen dritte Korruptionsaffäre im Zusammenhang mit einer öffentlichen Ausschreibung derweil vergessen konnte.

Später kehrten wir in dieses amnesische Land zurück, aber wir besuchten nur noch selten den Regierungssitz. Aus der heimlichen Zweitfrau im Häuschen war nun die zweite First Lady in der herrschaftlichen Villa geworden. Ihre Hüte waren so ausladend wie fliegende Untertassen, und zahllose Rinder mussten ihr Leben lassen, damit ihr Vorrat an Ferragamo-Schuhen niemals versiegte.

Zu den Waisenkindern der Nation sagte die neue First Lady: »Ach, wenn ich nur könnte, würde ich euch alle adoptieren, wirklich alle.«

Ein Soldat tritt aus der Reihe der Sargträger hervor, mit der fein säuberlich zu einem Dreieck gefalteten Flagge. Er salutiert und übergibt sie mir. Ich lege mir das Päckchen mit den Streifen nach oben auf den Schoß. Zu sehen sind

Gelb, Grün, Rot und ein Hauch von Schwarz. Der Präsident blickt in die Ferne.

⌒

»Wie kann jemand ewig herrschen?« Von dieser Frage war mein Mann besessen, bevor er starb. »Achtundzwanzig Jahre, und er will immer noch weitermachen?«

Er beteiligte sich an einer Verschwörung, die sicherstellen sollte, dass der nächste Präsident aus seiner Provinz stammte. Es gab geheime Zusammenkünfte. Die »Schwergewichte«, wie die Presse diese Männer in Anspielung auf deren vermeintlichen politischen Einfluss nennt, hatten sich auf der Farm eingefunden, wobei der Ausdruck sich ebenso gut auf deren Bäuche beziehen könnte, die sicher nicht leicht zu stemmen waren, bei all den Liebeshändeln mit Schönheitsköniginnen und ihren Mitbewerberinnen. Die Männer schmiedeten Ränke, sie spannen Intrigen, und der Präsident erfuhr von diesen Ränken und Intrigen, weil er immer alles erfährt. Doch ließ er Gnade walten; das Gewinsel meines Mannes war wohl so jämmerlich, dass der Präsident ihm nur durch die barmherzig ausgestreckte Hand herrschaftlicher Vergebung ein Ende setzen konnte. Diese Gunst kostete mein Mann nicht lange aus, denn er starb bald an einer langwierigen Krankheit, um eines der vielen präsidialen Synonyme für den Aids-Tod zu gebrauchen. Als er starb, war ich froh, dass ich seit vielen Jahren nur noch auf dem Papier mit ihm zusammen gewesen war.

»Vorwärts, marsch!« Diese Worte klingen wie ein erstickter Schrei tief aus den Eingeweiden des Soldaten, der sie hinausbrüllt, das Gesicht vor Anstrengung verzerrt. Daraufhin ertönt ein Trommelschlag. Es folgt der nächste Befehl, sechs Soldaten marschieren in Formation und stellen sich am offenen Grab auf.

Trommelwirbel.

»Kompanie, Feuer!«

Die Soldaten schießen in die Luft.

»Kompanie, Feuer!«

Weitere Schüsse.

»Kompanie, Feuer!«

Und immer so weiter, bis die einundzwanzig Salven abgefeuert sind und der Sarg mit allem Pomp und allem Prunk eines ordentlichen Militärbegräbnisses verabschiedet ist. Morgen wird die Regierungszeitung eine vierseitige Fotostrecke bringen. Sie wird berichten, dass mein Mann standesgemäß in der Stoddard Hall aufgebahrt wurde, bevor man seinen Sarg auf eine Lafette lud und mit einem Geleit von fünfzig Wagen zur nationalen Gedenkstätte in Warren Hills fuhr, wo der Staatspriester den Trauergottesdienst abhielt, auf den eine Rede des Präsidenten folgte, auf die wiederum einundzwanzig Ehrensalven folgten. Die Rede des Präsidenten wird in voller Länge abgedruckt werden. Außerdem wird dieses Begräbnis mindestens eine Woche lang einziges Thema der Abendnachrichten sein.

Mit solchen Zeremonien setzt die Regierungspartei ihren Traum von ewiger Herrschaft in Szene, mit der seichten Pracht präsidialer Geburtstagsfeiern, den staatlich geförderten Schönheitswettbewerben als Quelle für neue Bettgefährtinnen, den Fußballspielen, bei denen das Ergebnis von vornherein feststeht. Den Einheits-Galas und festlichen Konzerten, nationalen Gebettagen und in erster Linie den Staatsbegräbnissen.

Ich frage mich, wie die Menschenmenge wohl reagieren würde, wenn man ihr sagte, dass sie sich hier versammelt hat, um ein Stück Holz über einem Sack voll Erde zu begraben, während der Mann, um den wir trauern, in einem namenlosen Grab liegt.

Die Nachrichtensprecherin, die einst seine Geliebte gewesen war, gab bekannt, dass mein Mann zum Nationalhelden erklärt werden sollte. Das Politbüro hatte verkündet, dass man ihn als Helden an der nationalen Gedenkstätte begraben werde. Mich, seine Witwe, hatte man darüber nicht unterrichtet, sodass ich erst in den Abendnachrichten aus dem Mund seines Flittchens davon erfuhr. »An dieser Stätte werden die tapferen Landessöhne begraben, die für die Befreiung gekämpft haben«, ergänzte sie beflissen.

Sie unterschlug allerdings, dass mein Mann diesen Status nur mit viel Glück zuerkannt bekommen hatte.

Eigentlich werden nur diejenigen zu Helden erklärt, die zum Zeitpunkt ihres Todes nicht mit dem Präsidenten zerstritten sind. Ein Komitee befindet jeweils über den Grad der Tapferkeit. Manchmal muss man jemanden aufwerten, der zwar nicht tapfer genug war, aber stets das Loblied auf den Präsidenten anstimmte und so eifrig nach dessen Pfeife tanzte, dass er doch einen Ehrenplatz verdiente. Mein Mann war bewertet und für verdienstvoll genug befunden worden. Er hatte in seinem ganzen Leben nie eine Waffe in der Hand gehabt. Er hatte nicht die geringste Ahnung von den Wäldern in Mosambik, wo sich die Trainingslager der Guerilla befanden. Sein wichtigster Beitrag zur Nationenbildung bestand darin, die Bürger in Klatsch und Tratsch über seine fünf Korruptionsaffären zu vereinen. Diese Affären und sein jüngster Treuebruch wurden beiseitegewischt, nun zählte nur noch, dass er die Errungenschaften des Freiheitskampfes konsolidierte, als er den Präsidenten ehrerbietigst mit dessen vollem Totemnamen einführte.

Schließlich suchten sie mich doch noch auf, um mir ihr Beileid zu bekunden und die Trauerfeier zu besprechen.

»Sein Leichnam soll in der Stoddard Hall aufgebahrt werden«, sagte der Sprecher des Präsidenten. »Danach wird er nach Warren Hills überführt und mit allen militärischen Ehren bestattet.«

»Das ist aber nicht sein Wille«, sagte ich. »Er will in seinem Dorf bestattet werden.«

Es wurde still.

»Er meinte, seine Knochen könnten nicht in Frieden ruhen, wenn er nicht dort läge, wo er geboren wurde, wo seine Ahnen begraben sind und wo die Knochen seiner Kinder und Kindeskinder und deren Kinder bei seinen Knochen liegen sollen, wenn ihre Zeit gekommen ist.«

Nach einer Pause fuhr ich fort: »Am Ende war er regelrecht davon besessen. Er war überzeugt, nur dann Frieden zu finden, wenn er in seinem Heimatdorf begraben würde.«

Ich war mir sicher, dass die Aussicht auf einen möglicherweise ruhelosen Geist die atavistischen Instinkte der Kabinettsmitglieder wecken würde. Immerhin glauben sie an übernatürliche Kräfte, begeben sich ständig zu traditionellen Heilern, um Zaubertränke zu kaufen, die ihnen den Erfolg sichern sollen, und machen sich zugleich für ein Gesetz gegen Hexerei stark.

»Wir haben keine andere Wahl, als die Trauerfeier wie geplant durchzuführen«, beharrte der Sprecher. »Der Präsident hat es höchstpersönlich angeordnet; davon abzurücken wäre …« Er verstummte, aber er brauchte seinen Satz auch gar nicht zu beenden. Der Präsident würde auf keinen Fall sein Gesicht verlieren wollen.

Am Ende kamen sie mir vielleicht weniger aus Angst vor dem *ngozi*-Geist meines Mannes entgegen, sondern vielmehr um die Peinlichkeit zu vermeiden, die sich ergeben würde, wenn ich meine Drohung wahr machte, damit an die freie Presse zu gehen. Sie schickten einen Emissär nach dem anderen, um mit mir zu reden, und zu guter

Letzt entsandten sie drei Schwergewichte vom Politbüro. Diese kamen zunächst auf die Familienehre und den persönlichen Nachruhm meines Mannes zu sprechen, dann folgte dieser Appell: »Bedenken Sie, wie sehr seine ganze Region davon profitieren würde.«

Mein Mann gehörte jenem widerspenstigen Stamm im Süden an, der schläft und isst und den Präsidenten ignoriert. Dabei leiden diese Leute unter einem Minderwertigkeitskomplex, der so groß ist wie ihre ganze Provinz. Sie haben nicht genug Macht, nicht genug eigene Helden an der nationalen Gedenkstätte. Wenn mein Mann zum Helden erklärt würde, könnte das den widerspenstigen Stamm beschwichtigen und die schwelenden parteiinternen Kontroversen über die Nachfolge des Präsidenten beenden, glaubte man im Politbüro. Und darin erkannte ich meine Zukunftschance. In meiner Heimat habe ich kein Zuhause, in das ich zurückkehren könnte; alles, was ich besitze, habe ich hier hineingesteckt. Ich konnte mich dafür entscheiden, als offizielle Witwe bei jeder Heldengedenkfeier ans Licht gezerrt zu werden.

Ich konnte aber auch meinen eigenen Weg gehen.

»Geben Sie mir die Farm meines Mannes zurück«, sagte ich. »Die Eigentumsurkunde soll auf meinen Namen ausgestellt werden. Außerdem verlange ich einen garantierten Sitz im neuen Senat.«

Und so wurde der Handel besiegelt: Für den Sitz im neuen Senat und für die eigene Farm würde ich Stillschweigen bewahren und ihnen erlauben, anstelle meines Mannes einen Haufen Erde und Holz unter seinem Namen zu begraben. Darauf ließen sie sich bereitwillig ein, kein Wunder, denn mein Mann war Anfang August gestorben, so konnten sie Mitte August punktgenau am Gedenktag für Mitglieder der Regierungspartei, die zum Zeitpunkt ihres Todes noch im Einklang mit dem Präsidenten standen, ein richtiges Begräbnis abhalten. Der Sprecher organisierte alles entsprechend, den Sarg, den Gottesdienst, den Austausch nach der Aufbahrung in der Stoddard Hall. Er berechnete das exakte Gewicht der Erde, die meinen Mann aufwiegen sollte. »Es muss so wirken, als trügen die Soldaten einen richtigen Leichnam«, erklärte er.

Sie haben den letzten Zapfenstreich erklingen lassen und die einundzwanzig Ehrensalven abgeschossen. Ich zähle die polierten Marmorplatten, eine nach der anderen, die die mürben Knochen der toten Helden bedecken. Bald wird eine dieser Platten die Erde bedecken, die das Fleisch und die Knochen meines Mannes repräsentiert.

Hier finden sich viele Geheimnisse dieser Art, *les secrets de Polichinelle*, wie die Franzosen sagen, Geheimnisse, die durchaus allen bekannt sein können, die aber nicht ausgesprochen werden dürfen. So ist allgemein bekannt, dass einer der Helden, die wir kürzlich hier begraben haben, keineswegs ein aufrechter Patriarch war, wie es in der Präsidentenrede hieß, sondern ein lüsterner Greis, der einem

Viagra-bedingten Herzinfarkt erlag, während er gerade mit einer Minderjährigen zugange war. Und es ist auch bekannt, dass der Leiter der Zentralbank, der geschworen hatte, dem illegalen Benzinhandel ein Ende zu bereiten, selbst in den Benzinhandel auf dem Schwarzmarkt verstrickt ist. Und dass der Präsident ... Tja, was nicht ausgesprochen oder niedergeschrieben wird, existiert nicht.

Nur die offizielle Wahrheit zählt, nur diese Wahrheit wird in die Geschichtsbücher eingehen und den Kindern gelehrt werden. Und sie werden Folgendes lernen: Mein Mann ist ein Nationalheld, der in Warren Hills bestattet ist. Warren Hills ist die nationale Gedenkstätte in einem Land, das vom weisesten aller Präsidenten regiert wird. In diesem Land herrscht Wohlstand, seine Bürger sind alle glücklich. Die Ungerechtigkeit vergangener Zeiten wurde überwunden, um die Errungenschaften des Freiheitskampfs zu konsolidieren. Und ich werde in diesem glückseligen Land zur neuen Farmbesitzerin und Senatorin.

ELEGIE
AUF
EASTERLY

Den Kindern war als Ersten aufgefallen, dass die Frau, die sie Martha Mupengo nannten, sich irgendwie verändert hatte. Sie folgten ihr, wie so oft, vorbei an den Häusern der Easterly Farm, Häusern aus Pfählen und Lehm, aus dicken schwarzen Plastikplanen anstelle von Wänden und Klarsichtfolie anstelle von Fenstern, Häusern, die ohne Baugenehmigung aus dem Boden geschossen waren, nummernlosen Häusern, die nur über die Namen ihrer Bewohner zugeordnet werden konnten. Sie folgten ihr am Haus von *Mai*James vorbei, am Haus von *Mai*Toby, am Haus, das Josephats Frau bewohnte und auch ihr Mann Josephat, wenn er Urlaub von der Minenarbeit hatte, am Haus des Pärchens vorbei, das erst vor Kurzem angekommen war und das niemand wirklich kannte, an der langen Schlange von Leuten vorbei, die mit Plastikeimern darauf warteten, Wasser aus Easterlys einzigem Wasserhahn zu beziehen.

»Wo gehst du hin, Martha Mupengo?«, sangen die Kinder.

Sie drehte sich um und zeigte ihnen die Zähne.

»Zehn Cent, bitte«, sagte sie und lüpfte ihr Kleid.

Außer sich vor Begeisterung, zeigten die Kinder mit dem Finger auf ihre Blöße. »*Hee, haana bhurugwa*«, kreischten sie. »*Hee*, Martha hat keinen Schlüpfer an, Martha hat keinen Schlüpfer an.«

Davon konnten sie nie genug bekommen, egal, wie oft Martha Mupengo ihr Kleid lüpfte. Als das Kleid zurückfiel, bemerkten die Kinder, dass sie einen anderen, trägeren Eindruck machte als sonst. Es dauerte nur ein paar Sekunden, bis Tobias, der scharfäugige Anführer von Easterlys Erst- und Zweitklässlern, begriff, was jetzt anders war: der vorspringende Bauch über dem dunklen Haarbusch.

»*Haa*, Martha Mupengo hat einen dicken Bauch«, brüllte er. »Was hast du gegessen, Martha Mupengo?«

Die Kinder stimmten ein. »Was hast du gegessen, Martha Mupengo?«, riefen sie im Chor, während sie ihr bis zu ihrem Haus in der hintersten Ecke von Easterly folgten. Aberglaube hielt die Kinder davon ab, das Haus zu betreten. Tobias' Erzrivale Tawanda, ein Junge mit vier Zahnlücken und Augen so groß wie Tobias' Ohren, warf einen Stock durch die offene Tür. Um nicht hinter ihm zurückzustehen, hob Tobias eine leere Bohnendose auf und schlug mit einer Metallstange dagegen, aber selbst dieses Scheppern lockte Martha nicht wieder heraus. Nach einigen weiteren gescheiterten Versuchen machten sich die Kinder davon.

Mit Mund und Lunge sogen sie die rauchgesättigte

Atmosphäre von Easterly ein: Rauch der Kochstellen im Freien, Rauch, der vom Straßenrand durch die Bäume hindurchwehte, wenn die Frauen zur Regenzeit dort Mais rösteten, Rauch von brennendem Gras ein paar Felder weiter, Zigarettenrauch. Die Kinder kickten sich gegenseitig die leere Blechdose zu, bis sich der Hunger meldete und plötzlich ein Streit losbrach, der Tobias nach Hause trieb.

Seine Mutter *Mai* Toby saß an ihrer Nähmaschine, umgeben von Stoffbahnen in den Farben Himmelblau, Magnolia, Buttermilch und von Ballen weißer Füllung für die Daunendecken, die sie für den Verkauf anfertigte. Der kleine Generator, der die Nähmaschine versorgte, verströmte im ganzen Zimmer Dieselschwaden. Tobias hob die Stimme, um den Motor zu übertönen.

»Ich habe Hunger.«

»Noch habe ich nichts gekocht, geh spielen.«

Er setzte sich auf die Türschwelle. Da fiel ihm Martha wieder ein.

»Martha hat einen dicken Bauch«, sagte er.

»Hmmm?«

»Marthas Bauch ist so dick.«

»*Ho nhai?*«

Er breitete die Arme aus und wiederholte: »So dick ist ihr Bauch.«

»*Hoo*«, sagte seine Mutter, ohne den Blick zu heben. In Gedanken war sie halb bei ihrer Handarbeit und halb bei der Frage, ob sie diese Daunendecke mit aufwendiger

Weißstickerei versehen oder lieber den langen Weg zu *Mai*James auf sich nehmen sollte, um per Telefon die zehn Millionen anzumahnen, die man ihr schuldete. *Mai*James betrieb eine Art Telefonierladen. Ihre Kunden kamen zu ihr, sie begleitete sie zu einem kleinen Hügel am hinteren Ende der Farm und blieb neben ihnen stehen, während sie telefonierten. Zuvor klappte *Mai*James ihre beiden Handys auf und steckte eine SIM-Karte nach der anderen ein, um festzustellen, welches Gerät den besseren Empfang hatte. So praktisch dieses Angebot war, gab es doch einen Haken: *Mai*James verbreitete in Easterly den meisten Klatsch.

⌇

Martha war daheim und schlief.

Ihr Name, ihre Erinnerungen, ihre Vergangenheit und ihre Träume verloren sich in den nebligen Winkeln ihres Geistes. Sie wohnte im Haus eines Mannes namens Titus Zunguza und schlief auf jener Matratze, auf der dieser Mann erst seine Frau und dann sich selbst getötet hatte. In dieser Nacht hatte die Frau von Titus Zunguza laut geschrien. Man wäre ihr zu Hilfe geeilt, denn in Easterly setzten die Leute alles daran, die Polizei fernzuhalten. Doch bis Godwills Mabhena, der neben *Mai*James wohnte, den Weg zu Titus Zunguzas Haus bewältigt, bis er genügend Nachbarn zusammengetrommelt hatte, um es zu betreten, war es für Hilfe bereits zu spät. Und als dann doch die Polizei eintraf, stellte sie fest, dass alles genau das war, wonach es aussah.

Sechs Monate nach diesen Todesfällen – auf der Matratze war immer noch Blut zu erkennen – nahm Martha das Haus einfach in Besitz, indem sie dort einzog. Niemand hatte sich dorthin gewagt, an diesen einen schaurigen Ort in Easterly. Sogar die Kinder hielten Abstand, wenn sie die mörderischen Ereignisse jener Nacht nachstellten.

Man nannte sie Martha, weil *Mai*James erzählt hatte, genau so habe Martha, die Nichte ihres Mannes, in den Tagen vor ihrem Tod ausgesehen, als die Krankheit auch ihr Gehirn befallen hatte. »So hat sie ausgesehen«, sagte *Mai*James, »genau so, ein leeres Gesicht, bis auf dieses Lächeln, sonst nichts.«

Die Kinder hatten ihr zusätzlich Namen gegeben wie Mupengo, Mudunyaz und noch andere, die auf Wahnsinn anspielten. Der Name Martha Mupengo blieb hängen und wurde ebenso Teil von ihr wie die Kleider aus knallbunten, mit exotischen Blumen wie Klatschmohn, Rosen und Glockenblumen gemusterten Stoffen, Kleider, die Titus Zunguzas Frau gehört hatten und um Marthas dünnen Körper schlotterten.

Sie gehörte nicht zu den Ersten, die nach Easterly gekommen waren.

Sie war keine von denen, die hierhergekommen waren, nachdem die Regierung die Townships hatte räumen lassen, um der Königin von England während ihres drei-tägigen Besuchs ein makelloses Harare zu präsentieren.

Frauen, die nachts allein unterwegs sind, sind alle Prostituierte, hieß es seitens der Regierung – verhaftet sie, die Königin kommt. In den Townships geht es nicht mit rechten Dingen zu, hieß es – räumt sie. Die Townships sind überfüllt, hieß es – sammelt die Leute ein und bringt sie dorthin, wo die Königin sie nicht sehen wird, zur Porta Farm, nach Hatcliffe, zur Dzivaresekwa Extension, nach Easterly. Erlaubt ihnen, sich behelfsmäßig einzurichten, und stellt ihnen richtige Wände, Türen, Fenster und Toiletten in Aussicht.

Und so kaschierte die Regierung die Armut, die Leute setzten ein künstliches Lächeln auf, und der Stadtrat bepflanzte die Straßen neu.

Lange nachdem die Erinnerungen an den Besuch der Königin verblasst und die gebrochenen Arme der verhafteten Frauen verheilt waren, wurde Easterly zur Dauereinrichtung. Auf die erste Zuzugswelle folgte eine zweite, dann eine dritte und so fort. Martha kam weder mit der ersten noch mit der zweiten oder dritten Welle, sie tauchte einfach auf, wie aus dem Nichts.

Von ihrer Bitte um die zehn Cent abgesehen, sprach sie kein Wort.

Für Tobias, Tawanda und die anderen Kinder war das wieder nur ein Zeichen ihrer Verrücktheit. *Zenzen*, was sollte das schon sein? Gab's doch gar nicht, völlig plemplem, dachten sie, bis Tobias' Vater *Ba*Toby, der Einzige unter den Erwachsenen, der sich überhaupt die Mühe machte, den Kindern etwas zu erklären, ihnen erzählte, dass *Cent* eine alte Währungseinheit war, mit Münzen in verschiedenen Farben. Früher, als ein Laib Brot noch keine halbe Million Dollar kostete, sagte *Ba*Toby, ergaben hundert Cent einen Dollar. Er nahm eine alte Blechdose vom Regal, öffnete sie und sagte: »Im Jahr 2000 haben wir diese Münzen noch verwendet, das ist gar nicht so lange her.«

»Ich weiß, das war vor acht Jahren«, sagte eins der älteren Kinder. »Auf dem Fünf-Cent-Stück war ein Hase, auf dem Zehner ein Affenbrotbaum. Auf dem Zwanziger war … hmm … ich hab's: die Beit Bridge.«

»Die Birchenough Bridge«, sagte *Ba*Toby. »Beitbridge ist keine Brücke, sondern eine Stadt. Und wird deswegen auch in einem Wort geschrieben, ohne Artikel.«

»Auf dem Fünfziger war ein Sonnenuntergang …«

»Sonnenaufgang«, sagte *Ba*Toby.

»Und auf der Dollarmünze waren die Ruinen von Simbabwe«, fuhr der Junge fort.

»Das hast du gut gemacht«, sagte *Ba*Toby im gleichen ermutigenden Ton wie Mr Barwa, sein Geschichtslehrer in der dritten Klasse. *Ba*Toby hätte auch gern vor einer Klasse über die Wunder des Kalifats von Sokoto unter Usman dan Fodio gesprochen und über die Hufeisenschlachtordnung von Shaka Zulu, aber das Schicksal, besser gesagt, die allzu frühe Geburt von Tobias, hatte ihn an die Ecke Kaguvi Street und High Road katapultiert, wo er mit ölverschmierten Fingern kaputte Autos reparierte, um den Lebensunterhalt zu verdienen.

Als er den Kindern die Münzen zeigte, fiel ihm ein Witz

ein, den er tagsüber gehört hatte. Er erzählte ihn weiter: »Vor der Wahl des Präsidenten waren die Ruinen von Simbabwe ein historisches Denkmal in der Provinz Masvingo. Heute erstrecken sich die Ruinen über das ganze Land.« Die Kinder blickten ihn verständnislos an und stürmten zum Spielen hinaus, während er sich vor Lachen nur so schüttelte.

Die Kinder begriffen, dass Marthas Gedächtnis in einer Zeit stehen geblieben war, die sie selbst nicht kannten, in der Zeit von »Es war einmal«, in den guten Zeiten, die ihre Eltern noch erlebt hatten, Zeiten, in denen es zum Frühstück nicht nur Reste gab. »An Weihnachten haben wir Platten aufgelegt und getanzt«, pflegte *Ba*Toby zu erzählen. »Damals war uns nach Tanzen zumute, denn wir bekamen unser Weihnachtsgeld.«

Die Weihnachtsplatten und das Weihnachtsgeld wurden genau wie Marthas Wahnsinn in das Spielerepertoire von Easterly Farm aufgenommen, sodass für die Kinder mindestens einmal in der Woche Weihnachten war.

∿

Morgens wuschen sich Easterlys Männer und Frauen die Schlafgerüche an Eimern voll Wasser vom Leib, Wasser, das im Winter erhitzt werden musste. Sie schlüpften in Hemden, Hosen und Röcke, die sie mit Kohleneisen gebügelt hatten. In ihrer schicken Aufmachung wirkten sie, wenn sie am Straßenrand den Daumen hoch hielten, um eine Mitfahrgelegenheit zu ergattern, wie alle Werktätigen überall auf der Welt.

Offiziell Werktätige waren eine Minderheit in Easterly. Das Land war zu einer Nation von inoffiziellen Händlern geworden. Zum Glück grenzte es an vier andere Länder: im Norden an Sambia – einst als Ein-Sambia-eine-Nation-eine-Tankstation verschrien, war Sambia mit seiner Witzwährung inzwischen die erste Anlaufstelle für knappe Güter; im Osten an Mosambik, eigentlich fast schon eine Kolonie Simbabwes, *kudanana kwevanhu veMozambiki neZimbabwe*, angewiesen auf die Solidaritäts- und Freundschaftsabkommen zwischen beiden Ländern, auf die Soldaten, die den Beira-Korridor bewachten – dieses Mosambik war nun der Ort, an dem man das ausländische Geld abheben konnte, das im eigenen Land nicht zur Verfügung stand; im Westen an Botswana, was hatten sie sich über Botswana lustig gemacht, wo kein Gebäude höher war als dreizehn Stockwerke – nun gab es in Botswana angeblich so viele hohe Gebäude, dass man dort einen Grenzzaun errichten wollte, um den Traum von drei Mahlzeiten am Tag wirksam zu verteidigen; und im Süden an jenes blühende Land, das den Kontinent mit beiden Armen zu umfangen scheint, Ndazo, *ku*South, Joni, Jubheki, Wenera – Südafrika.

Sie waren zu einer Nation von Händlern geworden.

Und so standen die Marktfrauen morgens vor dem ersten Hahnenschrei auf. In Mbare Musika deckten sie sich mit Kisten voller Blattgemüse, Tomaten und Zwiebeln, mit Kartoffelsäcken und Bündeln fleckiger Bananen ein, dann fuhren sie mit dem Bus nach Mufakose, Kuwadzana und Glen Norah, um dort ihre Ware auszulegen und Kunden anzulocken.

»Zwei Stück für eine Million, fünf Millionen die sechs, nur eine halbe Million …«

»Schöne Bananen, schöne Tomaten, kauft ein paar schöne Bananen.«

Singend zogen sie durch die Straßen: »*Mbambaira, muriwo, ma*Tomaten, Zwiebeln, *ma*Bananen, *ma*Orangen.«

Die Männer und Jungen gingen nach Siyaso, zum verrauchten Trödelmarkt, wo die Hoffnung auf Gewinn den Erfahrungswerten trotzte. In einem Abschnitt gab es Radkappen, Bolzen, Schraubenmuttern, Netzstecker, Schraubenschlüssel. Die geheimnisvollen Teilchen, ob stachlig, schwer, verrostet oder kastenförmig, die Elektrogeräten Leben einflößen, nahmen eine Riesenfläche ein. Daneben fanden sich Separatoren, Stöpsel, Handyladegeräte. Unter der Brücke fertigten Schuster *manyatera*, Sandalen aus alten Reifen. Und zwar nach Maß: »Stell deinen Fuß einfach hierhin, *blaz*«, und dann wurde die Sohle mit einem Stift umrissen und um den Fuß herum abgeschnitten, anschließend wurden zwei Streifen aus Reifengummi auf die Sohle genagelt, und, zack, hatte man binnen einer Viertelstunde neues Schuhwerk. In Siyaso kam es durchaus vor, dass ein Mann, dem man das Autoradio oder die Radkappen gestohlen hatte, das Diebesgut vom Hehler zurückkaufte. Mit Rabatt.

Auf der anderen Seite von Mbare konkurrierten die Jungs von Mupedzanhamo inmitten von *Sching-Schong*-Produkten aus China, bunten Klamotten, die die Armut zum Schillern brachten, glitzernden Tanktops und Bodys, die in gestreiften Tüten aus Dubai importiert wurden, inmitten von *Gucchii*- oder *Louise-Vilton*-Taschen und *Prader*-Schuhen um die kauflustigsten Kunden.

»Du bist aber schick, Schwester. Wenn du das trägst, siehst du noch schicker aus.«

»Lass meine Schwester in Ruhe, sie schaut zu mir, komm zu mir, Schwester.«

»Hierher, Schwester.«

»Hier, zu mir, Schwester.«

»Hier.«

»Schwester.«

»Mein Schwesterlein.«

Die Tage verbrachten sie fernab von Easterly, in der Stadt, auf den Märkten, in Siyaso. Sie standen an Straßenecken und boten Gürtel mit Metallschnallen feil, knallbunte Afrokämme mit Spiegelintarsien, einzelne Zigaretten für die kurze Zeitungslektüre am Straßenrand, gekochte Eier mit einer Prise Salz in Packpapier. Dabei erzählten sie im Flüsterton die Gerüchte weiter, die über den Gesundheitszustand des Präsidenten kursierten.

»Er ist in Malaysia von der Gangway gestolpert.«

»So ist das mit der Maul- und Klauenseuche, wer's Maul aufreißt und andere beklaut, kommt irgendwann zu Fall.«

Abends packten sie ihre Sachen zusammen und kehrten,

in einen Dunst aus Hitze und Staub gehüllt, nach Easterly zurück, wo sie wie immer von Martha Mupengo empfangen wurden.

»Zehn Cent, bitte«, sagte sie und lüpfte ihr Kleid.

Josephats Frau war unter den Erwachsenen die Erste, die erkannte, was mit Martha los war. Sie wohnte in einem Haus, das ihrer Tante gehört hatte, zusammen mit Josephat, wenn er von der Minenarbeit heimkam. Seit fünf Jahren war sie mit Josephat verheiratet. Josephats Frau hatte sich den Klang dieser neuen Identität auf der Zunge zergehen lassen, und er gefiel ihr so gut, dass sie sich fortan nur noch so nannte. »Hier spricht Josephats Frau«, sagte sie, wenn sie das Handy auf dem kleinen Hügel oberhalb der Easterly Farm benutzte. »Hallo, hallo. Josephats Frau hier. Ja, Josephats *Frau.*«

»Als wäre sie die erste Frau, die jemals geheiratet wurde«, sagte *Mai*James zu *Mai*Toby.

»*Vatsva vetsambo*«, antwortete *Mai*Toby. »Lass sie noch ein paar Jahre verheiratet sein, dann wird ihr das Lächeln schon vergehen.«

An diesem Tag ging Josephats Frau langsam nach Easterly zurück, damit das dicke Wattepolster nicht verrutschte, das die Krankenschwestern ihr zwischen die Schenkel gesteckt hatten. Wie Luft, die auf dem steinigen Weg nach Magunje den Busreifen entwich, schwand das Glück aus

46

ihrer Ehe. *Kusvodza* hatte man im Krankenhaus dazu gesagt, und das erinnerte sie an *kusvedza*, rutschen, gleiten, genau das, was ihr widerfuhr, die Babys rutschten und glitten als Klumpen von Blut und Fleisch aus ihr heraus. Sie war nach Easterly gezogen, um die Ungeborenen zu schützen, war aus Mutoko geflohen, wo Josephat sie als Braut hingebracht hatte. Nach drei Fehlgeburten hatte sie den Klatschgeschichten Glauben geschenkt, denen zufolge Josephats Tante väterlicherseits Hexerei betrieb.

»Sie fressen meine Kinder«, erklärte sie, als Josephat sie in seinem Zwei-Zimmer-Haus neben der Hartley-Mine unweit von Chegutu vorfand. Sie blieb nur sechs Monate. Nach einer weiteren Fehlgeburt fielen ihr die Gerüchte über die Frau des Vorarbeiters und deren Freundin Rebecca ein, die den Spirituosenladen führte.

»Sie fressen meine Kinder«, sagte sie und zog zu ihrer Tante nach Mbare. Dort blieb sie, bis die Familie das Haus räumen musste und sich in Easterly ansiedelte. Nach einer weiteren Fehlgeburt sagte sie zu ihrer Tante: »Du frisst meine Kinder.«

Das nahm die Tante ihr übel. Immerhin hatte sie Anteilnahme gezeigt und Josephats Frau sogar die Namen von einigen Leuten genannt, die möglicherweise ihre Kinder fraßen. Als die beiden sich prügelten, verlor Josephats Frau einen Zahn und sämtliche Knöpfe an ihrem Kleid. Danach starb der jüngere Bruder des Mannes ihrer Tante. Das Paar warf die Witwe des verstorbenen Bruders und ihre kleinen Kinder aus deren Haus in Chitungwiza, um selbst dort einzuziehen, und ließen Josephats Frau in Easterly zurück.

Abends schlug sie ihre Bibel auf und bewegte die Lippen, während sie die Verheißungen an die Gläubigen las: »Ist einer unter euch krank, dann rufe er die Ältesten der Gemeinde zu sich; sie sollen Gebete über ihn sprechen und ihn im Namen des Herrn mit Öl salben. Das gläubige Gebet wird den Kranken retten.«

Sie huschte von einer Kirche zur nächsten, nahm an Gottesdiensten in Township-Hinterzimmern teil, während draußen die besoffenen Zecher grölten, ließ sich auf freiem Feld von Mücken aussaugen, während sie inmitten von weiß gekleideten Wanderpredigern mit kahl rasiertem Schädel und Hirtenstab betete, die ihr die Hand auf den Kopf und auf die Brüste legten. In der Heiligen Kirche des Gesalbten Lamms, im Tempel Göttlicher Errettung, in der Kirche der Frohen Botschaft unseres Erlösers schrie sie sich ihren Wunsch von der Seele und redete in Zungen. Sie strebte nach einem Kind, wie die anderen Büßenden um sie herum nach Erlösung strebten, nach einem Weg aus der Not, nach Befreiung von der unerträglichen Bürde der Einsamkeit, nach irgendeiner Art von Heil. Und wenn der Herr sie nicht erhörte, konnte es doch nur daran liegen, dass ihr Beten, ihr Flehen nicht inbrünstig genug gewesen waren.

Als sie am Haus von *Mai*Toby vorbeiging, fiel ihr ein, dass *Mai*Toby ihr von einer neuen Glaubensgemeinschaft erzählt hatte, die ihre Gottesdienste auf einem Feld neben dem Golfplatz von Sherwood in Sentosa abhielt. »Sie sind nicht zu übersehen«, hatte *Mai*Toby gesagt. »Du gehst die Quendon entlang, bis du die Tokwe-Siedlung erreichst. Sie beten unter einem Baum, an dem eine große, viereckige Flagge hängt, mit einem weißen Kreuz auf rotem Hintergrund.«

Ich müsste also den Bus nehmen und zweimal umsteigen, dachte Josephats Frau. Zuerst mit dem Bus nach Mabvuku, dann mit einem anderen Bus in die Stadt. Dort müsste sie etwa eine Viertelstunde von der Fourth Street zur Leopold Takawira Street gehen, den Bus nach Avondale nehmen und danach noch eine Dreiviertelstunde nach Sentosa laufen.

Dann stehe ich eben um fünf auf, beim ersten Hahnenschrei.

Da fiel ihr ein, dass sie ihren Mann bisher nicht in der Mine erreicht hatte, um ihm von der jüngsten Fehlgeburt zu berichten. Sie schlug den Weg Richtung *Mai*James' Haus ein. Und da sah sie Martha. Inzwischen brauchte sie nicht mehr das Kleid zu lüpfen, um die verräterische Wölbung zu enthüllen. Dieser Anblick brach das letzte Stück Seele, das bei Josephats Frau noch unversehrt geblieben war. Sie rannte an Martha vorbei, ihre Schultern berührten sich, Martha schwankte leicht, aber Josephats Frau rannte einfach weiter.

»Zehn Cent, bitte«, rief ihr Martha hinterher.

In ihren Träumen drehte sich Josephats Frau um, weil sie ein Kind weinen hörte. In der Hartley-Mine löste sich ihr Mann Josephat von Rebecca, der Freundin der Frau des Vorarbeiters, die den Spirituosenladen führte. Er dachte über die wachsende Freudlosigkeit in seinem Ehebett nach. Früher hatte seine Frau sich ihm voll und ganz hingegeben, sie hatte ihn voll und ganz in sich aufgenommen, war mit ihm dem Gipfel entgegengeflogen, hoch und immer höher, und anschließend wieder mit ihm gelandet, tief und immer tiefer.

Jetzt legte sie sich erst hin, nachdem sie um ein Kind gebetet hatte, und hatte nur noch dieses Ziel vor Augen. *Selbstverständlich werden wir Kinder bekommen*, hatte Josephat gedacht, als sie heirateten. *Jungen, natürlich. Zwei Jungen und vielleicht ein Mädchen.*

Inzwischen war ihm egal, was dabei herauskam. Er wollte nur noch, dass dieser Schmerz endlich aufhörte. Er löste sich von Rebecca, legte sich auf den Rücken und dachte an seine Frau in Easterly.

Der Winter, in dem Marthas Kind zur Welt kommen sollte, war ein Winter der gebrochenen Versprechen. Die Regierung versprach, dass die Preise sinken und die Löhne steigen würden. Stattdessen passierte das Gegenteil. Die Opposition versprach, dagegen zu protestieren. Stattdessen zankte man sich über die Besetzung von drei der sechs wichtigsten Führungsposten. Vom Himmel fiel *chimvura-mabwe*, Hagel aus gefrorener Hitze, der auf den Zungen der lachenden Kinder von Easterly schmolz. Sie tippten die Leichen der Frösche an, die im Fluss in der Nähe der Farm erfroren waren. Die Wasserleitung platzte.

*Mai*James und *Ba*Toby diskutierten darüber, ob dieser Winter der kälteste war oder der vorletzte Kriegswinter. *Mai*James war der Meinung, es sei der Kriegswinter gewesen, *Ba*Toby hingegen, es sei dieser Winter. »Du warst damals doch nicht größer als Toby *uyu*. Wie kannst du dich da an diesen Kriegswinter erinnern?«, sagte *Mai*-James ohne jeden Groll.

Die Regierung sorgte für Klarheit.

»Unser Satellitenbild zeigt, dass in den Eastern High-lands eine Warmfront aufzieht. Die Wärme dürfte wohl anhalten, ihr könnt die Pullis und Heizgeräte also weg-packen. Euer Freund und Meteorologe Stan Mukasa wünscht allen Hörern eine geruhsame Nacht. Hier ist *nhepfenyuro yenyu*, Radio Simbabwe. Und jetzt übergebe ich das Mikro an Nathaniel Moyo für die Sendung *Deine Farm und du.*«

*Ba*Toby hatte also recht. Wenn die Regierung sagte, die Inflation werde sinken, würde sie garantiert steigen. Wenn die Regierung eine bombastische Ernte in Aussicht stell-te, drohte der Hungertod. »Wenn die Regierung sagt, der Himmel sei blau, sollten wir lieber aufblicken und uns selbst ein Bild machen«, sagte *Ba*Toby.

Es hieß, in diesem Winter würde es weitere Räumungen

geben. Das hatten sie zuvor auch schon gehört, neu war das nicht. Sie verdrängten jeden Gedanken daran und legten noch mehr heimlich geschlagenes Holz auf ihre Feuerstellen. Godwills Mabhena, der Nachbar von *Mai*James, verfeuerte seine Sonntagshose.

Mitte des Winters wusste ganz Easterly, dass Martha ein Kind erwartete. Die Männer rissen derbe Witze darüber, wie es ihr überhaupt gelungen war, sich schwängern zu lassen. Die Frauen redeten sich mühsam ein, die Sache hätte mit Easterly, mit ihnen oder ihren Männern nicht das Geringste zu tun. »Manchmal ist sie ja tagelang verschwunden«, erklärte *Mai*Toby. »Und diesen Straßenkindern ist alles zuzutrauen.«

»Straßenkinder? Zum Teil sind das schon ausgewachsene Männer.«

»Sag ich doch.«

»Müsste man da nicht etwas unternehmen, jemanden anrufen oder so, vielleicht die Polizei?«, fragte die weibliche Hälfte des Pärchens, das niemand wirklich kannte.

»Stimmt, man müsste dringend etwas unternehmen«, erwiderte *Mai*James.

»Die tut ja so, als wären wir hier im Nobelvorort«, sagte *Mai*James später zu *Mai*Toby. »Polizei? In Easterly? *Hodo!*« Beide Frauen lachten und klatschten sich ab.

»*Haiwa*, wer sagt uns, ob sie überhaupt kommen, wenn

wir sie rufen? Wie lange hat es gedauert, im Fall von Titus Zunguza, mindestens einen oder zwei Tage …«

»*Ndizvo*, und wenn sie schon nicht kommen, wenn *wir* sie brauchen, wird Martha kaum mehr Glück haben.«

»Und selbst wenn sie kommen – was dann?«

Der weiblichen Hälfte des Pärchens, das niemand wirklich kannte, fiel ein, dass ihre Schwägerin eine Sozialarbeiterin kannte, die in derselben Kirchengemeinde war. »Ach, du meinst Maggie«, sagte die Schwägerin. »Maggie ist schon vor langer Zeit mit ihrem Mann *ku*South gezogen. Jetzt fährt ihr Mann bestimmt ein tolles Auto, *mbishi chaiyo.*«

Daraufhin schlug die weibliche Hälfte im Telefonbuch die Nummer des Sozialamts nach. Als sie dort anrief, war unter dieser Nummer kein Anschluss mehr, und nach drei weiteren Versuchen gab sie die Sache auf. *Noch ist ja genug Zeit, um etwas zu unternehmen.*

Wenn die Kinder Martha lachend umkreisten, schimpfte *Mai*Toby: »Sucht euch einen anderen Ort zum Spielen. Hat man euch denn nicht beigebracht, dass man zu Erwachsenen höflich sein muss? Und was dich angeht, *wemanzinzeve*« – sie wandte sich Tobias zu –, »komm her und wasch dich.«

Der Winter, in dem Marthas Baby geboren wurde, war auch der Winter, in dem Josephat Urlaub bekam. Es war der letzte Winter von Easterly.

Am Abend, als Martha in den Wehen lag, kehrte Josephats Frau gerade von einem Gottesdienst auf einem Feld in der Nähe von Mabvuku zurück. Sie hatte keine Augen für die Nachbarn, die in kleinen Gruppen vor ihren Häusern versammelt waren. Erst als sie an Marthas Haus vorbeikam, drangen die Geräusche von Easterly zu ihr durch. War das eben ein Stöhnen?, fragte sie sich. Ja, das klang nach einem Schmerzensschrei. Ohne nachzudenken, stürmte sie förmlich in Marthas Haus. Im Mondschein, der durch die Fensterfolie fiel, sah sie Martha nackt auf der Matratze liegen. Zwischen ihren Schenkeln lugte der Kopf ihres Babys hervor.

»Ich hole dir Hilfe«, sagte Josephats Frau. »Ich hole Hilfe.«

Sie wandte sich zur Tür. Ein weiteres Stöhnen ließ sie innehalten, sie drehte sich um. Sie kniete sich auf die Matratze und lugte zwischen Marthas Beine. »Zehn Cent«, sagte Martha und wurde ohnmächtig.

Josephats Frau griff in den Schoß der reglosen Martha und bekam eine Schulter zu fassen. Dann rutschte ihr die Hand weg. Tränen der Enttäuschung schossen ihr in die Augen. Wieder griff sie hinein und zog das Baby schließlich heraus. Marthas Blut tränkte die Matratze. »Klemm die Nabelschnur ab«, sagte Josephats Frau laut zu sich selbst und klemmte sie ab.

Sie suchte nach einem Werkzeug, um die Nabelschnur zu durchtrennen. Es gab nichts, und das Baby glitt ihr beinahe aus den Händen. Mit tränenverschleierten Augen kaute sie auf Marthas Fleisch herum, blendete den Geschmack von Blut aus und kaute und zupfte so lange an der Schnur, bis das Baby befreit war. Sie wischte sich mit dem Handrücken das Blut vom Mund. Das Baby schrie, sie drückte es an sich und spürte, wie ihre Brüste gleich zu schwellen anfingen. Sie lachte schluchzend auf. Mit klopfendem Herzen nahm sie sich das erste Stück Stoff, das ihr in die Finger fiel, ein Kleid mit Mohnblumenmuster, und wickelte das Baby darin ein.

Zu Hause setzte sie Wasser auf und wischte das Baby ab. Sie zog ihm die Kleider der Kinder an, die ihr entglitten waren. Dann legte sie es an die Brust, und es saugte Luft, bis sie beide einschliefen. Dieser Anblick war das Erste, was Josephat zu sehen bekam, als er nach Mitternacht zurückkehrte. »Wem gehört dieses Kind?«

»Gott hat es mir geschenkt«, sagte sie.

Als Josephat im Dämmerlicht das Gesicht seiner Frau sah, wurde ihm flau. »Ich gehe zur Polizei«, sagte er. »Du kannst dir nicht einfach ein Kind schnappen und erwarten, dass ich nichts unternehme.«

Seine Frau drückte das Baby fester an sich. »Das ist Gottes Wille. Wir können es doch nicht Martha überlassen. Wie soll sie denn für ein Kind sorgen?«

»Wovon redest du überhaupt? Wer ist Martha?«

»Martha Martha. Ich habe sie in ihrem Schlafzimmer zurückgelassen, sie hat das Baby zur Welt gebracht. Sie kann sich nicht um dieses Kind kümmern. Das ist Gottes Wille.«

Josephat rauschte aus dem Zimmer. Er wusste genau, dass er mit seiner Vermutung recht hatte. Zehn Monate zuvor war er nach Hause gekommen, ohne seine Frau vorzufinden. »Sie hat sich zu einer langen Nacht des Gebets aufgemacht«, hörte er von einem Nachbarn. Zorn und Unmut wallten in ihm auf. Ihm blieben nur diese und die nächste Nacht, bevor er zur Mine zurückmusste.

Die Reise hätte ich mir sparen können, dachte er.

Danach war er zum Biergarten in Mabvuku gegangen. Als er nach Hause kam, rochen die Laken nach seiner Frau, aber sie war nicht da. Ihn überkam ein ungeheures Verlangen. Mit schmerzhaft steifem Glied ging er hinaus, weil er Wasser lassen musste, und erleichterte sich an der Hauswand. Rechts von ihm bewegte sich etwas. Er sah eine weibliche Gestalt. Sofort musste er an Hexerei denken. Er zündete sich eine Zigarette an und erkannte im Licht der Streichholzflamme die Irre wieder. »Zehn Cent, bitte«, sagte sie und lüpfte ihr Kleid.

Er war der Frau zu ihrem Haus in der hintersten Ecke gefolgt, hatte sie zu Boden gerungen und war gewaltsam in sie eingedrungen. Auf dem Höhepunkt kam er zur Besinnung. »Verzeih mir«, sagte er. »Verzeih mir.«

Er blickte sie erst an, als sie erneut sagte: »Zehn Cent, bitte.« Ihr Lächeln ließ ihn schaudern. Er verfing sich in seinen Hosenbeinen und stolperte rückwärts aus dem Haus.

Er rannte heim, ohne einmal innezuhalten, und zog sich dabei die Hose hoch. »Das war ich nicht«, sprach er immer wieder vor sich hin. »Das war ich nicht.«

Wieder zündete er sich eine Zigarette an. Es stank nach brennendem Filter. Er hatte sie verkehrt herum angesteckt. Er feilschte mit Gott, er feilschte mit den Geistern seiner mütterlichen und väterlichen Ahnen. Er feilschte mit sich selbst. Nie wieder würde er eine andere Frau berühren als seine Ehefrau. Nie würde er sie verlassen, selbst wenn sie ihm niemals ein Kind gebar. Und als er sich später von Rebecca, von Juliet und noch vielen anderen verführen ließ, redete er sich ein, dass diese Frauen alle nicht zählten.

Josephat fand Martha auf dem Boden liegend vor. Er hob ihren linken Arm an, der schlaff zurückfiel. Er breitete eine Decke über ihre Leiche und ging hinaus. Von einer Gruppe, die sich um *Ba*Toby geschart hatte, drangen Gesprächsfetzen zu ihm. Zum ersten Mal wurde ihm bewusst, dass die Bewohner von Easterly noch wach waren, und das zu einer ungewöhnlich späten Zeit. Es war weit nach Mitternacht, trotzdem standen die Leute im Mondschein grüppchenweise zusammen. Neugierig trat er näher.

»Heute waren sie an der Union Avenue und haben die ganze Ware beschlagnahmt.«

»Haben sie einfach auf die Lastwagen geworfen.«

»Und wenn dabei was kaputtging, war's ihnen egal.«

»In Mufakose auch, die haben alles zerstört.«

»Siyaso ist futsch, Mupedzanhamo auch.«

»Der Flohmarkt an der Union Avenue.«

»*Kwese neku*Africa Unity, alles dem Erdboden gleichgemacht.«

»Sogar in den Vororten, sie haben den Markt von Chisipite gestürmt.«

»Mein Bruder-Cousin meinte, als Nächstes nehmen sie sich die Häuser vor.«

»Das werden sie nicht wagen.«

»*Hanzi*, in diesem Augenblick stehen die Bulldozer schon vor der Porta Farm.«

»Wenn sie sogar Siyaso zerstören …«

»Aber sie können Siyaso nicht zerstören.«

»Unmöglich«, sagte *Ba*Toby. »Ich glaub es einfach nicht.«

»Ich war dabei«, sagte Godwills Mabhena. »Ich habe es mit eigenen Augen gesehen.«

»Männer«, sagte *Mai*James. »Können immer nur reden und reden. Anstatt mal was zu unternehmen. Warum habt ihr nichts unternommen, als sie Siyaso plattmachten? *Nyararazvako.*« Dieses letzte tröstliche Wort richtete sich an das schreiende Kind auf ihrer Hüfte. Dessen Mutter gehörte zu den drei Frauen, die in Mufakose verhaftet worden waren, zwei, weil sie sich aus Protest die Kleider vom Leib reißen wollten, die dritte, die Mutter des Kindes, weil sie sich auch dann noch an ihre Warenkiste klammerte, als der Schlagstock ihr die Fingerknöchel bereits blutig geprügelt hatte. Das Kind schluchzte an *Mai*James' Brust.

»Ich glaub es einfach nicht«, wiederholte *Ba*Toby.

Zu Hause nahm Josephat einen marineblauen Koffer vom Schrank und warf wahllos Kleider hinein. Seine Frau hielt das Baby zärtlich umfangen und summte ein Wiegenlied, das Josephats Mutter ihm einst vorgesungen hatte.

»*Dein Kind ist untröstlich, Schwester.*«

»Los, wir gehen«, sagte er.

»*Es schreit nach der Mutter, die fortgegangen.*«

»Wir müssen packen, wir müssen hier weg.«

»*Fortgegangen nach Chidyamupunga.*«

»Bald sind die Bulldozer da.«

»*Chidyamupunga, wo die Gurken faulen.*«

»Wir müssen los.«

»*Gurken faulen hinter Mungezi.*«

»Ellen, bitte.«

Sie blickte zu ihm auf. Er schluckte. Ihr Lächeln in diesem Dämmerlicht erinnerte ihn an Martha. »Wir müssen hier weg«, wiederholte er. Er nahm eine Handvoll Babysachen, hielt einen Augenblick inne, dann stopfte er sie in den Koffer und klappte ihn zu.

»Zeit zu gehen«, sagte er. Unterwegs fiel ihm der Text zum Wiegenlied seiner Mutter wieder ein.

Gurken faulen hinter Mungezi.
Hinter Mungezi liegt ein großes weißes Messer,
Ein großes weißes Messer, um feines Fleisch zu schneiden,
Feines Fleisch zu schneiden, das auf kahlem Felsen
trocknet …

Als sie sich aus Easterly herausstahlen, dämmerte es bereits.

Als die Sonne über Easterly aufging, fiel nicht einmal den Kindern auf, dass Martha fehlte. Sie rannten vor den Bulldozern weg. Erst als Josephat und seine Frau in Chegutu anlangten, machten sich die Bulldozer, die bereits sämtliche Häuser in der Reihe, die von *Mai*James zu *Ba*Toby reichte, geschleift und das Haus, aus dem Josephat und seine Frau geflohen waren, niedergerissen hatten, genau wie das Haus des Pärchens, das niemand wirklich kannte, erst dann machten sie sich schließlich über Marthas Haus her und legten ihre erstarrte Leiche bloß. Zwischen ihren Schenkeln steckte noch die Nachgeburt.

TROTT
IN
DER
ANSTALT

Emily sieht Ezekiel wild um sich fuchteln. Tausende von Phantommücken suchen ihn mit ihrem Summen heim. Sie fliegen dicht an seinem Ohr, immer am selben, am rechten Ohr. Er schlägt nach ihnen, aber das stachelt sie erst recht an. Wie gern würde er eine erwischen, eine einzige, und die befriedigende Blutspur an der Wand erblicken. Manchmal schlägt er immer wieder nach einer bestimmten Mücke, wieder und wieder, aber er trifft nur die Wand und vor allem sich selbst.

Man muss ihn oft verarzten.

Er sagt, neben den summenden Mücken hört er zwischendurch noch anderes: das Brüllen von Männern, die wie Soldaten gekleidet sind, das Knistern von Stroh auf brennenden Hütten, schreiende Kinder, weinende Frauen. Häufiger und verstörender ist aber dieses zeitweilige, schrille Summen Tausender Mücken. Um den Lärm abzuwehren, singt Ezekiel ein Lied, das Emily aus der Sonntagsschule kennt:

Vater Abraham, schick Lazarus mir zu Hilfe,
Das Feuer verzehrt mich.
Yuwi maiwe yuwi,
Yuwi maiwe yuwi.
Ich bitte dich, schick Lazarus mir zu Hilfe,
Die Hitze bringt mich um.

Und wenn Ezekiel mindestens zwanzig Mal »Abraham, Abraham« schreit, verstummen die Mücken.

Sein Geschrei weckt den Unmut der Nonne Hedwig. Sie verpasst ihm eine heftige Kopfnuss. Er hört auf zu schreien und flüstert: »Abraham, Abraham«, nah am Fenster, gleich neben Emily. Sie sieht, wie er zittert, und legt ihm spontan eine Hand auf die Schulter. Schweigend stehen sie am Fenster und sehen auf die Second Street Extension hinaus, auf die Botschaftsgebäude von Belgravia und den Golfplatz auf der anderen Straßenseite. Hinter Metallgitter und Maschendraht, hinter den bewehrten Fenstern, die sie von der Außenwelt trennen, können sie am achtzehnten Loch winzige Gestalten ausmachen.

Abwechslung gibt es nur jenseits des Fensters, obwohl sich auch dort ein wiederkehrendes Muster behauptet. Die Autos, Busse, Emergency Taxis entlang der Second Street Extension sind voller Menschen, die ihrem Alltag nachgehen, wer drinsitzt, nimmt die Blicke von außen nicht wahr. Ein-, zwei-, fünfmal am Tag sieht sie, deren Leben in der Luft hängt, den Autos und Lieferwagen zu. Hin und her fährt der kleine grüne Bus, zwischen Stadtzentrum und Universität. »University of Zimbabwe« prangt in blauen Lettern auf einem weißen Kombi, »Faculty of Law«. Der Wagen ist so nah, dass sie unter dem Universitätswappen das Motto der juristischen Fakultät erkennen kann: *Fiat justitia ruat caelum.* Dieses Motto ist nicht bloß ein Zitat von Caesoninus auf einem Wappen, es ist ihr Seelengesang, der Grund, warum sie Rechtswissenschaften studiert, der Sinn, den sie ihrem Leben verleihen will. »Der Gerechtigkeit Genüge leisten, und wenn der Himmel einstürzt«, denkt sie laut. Draußen Verkehr, Golfplatz, Häuser. Drinnen Anstaltstrott.

◞

Sie bringen Emily zu Dr. Chikara, zu ihrer Linken der Studiendekan, zu ihrer Rechten der Leiter von Swinton Hall, ihrem Studentenwohnheim. Dr. Chikara ist anders als erwartet. Sein Sprechzimmer ein leerer Raum mit nackten Wänden. Kein einziges Buch von Freud oder Jung. Weit und breit keine Couch. Er spricht weder vom Es noch vom Ich. Stattdessen weist er ihr von seinem Amtsschreibtisch aus einen Amtsstuhl zu.

Er raucht Kingsgate, eine Zigarette nach der anderen.

Er notiert sich alles, was sie sagt.

»Kannst nichts ersinnen für ein krank Gemüt?«, fragt sie ihn. »Tief wurzelnd Leid aus dem Gedächtnis reißen?«

Auch das notiert er sich.

»Kann ich eine Zigarette haben«, sagt sie, ohne Fragezeichen.

»Rauchen Sie?«, sagt er, mit Fragezeichen.

»Jetzt schon«, antwortet sie und steckt sich eine seiner Zigaretten an. Hustet tränenden Auges den Rauch heraus.

Selbst das notiert er sich.

»Ich überweise Sie in die Anstalt«, sagt er, »in die psychiatrische Abteilung der Parirenyatwa-Klinik.«

Die Wörter *psychiatrische* und *Klinik* prallen in ihrem Kopf mit einem lauten Knall aufeinander.

»Ich bin nicht verrückt«, sagt sie.

»Natürlich nicht«, sagt er. »Darum geht es auch gar nicht. Sie müssen sich nur ausruhen, einfach nur ausruhen.«

Emily fügt sich, gibt nach, sie muss sich ausruhen. Der Heimleiter ruft für sie ein Taxi, die Kosten übernimmt die Universität. »Ich will eine Freundin besuchen«, erklärt sie dem Taxifahrer ungefragt. In der Anstalt fällt die Tür hinter ihr zu. Ein Mann in gestreiftem Bademantel schleppt sich mit diesem langsamen Schritt heran, der sie unweigerlich an die Untoten aus Film und Fernsehen erinnert. Sein Gesicht ist von Leere besetzt.

»Hast du vielleicht die *Parade*, Schwester?«, lallt er.

Sie wendet sich zur Tür, aber die hat an der Innenseite keinen Griff.

»Ich sollte gar nicht hier sein«, sagt sie. »Lasst mich raus, lasst mich sofort raus.«

»Schwester, kann ich bitte die *Parade* haben?«, sagt der Mann und berührt ihr Gesicht. Er lockt noch andere herbei, und so schlurfen ihr zwei Frauen entgegen, die Gesichter so leer wie seins. In ihrem Kopf hallen wie ein hartnäckiger Störenfried die Verse aus Stephen Kings *Das Monstrum* wider: *Letzte Nacht und die Nacht davor, Tommyknockers, Tommyknockers klopften an mein Tor.* Die Tür geht partout nicht auf, und Emily haut dagegen, um den schlurfenden Gestalten in ihren gestreiften Bademänteln zu entfliehen. Eine Krankenschwester kommt auf sie zu, macht ein betroffenes Gesicht.

»Bist nicht du das Mädchen von der Universität?«, fragt die Schwester auf Shona. »Hat nicht Dr. Chikara dich hergeschickt?«

»Nein, nein«, sagt Emily auf Englisch, »lassen Sie mich raus.«

Ich möchte hinaus, weiß nicht, ob ich's kann.

»Bist nicht du diejenige, die wir erwarten?«, fragt die Schwester erneut.

»Ich habe mich verirrt«, sagt Emily, »tut mir leid, total verirrt, ich sollte gar nicht hier sein.«

Ich hab' solche Angst vor dem Tommyknocker-Mann.

Die Tür geht auf, und sie stolpert hinaus.

In ihrem Zimmer in Swinton Hall, Gang P, verkündet sie ins Leere: »Von jetzt an führe ich Tagebuch. Ich werde alles aufschreiben, was mir widerfährt. Heute habe ich Tee getrunken, also schreibe ich das auf.«

»Heute Tee getrunken«, schreibt sie.

Daraus wird allerdings »Heute Tee gestunken«, Emily lacht, als sie das liest. Dann begreift sie, dass das gar nicht so lustig ist, sondern im Gegenteil beweist, wie sich alles gegen sie wendet, nicht einmal ihrem Füller kann sie trauen, ihrer Hand, ihrem Verstand, ihr eigenes Handeln richtet sich gegen sie, alles ist gegen sie, alles ist falsch, schlecht, nichts wird je wieder gut.

Während sie weint, kommen der Studiendekan und der Heimleiter in ihr Zimmer, um sie in die Anstalt zurückzubringen. »Ich kenne meine Rechte«, sagt sie, die Augen noch voller Tränen. »Ich studiere Jura.«

Sie wischen Emilys Studium beiseite wie eine lästige Fliege.

»Dein Vater hat uns autorisiert, dich einweisen zu lassen«, sagen sie.

Der Wille ihres Vaters erstreckt sich quer über das Land, von Bulawayo bis Harare. Genau die Strecke, die Emily zu Beginn eines jeden Semesters zurücklegt, um zur Universität zu gelangen, vorbei an Gweru, Kadoma, Chegutu. Dieser Wille kommt jetzt über die Bulawayo Road angebraust und scheucht Emily von ihrem Bett, damit sie eine kleine Reisetasche packt. Stifte und Notizbuch, ihr neues Tagebuch. Dreimal Unterwäsche zum Wechseln, drei T-Shirts, zwei Jeans. Ein Buch: *Der Ursprung der Familie, des Privateigenthums und des Staats.*

Ihre Kleider sind hier unerwünscht, sie bleiben in der Reisetasche. Emily trägt ein gestreiftes Krankenhaushemd, das mit den völlig verwaschenen Lettern ANSTALT AN-STALT ANSTALT bedruckt ist. Gebrandmarkt ist sie über der Brust, am rechten Arm, oberhalb der Knie, quer über den Rücken. Emily ist klein. Diese Hemden sollten Einheitsgröße haben, aber ihres ist so riesig, dass sie sich vorkommt wie in einem Zelt. Sie erhascht ihr Spiegelbild in der Fensterscheibe. Sie kann sich gar nicht sehen. Spott-SchwesterMatilda nimmt ihre Personalien auf. Name, Alter, Hautfarbe, Religion, Größe, Gewicht. Sie fragt Emily, welchem Stamm sie angehört.

»Das ist genau das, was in diesem Land den Fortschritt bremst«, brüllt Emily. »Der Begriff ›Stamm‹ ist ein überhebliches westliches Konstrukt«, fügt sie hinzu, nachdem man sie ruhiggestellt hat. »Goten, Vandalen und Westgoten, das waren Stämme, man spricht auch vom serbischen Tribalismus, aber afrikanischer Tribalismus? Ich habe keinen Stamm, ich bin Teil einer Nation.«

Man zwingt sie, sich hinzulegen.

»Ich bin Studentin«, heult sie. »An der Universität.«

»Hedwig ist eine katholische Nonne, Ezekiel ist Unteroffizier, Sonia hier leitet ein Hotel«, sagt SpottSchwester-Matilda. »Willkommen in der Anstalt, meine Liebe, auch Studenten sind uns willkommen.«

Emily liest laut Passagen aus *Der Ursprung der Familie.* Eine Welle der Dankbarkeit überkommt sie. Diese Männer, Marx und Engels, Karl und Friedrich, tot und weiß, haben alles verstanden, wirklich alles, alles verstanden. »Erstens setzt die Geschlechtsliebe beim geliebten Wesen Gegenliebe voraus; die Frau steht insoweit dem Manne gleich … Zweitens hat die Geschlechtsliebe einen Grad von Intensität und Dauer, der beiden Theilen Nichtbesitz und Trennung als ein hohes, wo nicht das höchste, Unglück erscheinen läßt; um sich gegenseitig besitzen zu können, spielen sie hohes Spiel, bis zum Einsatz des Lebens.«

Sie weint sich in den Schlaf. Als sie aufwacht, steht vor ihr eine junge Farbige und starrt sie an, lächelnd spielt sie mit den Perlen an Emilys Zöpfen. »Fühl mal mein Baby«, sagt die Farbige.

Sie heißt Estelle, ein Stern, der hoch über allem steht, was gewöhnlich und elementar ist. Allem und jedem entrückt.

»Fühl mal mein Baby«, wiederholt sie, die Augen geschlossen. Sie legt Emilys Hand auf ihren brettflachen Bauch. »Morgen wird er geboren. Ralph.« Estelle spricht den Namen aus, als wollte sie seinem Klang nachschmecken.

»Ralph«, wiederholt sie.

»So werde ich ihn nennen, Ralph, wie Karate Kid.«

Gemeinsam sehen Emily und Estelle auf die Second Street Extension hinaus, wo der kleine grüne Bus hin- und herfährt.

In der Anstalt stellt sie fest, dass andere ebenfalls nicht verrückt sind.

»Ich bin nicht verrückt«, sagt Ezekiel.

»Ich bin auch nicht verrückt«, sagt Estelle.

»Warum starrst du mich so an, als wäre ich verrückt?«, fragt Hedwig und verpasst Ezekiel eine Kopfnuss. Keiner ist verrückt, abgesehen von den Krankenschwestern mit ihren verschwommenen Gesichtern, mal sind sie weg, mal sind sie da mit ihren großen Ohren und großen zupackenden Händen und sagen, Emily muss sich ausruhen. Sie geben ihr drei kleine Tabletten, eine orange-gelbe, eine eckige weiße, eine runde weiße. Sie ist froh, dass Nett-SchwesterLindiwe sie ins Bett bringt und nicht Spott-SchwesterMatilda. Emily muss ihr dringend etwas sagen, etwas Wichtiges, ungeheuer Wichtiges. Das Wichtigste, was sie jemals zu jemandem gesagt hat. Sie klammert sich an den Arm von NettSchwesterLindiwe und blickt ihr in die Augen. »Nimm dich in Acht vorm Brabbelback, mein Sohn!«, sagt Emily. »Er beißt, wenn er dich packt. Reiß aus, reiß aus vorm Sabbelschnack, vorm Jubjub, der dich zwickt und zwackt.«

∿

Ezekiel sitzt in der Ecke, von den Fenstern abgewandt. Arbeitet emsig vor sich hin, niemand darf sehen, was er da macht. Schließlich zeigt er schüchtern sein Werk vor, eine Zeichnung des Tadsch Mahals. Zarte, fragile Türme und Säulen in Schwarz-Weiß. »Das ist ein Gebäude in Indien«, erklärt er. »Ich habe es in einem Buch gesehen.« Als Ezekiel das nächste Mal »Abraham, Abraham« schreit, zerfetzt Hedwig seine Zeichnung, der Tadsch Mahal flattert zu Boden, in sieben Stücke gerissen. Ezekiel setzt sich einfach hin und zeichnet einen neuen. Er schenkt ihn Emily. Wenn überhaupt möglich, ist dieser noch schöner als der erste. »Was Schöneres habe ich noch nie gesehen«, sagt sie, und das ist ernst gemeint. Sie weint, ganz ohne Grund. Ezekiel legt ihr eine Hand auf die Schulter und lächelt. Gemeinsam sehen sie aus dem Fenster. Emily bringt ihn dazu, ein neues Lied zu singen. Sie wählt ein Lied aus der Sonntagsschule, das ebenfalls von Abraham handelt.

Vater Abraham hat viele Söhne
Viele Söhne hat Vater Abraham
Ich bin einer, und einer bist du.
So preisen wir den Herrn.

Auf der Second Street Extension fährt der kleine grüne Bus hin und her.

～

Hedwig, Emily, Estelle, Ezekiel. Und Sonia, die weiße Insassin. Das Krankenhaushandtuch hat sie sich als Turban um den Kopf gewickelt. Sie raucht Madison Blue, höchst vornehm, und hält die Zigarette von ihr weg, als sie zu Emily sagt: »Dein Englisch ist gut. Sehr gut für eine Afrikanerin.« Sie schenkt Emily ihre Zigaretten. Anders als Dr. Chikaras Kingsgates kratzen die blauen Madisons nicht im Hals. Emily raucht eine, fünf, so beginnt die Sucht, hier in der Anstalt.

Und dort in der Ecke hockt *Ma*Bheki.

Emily weiß inzwischen, dass sie zu *Ma*Bheki Abstand halten muss. Deren Wahnsinn ist bösartig, ein brachialer Wahn, der Fixierung erfordert, Tabletten reichen nicht, ob orange-gelb oder weiß, rund oder eckig.

»Ich will mein Fleisch«, brüllt *Ma*Bheki.

Ihre Babys hat sie alle gefressen, erzählt sie, am liebsten mag sie das Fleisch ihrer Söhnchen. Beim Anblick eines Jungen überkommt sie ein ganz eigenartiger Hunger, ein richtiger Esszwang. Während sie das sagt, blickt sie Ezekiel an, und Emily singt ihm das neue Abraham-Lied vor, bis er sich beruhigt hat. *Ma*Bheki bleibt nicht lange in der Anstalt, ihr Wahn erfordert strenge Maßnahmen, die sich hier nicht durchführen lassen. Man schnallt sie an einer Trage fest, um sie von hier wegzubringen, weg aus Harare und Mashonaland nach Ingutsheni, der ältesten, der größten psychiatrischen Klinik des Landes, Ingutsheni, die ewige Zurechtweisung an Kinder: Red nicht so, als wärst du in Ingutsheni. Bevor Ingutsheni zu einer psychiatrischen Klinik wurde, war es ein Irrenhaus, und dort wird *Ma*Bheki in den Chor der gemeingefährlich Wahnsinnigen, der geisteskranken Straftäter einstimmen.

*Ma*Bheki bleckt die Zähne, ihr Blick trifft auf den von Emily.

»Ich will mein Fleisch«, sagt sie, und die Tür fällt hinter ihr zu.

In diesem Augenblick hat Emily den Verlauf ihres eigenen Lebens vor Augen, von der beiläufigen, fast im Plauderton gestellten Frage an, wie viele Disprin-Tabletten man wohl schlucken müsse, um sich umzubringen, die Vizeheimleiterin Anna aufgeschnappt hatte, woraufhin sie die Universitätsmaschinerie in Gang setzte und die Frage an den Heimleiter übermittelte, der sie seinerseits dem Dekan übermittelte, der sie Dr. Chikara übermittelte, der sie wiederum Emilys Eltern übermittelte, die auf ihre Einweisung bestanden. Sie begreift immerhin dies: Nicht wegen ihrer Frage ist sie in der Anstalt gelandet, sondern weil jemand ihre Frage aufgeschnappt hat. Je nachdem, ob sie diese Frage noch einmal stellt oder eben nicht, besser gesagt, wie laut sie diese Frage stellt, wird ihr Leben die eine oder die andere Richtung einschlagen, die des kleinen grünen Busses, der über die Second Street Extension zur Bond Street, zur Pendennis Road und zur Universität weiterfährt, oder in die andere Richtung, an der Ecke Second Street und Julius Nyerere Way abbiegend, dann vorbei an der National Gallery und dem Monomotapa Crowne Plaza, am Rathaus vorbei bis zum Hauptbahnhof, um in den Nachtzug nach Ingutsheni zu steigen.

Emily zwingt sich, normal zu sein.

Sie hört auf, in Reimen und Zitaten zu sprechen. Sie

schiebt Marx und Engels beiseite. Insgeheim rezitiert sie »Brabbelback« und »Bibistibos«. *Es sunnte Gold, und Molch und Lurch krawallten 'rum im grünen Kreis, den Flattrings ging es durch und durch, sie quiepsten wie die Quiekedeis. Man kennt ihn auf den ersten Blick, an Augen in Höhlen drin. Die Stirn ist tief gefurcht vom Denken, der Schädel hoch und fremd.*

Wie viele Disprin-Tabletten man wohl braucht, um sich umzubringen, fragt sie sich. Vier Schachteln oder fünf, vielleicht sogar zehn, überlegt sie. Sie wird die Tabletten mit Wodka hinunterspülen, mit einer Mischung aus Mazoe und Mineralwasser. Sie stellt Vergleiche an, Norolon versus Disprin. Glaubt man den schaurigen Zeitungsmeldungen über Abtreibungen, die mit Norolon eingeleitet wurden und zum Tod des Fötus, aber auch zum Tod der Mutter führten, ist die Wahrscheinlichkeit größer, dass es mit Norolon klappt.

Ihre äußere Hülle hilft morgens beim Austeilen von Tee und Toast. Ihre äußere Hülle blickt nachmittags aus dem Fenster und achtet darauf, nicht zu lange dort sitzen zu bleiben. Sie verfasst hoffnungsfrohe Tagebucheinträge voller Ausrufezeichen über ihre Zukunft außerhalb der Anstalt. »Ich gehe nach Oxford!«, schreibt sie. »Ich bekomme ein Rhodes-Stipendium!«

Die Abendtabletten leeren ihr den Geist.

Abends geht sie im Anstaltstrott.

Und dann eröffnet ihr Dr. Chikara aus heiterem Himmel, sie könne ihr altes Leben wieder aufnehmen. Mit Ezekiel singt sie »Vater Abraham«, einmal noch, dreimal, siebenmal. Estelle stimmt ein. Hedwig dirigiert und besteht darauf, dass sie stehend einen Chor bilden. Sonia klatscht Beifall. SpottSchwesterMatilda schüttelt bei diesem Anblick den Kopf. »Ein Irrenchor«, sagt sie zu den Pflegern, aber ohne Häme.

Emily tritt aus der Tür, die an der Innenseite keinen Griff hat. Als Letztes sieht sie, wie Ezekiel »Abraham, Abraham« sagt und Hedwig ihm eine Kopfnuss verpasst. Emily steht an der Second Street Extension und wartet auf den kleinen grünen Bus. Ihre Rückkehr in die akademische Welt wird von Raunen und Rippenstößen begleitet. Man macht über sie schlaue Witze, Juristenwitze.

»Sie hat keinen guten Leumund«, sagt ein Kommilitone.

»Sie ist keine zuverlässige Zeugin«, sagt ein anderer.

»Sie ist ein Fall für fürsorgliche Unterbringung«, meint ein Dritter.

Sie konzentriert sich dermaßen darauf, normal zu sein, dass die Gedanken an Disprin versus Norolon in den Bereich des Fantastischen verdrängt werden. Ihre Prüfungsergebnisse sind ausgezeichnet. Im ersten Jahr erreicht sie siebenmal die Bestnote. Den Bücherpreis der Universität gewinnt sie drei Jahre in Folge. Ihre Abhandlung über präsidiale Amnestie und Rechtsstaatlichkeit wird im *Legal Forum* veröffentlicht. Doch für den Rest ihrer Zeit an der Universität kennt man sie als Jurastudentin Emily, die versucht hat, sich umzubringen, als ihr Freund, Maschinen-baustudent Gwinyai, sie für die lange, dünne Soziologie-studentin Lydia verließ. Sogar Erstsemester, die damals gar nicht dabei waren, erzählen die Geschichte weiter, die von Mal zu Mal wunderlichere Blüten treibt.

»Sie ist auf einen Baum geklettert, den Baum gegenüber der Studentenvertretung.«

»Sie hat vierzig Tabletten geschluckt.«

»Sie wurde auf dem Boden aufgefunden. Bewusstlos.«

»Nackt.«

»Sie hat sich vor das Auto ihres Freundes geworfen.«

»Nicht ihres Freundes, es war das Auto des Dekans.«

»Er hat sie ins Krankenhaus gebracht.«

»Von wegen Krankenhaus, *chii*, man hat sie ins Taxi, in den Bus, in den Zug, ins Flugzeug nach Ingutsheni gesetzt.«

Die Absurdität erreicht ihren Gipfel in Emilys drittem Jahr, als sie von einer ahnungslosen Erstsemesterin gefragt wird: »Stimmt es, dass diese Emma, diese Jurastudentin, sich in meinem Zimmer umbringen wollte?«

Es stimmt. Die Erstsemesterin bewohnt Emilys altes Zimmer in Gang P.

»Glaub nicht jeden Unsinn, den man dir erzählt«, ant-wortet Emily. »Das ist in Gang Q passiert.« Das ist nett gemeint, aber als sie der Erstsemesterin das nächste Mal begegnet, hat sie diesen wissenden Blick: Aus der legendä-ren Jurastudentin Emma ist die leibhaftige Emily gewor-den. Die Erstsemesterin wechselt die Seite und geht an Emily vorbei, ohne sie anzusehen.

Inmitten des Raunens und der ausgestreckten Zeige-finger bewegt sich Emily wie eine Schlafwandlerin. Ob-wohl sie lernt, wieder normal zu sein, erbringt sie bald den unumstößlichen Beweis, dass sie aus ihrer Erfahrung nicht die geringste Lehre gezogen hat: Sie verliebt sich aufs Neue, ebenso leichtsinnig und fast so hemmungslos wie beim letzten Mal, diesmal in einen Rugby spielenden BWL-Studenten, den alle bis auf seine Mutter Tuggs nennen. »Ich mag dich, Süße, keine Frage«, erklärt Tuggs, »aber so kann es nicht weitergehen, und das weißt du auch. Was, wenn du bei mir genauso verrückt wirst wie bei diesem Maschinenbauer?« Diese Abfuhr ist die erste in einer langen Reihe von Liebesenttäuschungen nach der Sache mit Gwinyai, die ihr jedoch diese Einsicht beschert: Keine Liebesenttäuschung wird jemals wieder so herb sein, dass Emily außer sich und in die Anstalt gerät.

Trotzdem fühlt es sich jedes Mal wieder so an wie ein kleiner Tod.

Hin und her fährt sie in dem kleinen grünen Bus, sitzt immer auf der rechten Seite, mit Blick auf den Golfplatz und nicht auf die Anstalt gegenüber. In der Schublade mit ihrem Tagebuch und ihren überschwänglichen Gedichten bewahrt sie auch Ezekiels Zeichnung vom Tadsch Mahal auf. Im letzten Studienjahr hat sie drei Viertel der Strecke zurückgelegt, die sie von der Anstalt weg und nach Oxford führt. Sie braucht nur noch zu feiern – ihren Abschluss, Weihnachten, das näher rückt, das Heimkommen, die Zukunft, in der alles möglich scheint.

Es ist Freitagabend, und sie gönnt sich zusammen mit Fadz, Sihle, Kenny und Lindy Pilz-Burger im Chicken Inn. Danach werden sie sich in Fadz' verbeulten Käfer zwängen und zum Circus fahren, um die Nacht durchzutanzen. Sie haben bereits Wodka getrunken und lachen beim kleinsten Anlass. Lachend tritt Emily auf die Inez Terrace hinaus, und da steht Ezekiel mit einer Schachtel Fried Chicken. Breit lächelnd kommt er auf sie zu. Er sagt etwas, grüßt sie, aber sie hört nur »Abraham, Abraham«, dazu das Hin und Her des kleinen grünen Busses. Sie wendet sich ab. Er sieht, dass sie vorgibt, ihn nicht zu sehen, und sie sieht, dass er es sieht. Sie gibt vor, nicht zu sehen, wie sein Gesicht sich verdüstert.

WAS
SCHÖNES
AUS
LONDON

Der kleine Junge im orangeroten T-Shirt erzählt mir, dass seine Großmutter sagt, seine Mami würde ihm was Schönes aus London mitbringen. »Deine Mami bringt dir auch was Schönes aus London mit«, verkündet er mit dem feierlichen Ernst eines Kindes, dessen Angelegenheiten alle Welt betreffen. Bevor ich antworten kann, läuft er weg, und ich sehe ihm zu, während er auf der Aussichtsplattform auf und ab rennt, die über die Ankunftshalle unseres Flughafens ragt. Er wurde von den Chinesen erbaut, als der alte Flughafen die Touristen nicht mehr fassen konnte, die zu Tausenden ins Land strömten. Heutzutage bleiben die Touristen fern. Wir sind dermaßen isoliert, dass uns keine kamerabewehrten, kaufkräftigen Besucher mehr Dollar und Pfund, Euro, Yen und Yuan in die leeren Staatskassen spülen. Unser Flughafen ist nur dem Namen nach international; zweimal pro Woche geht ein Flug nach London und wieder zurück, das ist das Einzige, was uns direkt mit der Welt jenseits unseres Kontinents verbindet.

Wir warten auf den Freitagmorgenflug aus London, und ich stehe mit meiner Mutter, meinem Bruder Jonathan und seiner Frau Mukai auf der Aussichtsplattform und blicke aus dem Panoramafenster. Mit unseren düsteren Mienen wirken wir hier fehl am Platz, inmitten von Leuten, die erwartungsfroh lächeln, die mit lachendem Mund und ausgestrecktem Zeigefinger den Kindern Hinweise geben: Da sind sie, dort ist sie, da ist er ja endlich, sie sind pünktlich gelandet. Meine Mutter starrt blicklos auf die Fluggäste, die sich unten den Hals nach der Plattform verrenken, in der Hoffnung, dort ein vertrautes Gesicht auszumachen, ein Wedeln mit klirrenden Armreifen, ein breites Lächeln. Sie haben sich für ihren Flug Mühe gegeben, die Frauen mit ihren makellosen Kunsthaarfrisuren, den englischen Kleidern, die wie angegossen sitzen, der Haut, die mit den Jahren heller geworden ist, vielleicht haben dafür auch schon sechs Monate fernab von Hitze und zehrender Armut gereicht. Diejenigen, die sie empfangen, haben sich auch Mühe gegeben, wobei »Mühe« vielleicht nicht das richtige Wort ist. Wahrscheinlich haben sie ihre stille Verzweiflung nur allzu gern abgelegt, um sich in strahlende Wiedersehensfreude zu hüllen. Denn die geliebten Fluggäste kommen nicht allein, sie bringen was Schönes aus London mit, die fremde Währung, mit der man auf dem Schwarzmarkt handeln kann und die einem für ein paar weitere Monate das Überleben sichert.

Zwei Stunden warten wir, bis Jonathan von der Fluggesellschaft erfährt, dass Peter nicht an Bord war. Als

Nächstes wird der Flug aus Johannesburg angezeigt, und wir treten schweren Herzens die Heimfahrt an. Auf dem Weg zum Parkplatz wechseln wir kein Wort, meine Mutter zwischen Jonathan und Mukai und ich zwei Schritte dahinter. Kaum hat Jonathan den Motor angelassen, plärrt das Radio los. Eine Stimme erinnert uns daran, dass dieses Land uns gehört, man wird es uns nie wieder wegnehmen, nie wieder wird dieses Land eine Kolonie sein. Während der zwanzig Minuten, die Jonathan braucht, um uns nach Hause zu fahren, wird diese Botschaft drei Mal wiederholt. Dazwischen werden schmalzige patriotische Lieder gespielt, darunter eines, das ich noch nicht kannte und das den Präsidenten als direkten Nachfahren Jesu Christi besingt und Gott den Allmächtigen bittet, ihm, seiner Frau und all seinen Kindern ein langes Leben zu bescheren.

Als Jonathan durch das offene Tor in unsere Garteneinfahrt einbiegt, stimmen die Frauen, die sich vor dem Haus versammelt haben, ein langes Wehklagen an. Sie bekommen Verstärkung, als noch mehr Frauen aus dem Haus strömen, die sich vor Trauer winden und auf und ab springen. Sie rufen: »Peter *woye*, *nhai* Peter, Peter *kani*, Peter, Peter, Peter, Peter.« Ihre Rufe zerreißen die Luft, einer lauter und höher als der andere. *Mai*Lisa, meine Tante väterlicherseits, übertönt sie alle, während sie erst auf einem Bein springt, dann auf dem anderen, sich tief vorbeugt und wieder aufrichtet, die Hände auf den Kopf legt und den Blick gen Himmel richtet, Tränen fließen ihr aus den Augen, aus ihren Achseln rinnt Schweiß und durchnässt das helle Kleid. Sie bringt meine Mutter fast zu Fall, als sie sie in die Arme schließt. Gestern hätte sie mich beinahe umgestoßen, sodass ich das Weite suche, als sie auf mich zustürmt, und mich dem Wehgeschrei der versammelten Schwiegertöchter anschließe. Sie sind die offiziellen Klageweiber und beginnen mit der rituellen Anrufung. Sie skandieren Peters Namen.

»Wir werden ihn nie wiedersehen, *uhuu.*«

»Warum hast du uns verlassen, oh mein Vater, *yuwi?*«

»Du hast uns allein gelassen, allein und verloren, *yuwi.*«

»Sieh dir deine Mutter an, sie ist einsam und untröstlich.«

»Du bist so grausam, Peter, komm zurück, Peter, *kani.*«

»Wer soll jetzt für uns sorgen, da du uns verlassen hast, *uhuu?*«

Die Männer der Familie stehen im Hintergrund, halten sich von dieser intensiven Trauer fern, das ist Frauensache. Die Klagen halten noch eine Weile an, dann wollen alle wissen, was passiert ist.

»Peters Leichnam ist nicht angekommen«, verkündet Jonathan.

Damit gibt sich die Verwandtschaft nicht zufrieden, sie bohrt weiter. Jetzt, da Erklärungen verlangt werden, verstummt *Mai*Lisa. Sie hatte die Nachricht ihrer Tochter Lisa aus England weitergegeben: Peter kommt zurück. Da

Peter nicht gekommen ist und wir eine Erklärung verlangen, fällt ihr plötzlich ein, dass sie in der Küche gebraucht wird, wo sie die Schwiegertöchter herumkommandiert. Weil diese keine Angehörigen väterlicherseits sind, müssen sie nicht nur am lautesten trauern und sich die Seele aus dem Leib schreien, sondern auch bei allen Familienfesten kochen und putzen. Von *Mai*Lisa bekommen wir nur zu hören: »Mehr weiß ich auch nicht. Lisa ist vor Ort. Warum die Länge einer Schlange anhand der Baumrinde bestimmen, wenn man die Schlange selbst messen kann?«

Lisa ruft abends an und erklärt, als sie ihrer Mutter gesagt habe, dass Peter mit dem Morgenflug ankommen würde, habe sie gemeint, *möglicherweise.* Tatsächlich habe sie ihrer Mutter nie gesagt, dass Peter *bestimmt* ankommt. Die Sache sei *komplizierter* als gedacht. Es könne durchaus sein, dass es noch *Tage* dauert, bis Peter heimkommt. Sie sei ja von London nach Birmingham gefahren, könne aber nicht bleiben. Es werde noch eine Autopsie geben. Peter sei in einem Viertel voller *Junkies* gestorben. Man habe ihn erst eine Woche nach seinem Tod identifiziert. Offenbar werde es mindestens noch eine Woche, wenn nicht zwei, dauern, bevor er heimkommen kann. Möglicherweise werde es sogar zwei Autopsien geben, wenn gegen einen Tatverdächtigen Anklage erhoben wird.

Bis dahin verbleiben Peters sterbliche Überreste in der

Kühlschublade eines Leichenschauhauses in der Fremde. Unterdessen hat sich hier die Familie versammelt, um ihren Sohn zu begraben. Draußen am Feuer sitzen die Männer, halten Wache und diskutieren darüber, ob Motor Action oder Caps United Anspruch auf die Topplatzierung in der ersten Fußballliga haben. Sie sind sich darin einig, dass Dynamos unter dem jetzigen Management keine Chance habe. Im Haus singen die Frauen von der Flüchtigkeit unseres Daseins auf Erden. »Hatina musha panyika«, singen sie und warten darauf, Peter in seinem Sarg zu sehen, um ihrem Kummer ganz freien Lauf zu lassen. Sie können erst dann wirklich um ihn trauern, wenn sie seine Leiche vor Augen haben. Staub war er, zum Staub kehrt er zurück, wenn er – als Ganzes, unversehrt – begraben wird. Alle sind hier versammelt, der Bruder meines Großvaters, die Neffen und Nichten meines Vaters, die Onkel und Tanten väterlicherseits, aber auch die angeheirateten Onkel und Tanten. Es kommen immer mehr dazu, sie setzen die passende Miene auf, um den anderen zu begegnen, setzen die Maske der Trauer auf, sobald sie unser Gartentor erblicken. Dann legen sie auch schon los, schreien lauthals Ach und Weh, fallen sich gegenseitig um den Hals und taumeln trauertänzerisch umeinander. Nach diesem emotionalen Moment tauschen sie sich über den Gesundheitszustand aus, ihren eigenen und den ihrer Angehörigen, und dann denken sie allmählich ans Essen.

Das bereitet uns den größten Kummer.

Wir können sie unmöglich alle verköstigen, wenn sie

weiterhin so zahlreich herbeiströmen und wir sie auf unbestimmte Zeit beherbergen müssen. Wir haben keine Ahnung, wie lange es noch dauert, bis Peter heimgeschickt wird. Das dürftige Häufchen von *chema*-Trauerspenden, das in einer Schale auf dem Küchentisch liegt, speckige Scheine, vom Schweiß vieler Hände getränkt, reicht kaum für drei Tage Milch vom Schwarzmarkt, Brot und Zucker. Die Angehörigen väterlicherseits, die das Recht haben, ihre Schwiegertöchter herumzukommandieren, marschieren jetzt schon in die Küche und wollen wissen, wann es Essen gibt. Aber wie sollen wir diesen Leuten vermitteln: Geht jetzt bitte weg, die offizielle Trauerphase hat noch nicht begonnen? Sie haben sich in Unkosten gestürzt, um hierherzugelangen; die alten Tanten aus Shurugwi haben ihre Scheine aus den rostigen Dosen hervorgekramt, in denen sie ihr Geld aufbewahren. Wie soll man sie bitte schön dazu anhalten, jetzt wegzugehen und später wiederzukommen, neues Geld aufzutreiben, ihre traurigsten Mienen aufzusetzen?

Wir können ja nicht zu einem Begräbnis einladen, als handelte es sich um eine Hochzeit.

Auch wenn wir Peter nicht ohne unsere Angehörigen begraben können, machen uns diese Angehörigen nicht nur wegen der drängenden Essensfrage Schwierigkeiten. Sie lehnen unsere Entscheidung ab, Peter hier in Harare zu begraben. Sie wollen partout nicht hören, als Jonathan ihnen erklärt, dass wir froh sein können, überhaupt eine Grabstätte ergattert zu haben, dass wir dafür ein Mitglied des Gemeinderats schmieren und außerdem das Doppelte des üblichen Preises bezahlen mussten. Die Angehörigen beharren darauf, dass Peter Hunderte Kilometer entfernt bei meinem Vater und anderen Vorfahren in Shurugwi begraben werden sollte. Großonkel Matyaya, der gestern Abend angekommen ist, bestand am lautesten darauf. Bebend vor Entrüstung packte er den Knauf seines Gehstocks und klopfte damit auf den Boden, dass es nur so donnerte. »Ist es nicht schon schlimm genug, dass Peter *mhiri kwemakungwa* gestorben ist, jenseits des Meeres, wo man immer mit dem unheilvollen Wirken fremder Geister rechnen muss? Niemals zuvor wurde ein Sohn Chikwiros fern der Heimat seiner Ahnen begraben.« Jonathan ist mit seiner Geduld am Ende und verkneift sich mühsam die Bemerkung, dass die Ältesten Peter gern in Shurugwi bestatten können, wenn sie die Kosten der Busreise für die komplette Trauergemeinde übernehmen.

»Vaters Tod hat immerhin einen Vorteil – wir brauchen uns nicht mehr mit seinen nervigen Angehörigen herumzuschlagen«, hatte Peter einst mit seinem typischen Leichtsinn bemerkt. Wir sollten bald erkennen, dass seine Einschätzung voreilig gewesen war. Der Tod löst die Bande nicht, er stärkt sie sogar, weil die Familie gerade im Todesfall ihre Ansprüche geltend macht. Der Mann, der uns als Ehemann und Vater geliehen worden war, wurde nach seinem Tod von seinem Klan zurückgefordert. Man begrub ihn in Shurugwi, sodass wir stundenlang auf schlechten Straßen dort hinfahren müssen, wenn wir sein Grab besuchen wollen. Die Blutsbande diktierten das Trauerritual, die Zeremonie zur Befreiung seines Geistes und die Regelung der Erbschaftsangelegenheiten. Seine Familie hatte sogar versucht, an seiner Stelle zu sprechen. Sie schaltete einen Wahrsager ein, der zwischen dem Diesseits und dem Jenseits vermittelte und dessen unumstößliches Verdikt lautete: Unser Vater könne nicht in Frieden ruhen. Offenbar störten vor allem finanzielle Fragen seine Ruhe.

»Das Geld, das er hinterlassen hat, soll seinem Willen nach zwischen seinen Kindern und seinen Blutsgeschwistern aufgeteilt werden«, erläuterte *Mai*Lisa.

So ruhelos der Geist meines Vater auch sein mochte, gelang es ihm dennoch nicht, das Testament, das er mit eigener Hand aufgesetzt und unterschrieben hatte, rückgängig zu machen. Und als dieses Urteil am Nachlassgericht erging, konnten die Onkel und Tanten nur noch schnauben.

Jetzt sind sie hier, die Onkel und Tanten. Sie wollen unbedingt, dass wir ihren höchsten Ansprüchen gerecht werden, aber die Kosten dafür ganz allein tragen, weil wir das Erbe meines Vaters nicht mit ihnen geteilt haben. Jonathan macht sich vor allem Sorgen wegen des Benzins. Er fährt langsam, um weniger zu verbrauchen. Vor den Tankstellen bilden sich lange Schlangen, manche Leute schlafen in ihren Autos, weil sie nicht wissen, wann genau es Nachschub gibt. Die Tankwarte sind in ihrem Optimismus nicht zu bremsen, das Benzin kommt, wenn nicht jetzt, dann irgendwann im Lauf der Woche. Aber je zuversichtlicher die Tankwarte, desto länger die Schlangen. Jonathan befürchtet, dass unser Benzin nicht mehr für die ganze Woche reicht. Zwar haben Trauergemeinden an den Tankstellen Vorrang, aber man ist dort inzwischen misstrauisch geworden, weil Hochstapler sich gern als Begräbnisgast ausgeben und das Benzin dann zu überhöhten Preisen weiterverkaufen. Ein Mann täuschte sogar seinen eigenen Tod vor und wäre beinahe im Sarg erstickt, als er die kostbare Flüssigkeit erschleichen wollte. Jetzt bestehen die Tankwarte darauf, dass man ihnen die Sterbeurkunde des Verstorbenen zeigt. Wir haben aber keine Sterbeurkunde und werden erst eine bekommen, wenn es Lisa gelingt, sie für uns ausstellen zu lassen.

∿

Lisa ist die Tochter der Schwester meines Vaters, sie nennt mich *Mainini*, Mütterchen, Jonathan und Peter bezeichnet sie als Onkel. Ihre Mutter nimmt jede Gelegenheit wahr, uns von ihren jüngsten Erfolgen zu berichten.

»Lisa hat sich ein Auto gekauft.«

»Lisa ist in eine größere Wohnung umgezogen.«

»Lisa fliegt nach Amerika, Kanada, Italien, Frankreich.«

»Heute hat sie mir Geld überwiesen, zweihundertfünfzig Milliarden Dollar hat sie überwiesen, stell dir vor, das sind nur zweihundert Pfund. Sie will unbedingt, dass ich Urlaub mache, aber ich sagte Nein, mein Kind, dafür gebe ich keine vier Jahresgehälter einer Lehrerin aus, ein neuer Herd ist wichtiger. Und dann hat sie einfach wieder Geld überwiesen, fünfhundert Milliarden Dollar, ist das nicht unglaublich? Davon kaufe ich mir einen neuen Kühlschrank bei Radio Limited.«

Lisa selbst bekommen wir hingegen kaum zu Gesicht. Seit sie vor vier Jahren ausgewandert ist, war sie erst ein Mal wieder hier. An Weihnachten vor zwei Jahren, als strahlende Erscheinung mit Kunsthaar und knallengen Klamotten. Sie brachte uns ein Tablett mit, das mit den Namen und Gesichtern der englischen Könige und Königinnen verziert war, von Wilhelm dem Eroberer bis zu Elisabeth II., und überreichte es uns, als bräuchten wir nichts dringender, während sich unser Leben im Chaos aufzulösen drohte. Sie schwatzte mit ihrem neuen Akzent munter über England. Den ersten Buchstaben unserer Hauptstadt sprach sie *haytsch* aus und beschwerte sich über die Sonne, zu heiß, sagte Lisa, sie sei ja erst seit zwei Wochen zurück und werde schon so dunkel. »Aber hier sind natürlich alle so dunkel«, meinte sie.

Meine Tante und meine Mutter führten schon seit jeher einen Zermürbungskrieg gegeneinander, den gleichen Zermürbungskrieg, der in Familien landauf, landab zwischen den Ehefrauen einerseits und den Müttern und Schwestern ihrer Ehemänner andererseits ausgefochten wird. Meine Tante pflegte meine Mutter von Kopf bis Fuß zu taxieren und zu fragen: »Ist das Kleid neu?«, um dann zu bemerken: »Ich hätte nicht gedacht, dass du *bei deinen Problemen* Zeit findest, dich so aufzubrezeln«, während meine Mutter mit dem Finger über deren Möbel fuhr, um die Staubschicht zu prüfen, und mit ihrem scharfen Auge noch den kleinsten Fleck an den Fensterscheiben erspähte.

Der ärgste Kampf war der Konkurrenzkampf zwischen ihren Kindern. Finanziell waren wir nicht so erfolgreich wie Lisa, hatten bei Radio Limited weder Herd noch Kühlschrank für unsere Mutter bestellt. Aber selbst unsere bescheidenen Erfolge – ich sollte bald mein Medizinstudium abschließen, Jonathan hatte eine Qualifikation als Buchhalter erworben – wurden durch das Versagen von Peter zunichtegemacht.

Meine Tante kommt mir oft vor wie das Gegenteil der drei Reiter aus meinem Lieblingsgedicht als Kind, die nachts von Gent nach Aachen galoppieren, um gute Neuigkeiten zu übermitteln. Sie durchquert die Stadt von Mufakose nach Greendale, um uns voller Eifer schlechte Neuigkeiten zu überbringen, ehe jemand anders ihr zuvorkommt. Und dafür, dass London und Birmingham so weit auseinanderliegen, weiß Lisa erstaunlich gut Bescheid über Peters Misserfolge. Diese erzählt sie brühwarm ihrer Mutter weiter, die bereitwillig von einem unbequemen, stickig heißen Vorortbus in den nächsten steigt, um sich bei uns in jeder Hinsicht auszuschwitzen.

Bis sie uns eines Tages die schlechteste aller Neuigkeiten überbrachte.

Wir sollten uns aber keine Sorgen machen, sagte sie.

Lisa werde Peter nach Hause bringen.

Während sie mit allem prahlt, was Lisa erreicht hat, vergisst meine Tante gern, dass mein Vater derjenige war, der ihr den Anstoß gab: »Schwester, jetzt, wo deine Tochter ihr Diplom in Krankenpflege hat, sollte sie ihr Glück lieber im Ausland versuchen, wie so viele andere, anstatt in irgendeinem Provinzkrankenhaus zu versauern.«

Mein Vater war derjenige, der Lisa das Geld für ihr Flugticket gab. Danach zeigte meine Mutter ihm eine Woche lang die kalte Schulter; nachts wurden ihre Stimmen lauter, sie beharrte darauf, dass er zuerst an seine eigenen Kinder denken müsse, während er die Meinung vertrat, es sei in unserem Interesse, dass auch andere in der Familie Erfolg hätten, um so die familiären Lasten besser zu verteilen, worauf sie sagte, seine Schwäche werde ihm noch leidtun, und ihn an die Weisheit unserer Alten erinnerte:

Wer einen Hund mit der Hand aufzieht, wird später von ihm in den Finger gebissen.

Auch wenn mein Vater Lisas Erfolg nicht mehr erlebte, sorgte er sogar vom Grab aus gut für uns. Das Geld aus seiner Lebensversicherung ermöglichte es Peter, nach London zu gehen. Ich verdränge den Gedanken, dass das nicht fair war, dass ich an seiner Stelle hätte gehen sollen und dass ich Vater alle Ehre gemacht hätte. Schon damals sah ich ein, dass er sich dabei durchaus etwas gedacht hatte: Ich hatte mein Studium, Jonathan seine Ausbildung. Peter hingegen war ziellos und träge. Harare war nicht der richtige Ort für einen Neunzehnjährigen, der zwar intelligent und begabt, aber zu faul war, um sich die Noten zu erarbeiten, die ihm Zugang zu den hiesigen Universitäten verschafft hätten, der keinen Job fand und am liebsten trank.

Also schickten wir ihn nach London.

Er hatte mehr Glück als viele unserer Landsleute, die scharenweise in England landeten, um ihren Lebensunterhalt damit zu verdienen, dass sie alten Menschen den Arsch abwischten. Mutters jüngstem Sohn blieben solch niederen Tätigkeiten erspart. Vaters Geld finanzierte ihm das Studium. Peters Interessen waren allerdings so weit gefächert wie die Lehrinhalte, die ihm angeboten wurden, und so wechselte er von Architektur zu Betriebswirtschaftslehre, von Wirtschaftswissenschaften zu Statistik, von Kostenplanung zu Informatik. »Diesmal bleibe ich dabei«, sagte er bei jedem Wechsel.

Wafa wanaka, sagen die Alten. Das heißt nicht nur, dass man im Tod vollkommenen Frieden findet, sondern auch, dass wir den Toten nicht übel nachreden sollen. Sobald ein Mensch in das Geisterreich übertritt, nimmt er seine Verfehlungen mit, und wir reden nur noch über seine guten Seiten. Während wir nun um Peter trauern, müssen wir vergessen, in welchem Ausmaß er die Familie geschröpft hat. Es reichte ja nicht, dass meine Mutter seine Studiengebühren zahlte und für Kost und Logis aufkam. Morgens um drei klingelte schrill und beharrlich das Telefon. Ich stürzte hin und stieß mir dabei immer den Fuß an, denn es war dunkel, nachts gab es nie Strom, ich rannte hin in der Hoffnung, den Hörer schneller abzunehmen als meine Mutter, die in ihrem Schlafzimmer einen Nebenanschluss hatte, zu spät, ich hörte, wie sie sich meldete und Peter gleich mit der Tür ins Haus fiel: »Ich brauche Geld.«

»*Nhai* Peter, was fällt dir ein, um diese Uhrzeit anzurufen und um Geld zu bitten? Warum brauchst du überhaupt Geld, wir haben dir doch schon so viel geschickt«, beschwor ihn meine Mutter.

»Ich brauche Geld.«

So war Peter, immer bekam er, was er wollte, suchte

sich den größten Apfel, den buntesten Drachen aus. Und meine Mutter gab nach, wie sie es sein Leben lang getan hatte. Sie tauschte auf dem Schwarzmarkt britische Pfund und ließ ihm das Geld heimlich zukommen, riskierte damit eine Gefängnisstrafe, denn seit Neuestem gab es ein Gesetz, das die Ausfuhr von Devisen untersagte. Und wir aßen unser Brot ohne Butter, tranken unseren Tee ohne Milch, während Peter in London das Erbe unseres Vaters versoff.

Wafa wanaka: Wir müssen vergessen, dass Peter alles stahl, was ihm aus dem Familienbesitz in die Finger fiel, bevor er nach London ging, so auch das Stethoskop, das Vater mir vererbt hatte, das Stethoskop, durch das ich als Kind meine eigenen Herztöne hörte, ich saß auf Vaters Knien, und er neckte mich mit der Erklärung, dass aus meiner linken Herzkammer ein Lachen zu vernehmen war und aus meiner rechten Herzkammer ein Weinen und dass ich immer auf die linke Seite hören sollte, weil in diesem Fall links das Rechte sei. Das Stethoskop, in dem eingraviert war: »Peter Munyaradzi Chikwiro: Jahrgangsbester der Medizinischen Fakultät der Universität von Aberdeen, 1972«, das Stethoskop, das ich verwenden wollte, um die Herztöne meiner eigenen Patienten abzuhören.

Wafa wanaka: Wir müssen die zunehmend hysterischen Anrufe vergessen, als Peter damit drohte, sich das Leben zu nehmen, falls Mutter ihm nicht mehr Geld schickte, die Anrufe, die sie dazu brachten, alle Aktien zu verkaufen, die Vater ihr zur Alterssicherung hinterlassen hatte, dann einen Kredit mit einem Zinssatz von 800 Prozent aufzunehmen, den sie von ihrem bescheidenen Lehrerinnengehalt abzustottern versuchte, das bald nichts mehr wert war, während die Inflationsrate zunächst von 30 auf 70 Prozent stieg, dann von 117 auf 967,53 Prozent und schließlich die Schallgrenze von 1000 Prozent durchbrach. Wir müssen vergessen, dass Mutters Blutdruck mit der Inflation stieg, während sie einen Gegenstand nach dem anderen verkaufte, um die Forderungen aus England zu erfüllen, dass sie immer häufiger zum Arzt ging, während sie versuchte, Peters Exzessen aus 7000 Kilometern Entfernung Einhalt zu gebieten, bis er wieder damit drohte, sich das Leben zu nehmen, wenn sie ihm kein Geld schickte, und meine Mutter, die vor wachsender Bedrängnis, Krankheit und Erschöpfung nicht mehr ein noch aus wusste, schließlich sagte: »Mach doch, Peter. Mach es einfach, dann haben wir vielleicht alle unsere Ruhe.«

Aus dem Hinterhof, wo die Schwiegertöchter überm offenen Feuer kochen, ist Gelächter zu hören. »Das ist doch nicht dein Ernst«, sagt Mukai. »Das hat sie nie im Leben gesagt.«

»Doch!«, sagt eine Stimme, die zur Frau meines Onkels Donald gehört. »Ich schwöre bei meinem Vater, der in Serima Mission begraben liegt, dass sie genau das gesagt hat.«

Daraufhin ertönt noch mehr Gelächter. Es ist nicht

fehl am Platz in diesem Haus der Trauer. So liegen die Dinge nun mal: Wir kommen immer nur zusammen, um unsere Toten zu begraben. Warum sollten wir dabei nicht lachen? Nach dem Abschied treffen wir uns beim nächsten Begräbnis wieder. Die Statistiker, deren Aufgabe es ist, menschliche Erfahrung zu bemessen, zu berechnen und deren Durchschnittswert zu ermitteln, zählen hierzulande monatlich dreitausend Todesfälle, und so stelle ich mir allein in diesem Monat dreitausend Familien vor, in deren Häusern dreitausend Totenwachen abgehalten werden, dreitausend Häufchen *chema*-Trauerspenden, dreitausend Familien, bei denen plötzlich ein Streit ausbrechen wird zwischen jenen, die einander nicht mögen und sich trotzdem dem unabweisbaren Gebot des Blutes fügen müssen, dreitausend Grüppchen von Schwiegertöchtern, die über den Töpfen für den Leichenschmaus lachen.

Als ich mich von den Lachenden abwende, folgt mir die Frau von Onkel Donald, sie zieht mich in eine Ecke und erzählt mir, *Mai*Lisa habe *Dinge gesagt*. Dass *Mai*Lisa Dinge sagt, überrascht mich nicht, genauso wenig wie die Tatsache, dass die lieben Verwandten dafür sorgen, dass uns kein einziges ihrer Worte entgeht.

»Ich will ja nicht tratschen«, sagt sie in der irrigen Annahme, sie würde nur flüstern, »aber *Mai*Lisa behauptet, dass eure Familie ihrer Tochter ständig auf die Pelle rückt und dass es nicht ihre Schuld ist, wenn Peter das Erbe seines Vaters verprasst hat, und sie fragt, was du und Jonathan eigentlich für eine Erziehung genossen habt, wenn ihr alles ihrem Kind aufbürden müsst. Sie meint, sie habe Lisa geraten, an sich zu denken und das zu tun, was für sie das Beste ist, und sich keine Sorgen darüber zu machen, was undankbare Leute davon halten könnten. Sagen die Alten nicht: Wer einen Hund mit der Hand aufzieht, wird schon am nächsten Morgen von ihm in den Finger gebissen?

Du weißt, ich bin keine Tratschtante«, nimmt die Frau von Onkel Donald ihren Faden wieder auf, »aber ich glaube, deine Mutter sollte das wissen.«

Meine Mutter würde sich nicht einmal darum scheren, wenn *Mai*Lisa ihr Gift direkt vor ihr versprühte. Sie hat den Kopf zur Wand gedreht und antwortet selbst dann nicht immer, wenn Mukai sie flehentlich bittet, etwas zu essen oder sich auszuruhen oder im Garten eine Runde zu drehen. Sie fragt nicht mehr, ob es Neues aus England gibt. Bestimmt denkt sie an ihren letzten Wortwechsel mit Peter und ist in einem wahren Albtraum gefangen, weil sie Worte gesagt hat, die sie nicht zurücknehmen kann; Worte, die sie aus Erschöpfung und Niedergeschlagenheit gesagt hat; Worte, die alles und nichts bedeuten.

Von Peter abgesehen, bin ich die Einzige, die diese Worte gehört hat, aber ich kann sie nicht trösten. Ich kann ihr nicht sagen: »Dich trifft keine Schuld. Er ist auf die schiefe Bahn geraten, und wir konnten ihn nicht davon abbringen.« Wenn ich solche Plattitüden von mir gäbe, würde ich damit bestätigen, dass diese Worte gesagt wurden, und das würde wiederum Fragen aufwerfen, die nur

Peter beantworten kann. Und so hoffe ich auf das Einzige, was Linderung verspricht: Die Autopsie möge zeigen, dass er nicht von eigener Hand gestorben ist, dass jemand anders meinen Bruder ermordet hat.

~

Nachdem viele Tage ins Land gegangen sind und aus den Wochen ein ganzer Monat geworden ist, beschließen Jonathan und ich, die Sache in die Hand zu nehmen. Wir gehen zur britischen Botschaft, um ein Visum für England zu beantragen. Drinnen geraten wir in ein Meer von Menschen, deren Hoffnung an diesen Worten hängt: »Einreisegenehmigung erteilt«. Beim Warten bleibt mein Blick an einer Frau mit roter Baskenmütze hängen, die mit geschlossenen Augen betet.

Ich sitze nah genug, um sie murmeln zu hören: »Herr, Du bist mächtig, Jehova. Sieh auf Deine leidende Dienerin und steh ihr bei, Jehovah. Ich erflehe heute Deinen Segen, Allmächtiger.« Dann muss sie ihr Gebet abbrechen, weil ihre Nummer aufgerufen wird. Als die magischen Worte in ihrem Pass erscheinen, schreit sie »Danke, Jehovah!« und zieht damit eine Menge Leute an, die das Visum bestaunen und ihren Pass berühren, in der Hoffnung, dass etwas von ihrem Glück auf sie abstrahlt. Der Überschwang dieser Frau lässt vermuten, dass sie keine Touristin ist, die sich darauf freut, die Wachablösung vor dem Buckingham Palace zu erleben.

Das ist der einzige Lichtblick an diesem Morgen. Als Jonathan und ich endlich vor dem Schalter stehen, wird die Scheibe geschlossen, und wir müssen uns in eine andere Schlange einreihen. Der Mann, der unseren Antrag bearbeitet, sieht uns nicht an, sondern hakt Punkt für Punkt ab und blickt dabei auf seine Uhr.

»Was haben Sie in England vor?«

»Einer von uns muss nach England reisen, um unseren toten Bruder nach Hause zu überführen.«

»Haben Sie seine Sterbeurkunde?«

»Nein, Sir. Die bekommen wir erst vor Ort.«

Jetzt blickt er uns an. »Da können Sie mir ja alles Mögliche erzählen. Wie soll ich wissen, ob Sie wirklich einen toten Bruder haben, wenn Sie mir keine Sterbeurkunde vorlegen?«

Jonathan bemüht sich, ihm die Lage zu erklären: »Die Sterbeurkunde kann erst nach einer Autopsie ausgestellt werden. Und das dauert in unserem Fall schon viel zu lange.«

Insgeheim denke ich, dass Jonathan das nicht richtig erklärt, warum erklärt er nicht, dass man zunächst einmal Peters Gehirn von der Schädelhöhle löscn, die *Medulla oblongata* vom Frontallappen trennen und toxikologische Untersuchungen durchführen muss, um die Todesursache zu ermitteln, erst dann wird man mit Bestimmtheit sagen können, ob er von eigener oder fremder Hand gestorben ist. Erzähl dem Mann von unseren Angehörigen, rufe ich Jonathan in Gedanken zu. Sie werden erst gehen, wenn

Peter heimgekommen ist. Erzähl ihm von der Aufbahrung. Wie können wir ein Begräbnis ohne Aufbahrung abhalten, ohne den Trauernden die Möglichkeit zu geben, Peter am offenen Sarg in unserem Wohnzimmer die letzte Ehre zu erweisen, begleitet vom Gesang der Schwiegertöchter?

Ich mache den Mund auf, um diese Gedanken laut zu äußern, aber da entlässt uns der Mann mit einer ungeduldigen Handbewegung. Weil Jonathan nicht aufgibt, gesellt sich eine Frau, die bisher im Hintergrund waltete, zu unserem Beamten dazu. Sie hat zwar nur einen Teil des Gesprächs mitbekommen, aber sie glaubt, alles richtig verstanden zu haben, und sagt mit ihrer klaren, scharfen englischen Stimme: »Wenn Sie Ihren Bruder sehen wollen, soll er Ihnen einfach eine Einladung schicken. Dann benötigen wir noch seine Kontoauszüge aus den letzten drei Monaten, seinen Mietvertrag und seine Aufenthaltsgenehmigung. Steht alles in diesem Leitfaden.«

»Aber er ist doch tot«, rufe ich schließlich. »Wir wollen ihn nach Hause überführen, weil er tot ist.«

Die anderen im Raum können einfach nicht so tun, als hätten sie das nicht gehört. Sie wenden sich ab, als befürchteten sie, dass unser Pech auf sie übergreifen könnte. Die Frau bekommt einen roten Kopf und verbirgt ihre Verlegenheit hinter einer offiziellen Maske: »In diesem Fall benötigen wir seine Sterbeurkunde.«

Wir müssen uns damit trösten, dass wir uns die Reise ohnehin nicht leisten könnten, selbst wenn wir Visa bekommen hätten. Jonathan wollte sich dafür eigentlich Geld borgen, aber der Flug allein kostet mehr als sein Jahresgehalt.

~

Und so verlassen wir uns weiterhin auf Lisa. Ich erreiche London nicht immer. Manchmal höre ich die Automatenstimme von der Telefonvermittlung über Stunden sagen, dass mein Anruf nicht durchgestellt werden kann. Wenn ich durchgestellt werde, wird mein Anruf nicht immer entgegengenommen, und wenn doch, ist Lisa so gereizt, dass sie sich kaum beherrschen kann.

»Was soll ich denn noch alles machen, *Maininika*? Soll ich etwa ins Leichenschauhaus einbrechen und seinen Leichnam stehlen? Oder soll ich selbst zu Peter *wacho* werden, damit ihr dann mich begraben könnt?«

In diesem Moment nehme ich mir vor, ihr jedes einzelne Pfund zurückzuzahlen, das sie für uns ausgelegt hat, und wenn ich dafür ein ganzes Leben brauche.

~

Wir tanzen unseren Trauertanz, während die Schwiegertöchter für die Neuankömmlinge ihre Wehklagen anstimmen. Ich bin eine Fremde in meinem eigenen Zuhause, von Frauen umgeben, die meine Sachen anziehen, ohne um Erlaubnis zu bitten, und erleichtere mich mitten in der Nacht bei Kerzenlicht, weil ich nur dann einen Moment ganz für mich habe, ohne dass jemand an die Tür hämmert und fragt: »Wer ist da drin?«, um anschließend zu bemerken: »Ach, du bist's, Mary. Was meinst du, wie lange du noch brauchst?«

Gerade als mir das Ganze unerträglich wird, erfolgt der Anruf mit der Zusage, dass Peter diesmal ganz bestimmt mit dem Morgenflug am Freitag ankommt. *Mai*Lisa macht sich die Mühe, die Angehörigen zu benachrichtigen, die schon wieder abgereist sind. Sie besteht darauf, uns zu begleiten, schließlich habe doch ihr Kind alles in die Wege geleitet. Meine Mutter sei so oder so nicht in der Lage, mitzukommen. Meine Mutter besteht aber darauf, mitzukommen, und diesen Wunsch können wir ihr auf keinen Fall abschlagen.

Wieder begeben wir uns zum Flughafen, wieder warten wir mit vielen anderen. Es spielen sich die gleichen Szenen ab wie beim letzten Mal, lauter Angehörige, die sich auf etwas Schönes aus London freuen. Jonathan glaubt nicht, dass Lisa tatsächlich mitgeflogen ist. Weil wir damit rechnen, dass Peter allein kommt, meldet sich Jonathan am Schalter der Fluggesellschaft. *Mai*Lisa trägt zur allgemeinen Anspannung bei, weil sie jede junge Frau, die so ähnlich gebaut ist wie Lisa, für ihre Tochter hält.

»Da ist sie, ich kann sie sehen, Lisa, Lisa, hier sind wir, Lisa«, ruft sie und lässt dann den Arm sinken. »Ach, das liegt am Alter. Ich brauche wohl eine Brille. Ah, da ist sie, Lisa, hierher.«

Unter den Passagieren ist aber keine Lisa. Jonathan fragt noch einmal bei der Fluggesellschaft nach, doch es ist wieder nichts für uns dabei. Ihm fehlen die Worte, als er uns das mitteilen soll, und so schüttelt er nur den Kopf. Meine Mutter beginnt zu lachen, es klingt schlimmer als jede Art von Weinen.

*Mai*Lisa hält sich abseits und mustert die Auslage im Schaufenster eines Kuriositätenladens. Ich sehe, dass sie dabei ständig zu meiner Mutter hinüberschielt. Während *Mai*Lisa so tut, als interessierte sie sich für einen Bettvorleger aus Zebrafell, steigt in mir eine solche Wut auf, dass ich Galle schmecke. Heiße Tränen laufen mir über die Wangen, die ich zunächst gar nicht wahrnehme, die ersten Tränen, die ich vergieße, aber ich weine nicht um Peter, ich weine, weil ich ihn und sein elendes kleines Leben hasse und alles, was er unserer Familie angetan hat.

Das hysterische Lachen meiner Mutter währt nicht lange, sie verfällt wieder in ihre übliche Teilnahmslosigkeit und lässt sich von Jonathan und Mukai wegführen. *Mai*Lisa keucht uns hinterher: »Keine Sorge, dann kommt sie eben mit dem nächsten Flug. Ganz bestimmt mit dem nächsten Flug.« Sie gibt stammelnd irgendwelche Theorien von sich, die niemand hören will. Ich versuche, ihre Stimme auszublenden, und konzentriere mich dabei so sehr, dass ich gar nicht mitbekomme, wie mein Name gerufen wird. Jemand legt mir eine Hand auf die Schulter und bringt mich so zur Besinnung. Es ist eine Frau in der ausgeblichenen grün-beigen Uniform unserer nationalen Fluggesellschaft.

»Sie sind doch Mary Chikwiro«, sagt sie. »Hier ist Ihr Foto.« Hinter meinem Tränenschleier erkenne ich ein Bild von mir mit Lisa und Peter, wir sitzen unter dem Mangobaum vor unserem Haus, ein paar Wochen bevor Lisa nach England ausgewandert ist. Die Frau lächelt und sagt: »Ihre Cousine Lisa hat mir etwas für Sie mitgegeben. Sie meinte, es sei eine Eilzustellung, und die sollte nicht beim Zoll hängen bleiben.«

Ich blinzle die Tränen weg, aber sie hat meinen Kummer ohnehin nicht bemerkt.

»Man gibt mir oft etwas mit, was Schönes aus London. Ich berechne nur fünfzig Pfund pro Päckchen. So als kleines Zubrot.«

Jetzt fällt ihr mein Zustand offenbar doch auf, und sie fügt schnell hinzu: »Hier ist Ihr Päckchen. Ich wünsche Ihnen viel Freude damit.« Sie lächelt verunsichert, als sie mir das Päckchen in die Hand drückt.

Ich gehe mit der Schachtel auf Jonathan zu, der sich ein paar Meter abseits von den Frauen hält. Wir betrachten beide das Päckchen, das in kitschiges lila-silbernes Papier eingeschlagen und mit einem lila Geschenkband verschnürt ist. Ich öffne das Päckchen, es enthält eine Urne aus dunklem Holz. Der Deckel ist mit einem Messingschild versehen, auf dem Peters Name eingraviert ist. Es gibt nichts zu sagen. Wir folgen meiner Mutter und *Mai-Lisa* zum Parkplatz.

IM
HERZEN
DES
GOLDENEN
DREIECKS

Du hörst, wie deine Mutter *Mai*Mufundisi erzählt, ihre Tochter habe ein riesiges Riesenhaus tief im goldenen Dreieck, »mitten im Herzen des goldenen Dreiecks«. Dort wohnst du keinen Steinwurf entfernt vom Direktor der Zentralbank. In der Straße hinter der Residenz des französischen Botschafters steht dein Haus unmittelbar neben der Residenz des britischen Hochkommissars, nur dass du jetzt nicht vergessen darfst, ihn als britischen Botschafter zu bezeichnen, nachdem dein Präsident dafür gesorgt hat, dass dein Land aus dem Commonwealth austritt.

Dein Hausmädchen serviert dir den Morgentee ans Bett. Sie sagt, das habe sie auch für die Gattin des britischen Hochkommissars gemacht, denk daran, ihn Botschafter zu nennen. Du trinkst deinen Tee in aller Ruhe, weil du nicht arbeiten musst. Dein Mann leitet die Finanzabteilung einer großen Investitionsbank. Ihr Slogan lautet:

»Wir haben Zweigstellen in ganz Afrika, aber unsere Wurzeln sind hier in Simbabwe.«

Du nennst dein Hausmädchen Joyce, und sie nennt dich Madam. Auch wenn du es niemals eingestehen würdest, sogar dir selbst nicht, hast du sie nur deshalb eingestellt, weil sie früher für den britischen Hochkommissar gearbeitet hat, denk daran, ihn als britischen Botschafter zu bezeichnen, bevor dieser zum Verlassen des Landes aufgefordert wurde, weil er die Dinge beim Namen genannt hatte, und das in einem Land, wo die Wahrheit nur in den Privatgemächern des Geistes ausgesprochen werden darf.

»Wenn sie Blätterteig macht, ist er federleicht«, erklärst du deinen Freundinnen beim Nachmittagstee. Sie beschweren sich über ihre Hausmädchen, du hörst ihnen zu und steuerst Geschichten über ehemalige Hausmädchen bei, die du gefeuert hast, die dich bestohlen haben.

»Maidei hat meine Ferragamo-Schuhe gestohlen«, sagst du. Das ist zwar fünf Jahre her, aber du ärgerst dich immer noch darüber. Joyce ist keine Maidei, sie macht sich gut, findest du, *hoffst* du, weil du auf keinen Fall schon wieder ein neues Hausmädchen einstellen möchtest, du hast bereits fünfunddreißig ausprobiert. Wenn der Morgentee ausgetrunken ist, den sie dir gebracht hat, stehst du auf, du könntest aber genauso gut im Bett bleiben, weil es im goldenen Dreieck nie genug zu tun gibt.

Den ganzen Tag überlegst du dir, wie du die Stunden ausfüllen, sie so dehnen könntest, dass sie ineinander übergehen. Da gibt es Verabredungen zum Brunch und zum Lunch, zum Tee und zum Dinner. Im Amanzi und im Imba Matombo hast du die Speisekarte rauf und runter gegessen. Es gibt auch Tombolas, Kuchenbackwettbewerbe und Flohmärkte. Es gibt Konzerte in der Schule deines Sohns.

Dein Sohn war in derselben Klasse wie der Sohn des Präsidenten, bis der Präsident sich über die Gebühren beschwerte und seinen Sohn von der Schule nahm, um ihn zu Hause unterrichten zu lassen. Dein Sohn besucht eine Schule, die dem Präsidenten zu kostspielig war. Allein der Gedanke versetzt dir einen wohligen Schauer.

Du gehst aus dem Haus, fährst abwechselnd deinen BMW und deinen Range Rover. Der Wachmann, dessen Namen du dir einfach nicht merken kannst, bricht sich fast das Bein, als er zum Tor rennt und dort strammsteht, er muss das Tor nicht selbst öffnen, weil es automatisch und elektrisch ist. Er salutiert, als du an ihm vorbeifährst. Du steuerst die Schule an, um deinen Sohn Klavier spielen zu hören. Meistens verspielt er sich. Mrs Robinson, die englische Klavierlehrerin, lächelt verkrampft, aber das fällt dir nicht auf. Du fährst mit deinem Sohn zum Sam-Levy's-Kaufhaus. Du telefonierst, während er andere Kinder von der Hüpfburg vertreibt.

Und du denkst: *Vielleicht sollte ich ein bisschen shoppen gehen.*

Im goldenen Dreieck gibt es nicht viel zu shoppen. Milch und Brot kaufst du bei Honeydew. Im Supermarkt kaufst du allmonatlich drei leuchtend bunte Präsentkörbe, die mehr oder weniger auf die Grundbedürfnisse deines Hausmädchens, deines Gärtners und deines Wachmanns abgestimmt sind: *Perfection*-Wäscheseife und Maisgrieß, Bratöl und getrocknete Bohnen, Corned Beef – gemacht aus den weniger edlen Teilen des Rinds –, getrockneter *matemba*-Fisch, der nach nichts schmeckt außer Gräten und Hirn, *Lifebuoy*-Badeseife.

Für dich gibt es weit und breit nichts zu shoppen.

Wenn du shoppen möchtest, fliegst du, fliegst weg aus dem goldenen Dreieck und hoch hinaus auf den Schwingen der Freiheit, mit South African Airways, zusammen mit den Ministergattinnen, die sämtliche Lebensmittel in Johannesburg kaufen, obwohl ihre Männer ihnen versprochen haben, der Nahrungsknappheit ein Ende zu setzen. Und so kaufst du deine tollen südafrikanischen Produkte in Rosebank und Sandton, weil Eastgate einfach zu schäbig geworden ist, wie du deiner Freundin Bertha letztes Jahr anvertraut hast. Bei deinem letzten Flug hast du hinter der First Lady gesessen.

Sie blätterte in der Zeitschrift *True Love.*

Eure Blicke trafen sich, als du auf dem Weg zu deinem Sitz an ihrem vorbeigingst.

Ihr Augen-Make-up gefiel dir nicht.

Im goldenen Dreieck sprechen deine Kinder nur Englisch, englische Sätze, die in der Regel so beginnen: »Mummy, ich will …«, »Mummy, kaufst du mir …«, »Mummy, wo ist Daddy?« Daddy ist meistens nicht zu Hause, entweder heckt er in der City Deals aus oder spielt Golf, um eure Existenz im goldenen Dreieck zu sichern. Das erklärst du den Kindern, aber dein Sohn ist alt genug, um zu wissen, dass Golf nicht zu nachtschlafender Zeit gespielt wird. Du brüllst ihn an, damit er zu fragen aufhört. Er macht kehrt und schließt sich in seinem Zimmer ein.

Du hauchst dein Bedauern aus, weil du deinen Sohn angebrüllt hast, die Wahrheit kannst du ihm aber nicht sagen. Dass du deinen Mann mit einer anderen Frau teilst.

Imbadiki heißt sie. Das ist nicht ihr richtiger Name, das heißt nur, dass sie in einem Häuschen lebt, während du das große Haus im Herzen des goldenen Dreiecks bewohnst. Ihr richtiger Name ist Sophia. Sie ist fünfundzwanzig Jahre jünger als dein Mann. Das weißt du, weil du einen Privatdetektiv auf ihn angesetzt hast. Nicht dass er sich überhaupt Mühe gäbe, das zu verheimlichen. Von Männern dürfe man keine Treue erwarten – das hat er oft genug gesagt. Das habe die Natur nicht vorgesehen. Genau das hat er auch zu dir gesagt, bei euren heimlichen Treffen fernab der Blicke seiner ersten Ehefrau.

Und während du unter ihm, über ihm und neben ihm keuchtest, wenn er dich an den Hüften packte und an sich zog, pflichtetest du ihm bei, ja, von Männern darf man keine Treue erwarten, sagtest du, oh ja, sagtest du, so ist es gut, sagtest du, genau hier. Du bist fünfzehn Jahre jünger als er, und die Ehefrau vor dir war fünf Jahre jünger als er.

Du gehst ins Fitnessstudio, dort zupft dir eine junge Frau die Augenbrauen und die Achseln und die Scham. Eine andere bezahlst du dafür, dass sie die Hornhaut an deinen Füßen abschrubbt und dir heiße Steine auflegt.

Das Häuschen darf auf keinen Fall das große Haus werden.

Du machst dir Sorgen, weil du in seinen Taschen keine Kondome gefunden hast. Du hoffst, dass er sie im Häuschen aufbewahrt. Du hältst Ausschau nach den Anzeichen für die Krankheit, die ins goldene Dreieck herüberschwappt und deinen Gärtner Timothy und auch deinen Wachmann befallen hat, dessen Namen du dir einfach nicht merken kannst. Beide haben diese verräterisch roten Lippen. Deine Lippen möchtest du höchstens rot schminken, aber du hast Angst, sie könnten sich ebenfalls von allein rot färben, wenn dein Mann weiterhin überall in der Stadt Häuschen einrichtet.

Im goldenen Dreieck werden Partys gefeiert, auf denen die Männer Fleisch grillen und übers Geschäftliche reden, während du mit anderen Frau zusammensitzt und über weiß Gott was redest. Auf diesen Partys triffst du deine Freundinnen: Laetitia, die früher Lehrerin war, bevor sie einen Banker heiratete, Tendai, die früher Model war, bevor sie einen Banker heiratete, Bertha, die früher Sekretärin war, bevor sie einen Banker heiratete. Du erzählst von deiner alten Freundin Norma, die früher das Häuschen eines Bankers war, bevor sie ihn heiratete, und später aus dem goldenen Dreieck hinausgeworfen wurde, jetzt bewohnt sie ein Haus in Ashdown Park, dessen Garten nur so groß wie ein Handtuch ist.

»*Akadhingurwa* Norma« – du lachst darüber, wenn du dich mit deinen Freundinnen betrinkst und Musik von Oliver Mtukudzi läuft. Von Schadenfreude erfüllt, lästert ihr über sie, sucht die Schuld nur bei ihr, Norma habe sich immer mehr aufgespielt, da seid ihr euch alle einig. Wenn deine Freundinnen weg sind, wird dir ganz kalt ums Herz, und du trainierst doppelt so lange im Fitnessstudio, um nicht das gleiche Schicksal zu erleiden wie Norma.

Du siehst Timothy dabei zu, wie er in dem schmalen Streifen zwischen Rasen und Auffahrt Paradiesvogelblumen pflanzt. Du malst dir aus, wie die Auffahrt von Paradiesvogelblumen gesäumt wird, wie du über vierhundert Meter an Paradiesvogelblumen vorbeifährst, wie du an ihren lila und orangen Blütenfedern vorbeifährst. Auf einmal verspürst du den Drang zu schreien, aber du weißt nicht, warum, du weißt nur, dass niemand dich hören wird, wenn du in deinen vier Wänden schreist. Der Hall wird von all dem Grün in deinem Garten geschluckt werden, von den Polstern der Gartenmöbel, die du aus Italien hast importieren lassen. Dein Schrei wird an deinem von Jackson Munyeza gebauten Tennisplatz abprallen und sich lautlos auf deinem von Jackson Munyeza gebauten Pool kräuseln.

Du siehst das Mädchen wieder vor dir, das du mit sechzehn warst, immer kehrst du in Gedanken dahin zurück, du mit sechzehn, von anderen Schülerinnen umringt in einer Welt, in der es einzig und allein um Leistung ging. Wer bekommt die besten Noten, wer rennt am schnellsten, wem fallen die besten Streiche ein, um die Nonnen zu ärgern. Du hast dich gefreut, als du vor ein paar Tagen einer alten Schulfreundin begegnet bist, und ihr lagt euch gleich in den Armen. Habt vor Wiedersehensfreude laut gerufen.

Weißt du noch, weißt du noch?

Sie wandte sich deinen Kindern zu und sagte: »Eure Mutter war eine richtig gute Diskuswerferin«, dann wandte sie sich wieder dir zu und sagte: »Es war schön, dich wiederzusehen, Catherine«, und du sagtest ihr nicht, dass dein Name nicht Catherine lautet, sie hatte dich mit einer anderen verwechselt, denn du hattest noch nie einen Diskus geworfen.

»Ich habe den Speer geworfen«, sagst du zu dir selbst, während du an der Ampel wartest. Mehr kannst du nicht tun, um die Tränen zurückzuhalten. »Den Speer.« Hoch und immer höher flog der Speer, immer höher. Die Autos hinter dir hupen. Kurz darauf biegst du in die Glenara Avenue ab. Du fährst über drei Schlaglöcher, ein Loch nach dem anderen, in deinem komfortabel gefederten Allradauto merkst du davon allerdings nicht das Geringste.

DIE MUPANDAWANA DANCING CHAMPIONSHIPS

Als binnen eines Jahres die Preise für sämtliche Waren und Dienstleistungen siebenundneunzig Mal in Folge stiegen, trat M'dhara Vitalis Mukaro aus dem Ruhestand, um die Särge zu zimmern, in denen wir unsere Toten bestatteten. Nur sechs Monate später hatte er doppelte Berühmtheit erlangt, als bester Sargzimmerer im ganzen Bezirk und als Meistertänzer von Mupandawana.

Ruhm ist ein dehnbarer Begriff, erst recht an einem Ort wie diesem, wo jeder den Achselgeruch des anderen kennt. Mupandawana, mit vollem Namen Gutu Mupandawana Growth Point, ist größer als ein Dorf, aber noch längst keine Stadt. Inzwischen bin ich sicher, dass die Regierung Mupandawana lediglich als »Investitionsschwerpunkt« bezeichnet, um uns mit der optimistischen Voraussage einer blühenden Zukunft von der verkommenen Umgebung abzulenken, in der wir zurzeit tatsächlich leben. Und weil es sich hier nicht mal um ein Städtlein, Städtchen oder auch nur den Bruchteil einer Stadt handelt, wurde vor Kurzem anlässlich der Einweihungsfeier für eine neue Reihe von modernen Latrinen ausgiebig gejubelt, als der Bezirksverwalter uns seine Vision von Mupandawana als offiziell anerkannter Stadt schilderte, die bis zum Jahr 2065 umgesetzt werden sollte. Obwohl wir zu den größten Wachstumsschwerpunkten des Landes zählen, wächst hier nur zweierlei – die Zahl der Leute, die auf Särge warten, und die Schlange von Jugendlichen, die mit dem Wabuda-Wanatsa-Bus nach Harare fahren wollen, während unterwegs die ganze Zeit Chimbetu-Songs aus den Boxen dröhnen.

Mich werden Sie in dieser Schlange von Landflüchtigen nicht finden. Als das Ministerium mich hierherschickte, um an der hiesigen Mittelschule zu unterrichten, war ich heilfroh, den Fallstricken von Harare zu entkommen, seinen habgierigen Frauen, die erst lockerlassen, wenn deine Brieftasche leer ist. Mupandawana ist ein idealer Ort, um das Leben zu ergründen, das in meinen Augen nur die Pointe eines Scherzes von kosmischem Ausmaß ist, den sich ein besonders sarkastisches Wesen mit uns erlaubt.

Und so beobachte ich das Leben und bringe Schulkindern Erdkunde bei, die sich in meinem Fach nur für die exakte Entfernung zwischen Mupandawana und London, Mupandawana und Johannesburg, Mupandawana und Gaborone oder Mupandawana und Harare interessieren. Läge mir das Ganze mehr am Herzen, würde ich ihnen erklären, dass sie dort nichts erwartet, wofür sie sich beeilen müssten, *kumhunga hakuna ipwa*, wie meine selige Mutter zu sagen pflegte.

Sollen sie ruhig fahren, dann werden sie es schnell selbst herausfinden.

Einsam bin ich nicht. Wenn ich mich gelegentlich nach Gesellschaft sehne, genieße ich das Beisammensein mit meinen beiden Freunden, Jeremiah, der Agrarwissenschaft lehrt, und Bobojani, der überall hingeht, wo Jeremiah hingeht. Und da sind noch die *Growth Pointers*, wie ich sie nenne, die Einwohner von Mupandawana, deren Alltag der beste Beweis für meine Theorie ist, dass das Leben an sich ein gewaltiger Scherz auf Kosten der Menschheit ist.

Nehmen wir zum Beispiel M'dhara Vitalis, den Sargzimmerer.

Bevor er in den Ruhestand trat, hatte er in einer Möbelfabrik in Harare gearbeitet. Sein Handwerk habe er in der guten alten Zeit gelernt, erzählte M'dhara Vitalis, als Jeremiah, Bobojani und ich das erste Mal mit ihm ein Gläschen tranken. »Wenn dich ein Stuhlbein aus meiner Fertigung am Kopf getroffen hätte, *vapfanha*, wärst du im Jenseits wieder aufgewacht. Der Präsident sitzt auf einem meiner Stühle. Eiche massiv, *vapfanha*. Möbel zimmere ich aus Eiche, Teak, Mahagoni, Zeder, Esche *chaiyo*, sogar Douglaskiefer. Nicht so wie diese *Sching-Schong*-Produkte aus China. Die sehen vielleicht ganz hübsch und schick aus, aber sie halten keine sechzig Sekunden.«

Weil er China erwähnt hatte, witzelte Bobo, unser Land werde zu Schim-Schim-Schimbabwe, weil die Regierungspartei es an die Chinesen verhökert habe. Jeremiah wollte mithalten und sagte: »Eine Gruppe von Anhängern der Patriotischen Front kommt zu den Perlentoren. Petrus ist zutiefst schockiert und bittet Gott um Rat. Gott antwortet: ›Auch die Anhänger der Regierungspartei sind meine Schäfchen.‹ Petrus will sie holen, kommt dann aber in aller Eile allein zurück und ruft: ›Sie sind weg, sie sind weg!‹ – ›Wie können die Anhänger der Regierungspartei so mir nichts, dir nichts verschwinden?‹, fragt Gott. ›Ich meinte die Perlentore‹, antwortet Petrus.«

Wir lachten, aber leise, weil der Bezirksverwalter in der Ecke unter dem Fenster saß.

M'dhara Vitalis hatte sich darauf gefreut, sein Werkzeug endgültig aus der Hand zu legen und sich aufs Land zurückzuziehen. »Ihr wisst ja gar nicht, wie gut ihr's habt«, sagte er gern zu den Typen, die in Mupandawana herumhingen. »Ihr habt keine Arbeit, also könnt ihr eure Felder pflügen.«

Er hatte so lange in Harare gelebt, dass er offenbar nicht bemerkte, wie steinig die Furchen waren, die es zu pflügen galt; wenn es Regen gab, fehlte das Saatgut, und wenn es Saatgut gab, fehlte der Regen. Selbst Leute wie Jeremiah, die Ackerbau so sehr liebten, dass sie Buch um Buch gelesen hatten, um an der Landwirtschaftlichen Hochschule in Chibhero angenommen zu werden, wandten sich von der Praxis ab, um wie in Jeremiahs Fall die Theorie zu lehren, auch wenn seine Schüler lieber die miesesten Botenjobs in der Stadt erledigen würden, als ein Leben lang das Land zu bestellen.

M'dhara Vitalis musste drei Jahre früher als geplant in den Ruhestand treten. Sein Arbeitgeber teilte ihm mit, dass er die Fabrik aufgebe, weil er sich die fremde Währung nicht leisten könne. Es sei auch kein Geld für seine Rente übrig, denn das sei bei einer Bank investiert worden, deren Direktoren mit dem Geld *kwazvakarehwa* nach England abgehauen seien. M'dhara Vitalis durfte seinen Blaumann behalten und bekam einen Teil der Werkzeuge geschenkt, die er in der Fabrik verwendet hatte. Und weil der Besitzer auch eine andere Fabrik aufgab, die Schuhe hergestellt hatte, erhielten M'dhara Vitalis und alle anderen Mitarbeiter jeweils drei Paar Schuhe.

Jeremiah, Bobo und ich hatten ihn getroffen, als er gerade aus dem Wabuda-Wanatsa-Bus aus Harare stieg. »Dreißig Jahre, *vakomana*«, sagte er zu uns und schüttelte den Kopf. »Da arbeitest du dreißig Jahre für ein Unternehmen und wirst dann mit so was abgespeist. *Shuwa, shuwa*, Rente *yebhutsu. Heh?* Schuhe statt einer Rente. Schuhe. Diese ... diese ...«

Die Wörter blieben ihm im Halse stecken.

»*Ende futi dzinoshinya*, alle drei Paare sind mir eine halbe Nummer zu klein«, fügte er hinzu, als er wieder bei Stimme war. Wir sprachen ihm unser ganzes Mitgefühl aus. Alles, was unsere Herzen hergaben.

»Tut mir leid, M'dhara«, sagte ich.

»So ein Mist, M'dhara«, sagte Jeremiah.

»Dumm gelaufen«, sagte Bobojani.

Wir blickten ihm hinterher, wie er mit seinen hautengen Schuhen vorsichtig einen Fuß vor den anderen setzte. An seiner linken Hand baumelte eine Plastiktüte mit den beiden anderen Paaren.

»Rente *yebhutsu*«, wiederholte Jeremiah, und obwohl M'dhara uns wirklich leidtat, lachten wir, bis Jeremiah Tränen über die Wangen liefen und wir Bobojani vom Boden aufhelfen mussten.

Auch wenn M'dhara Vitalis keine richtige Rente hatte, trat er doch gern in den Ruhestand. Etwa drei Kilometer vom Zentrum entfernt befand sich der Bauernhof, den er mit seinem Fabriklohn gebaut und auf Dreifelderwirtschaft ausgerichtet hatte. Damit kamen er und seine Frau gemeinsam ganz gut zurecht und konnten sich halbwegs davon ernähren, bis in zwei aufeinanderfolgenden Jahren die Dürre zuschlug und die Inflation derart galoppierte, dass kein Mensch mehr hinterherkam. M'dhara Vitalis kehrte nach Harare zurück, um sich eine andere Arbeit zu suchen, aber wer würde schon einen alten Mann wie ihn einstellen, wenn es doch Millionen Arbeitslose gab? Danach sah er sich in Mupandawana um und ergatterte eine Stelle als Sargzimmerer. Dabei erwies er sich als so tüchtig, dass er selbst einen bescheidenen Beitrag zur landesweit wachsenden Arbeitslosigkeit leistete – sein Arbeitgeber stellte fest, dass er zwei andere Zimmerer ohne Weiteres feuern konnte. Und so erarbeitete M'dhara Vitalis sich seinen Ruf als geschicktester Sargzimmerer diesseits des Great Dyke.

~

Seiner Hände Arbeit hatten wir mit eigenen Augen gesehen, von seinen flinken Füßen und akrobatischen Verrenkungen auf Harares Tanzflächen hatten wir allerdings nur gehört. Und weil wir diese Geschichten aus dem Mund von M'dhara Vitalis persönlich vernommen hatten, durften wir annehmen, dass er bei der Schilderung seiner meisterlichen Darbietungen durchaus zur Übertreibung neigte. Jeremiah brachte es auf den Punkt: »Da ist zu viel Würze in seinen Geschichten.«

Seine Heldentaten schien er alle im grellen Licht der Öffentlichkeit vollbracht zu haben. »Ich habe im Copacabana getanzt, in Job's Night Spot und im Aquatic Complex, aber da gibt es einen Abend, den ich niemals vergessen werde: als ich im Mushandirapamwe tanzte und alle anderen von der Tanzfläche verschwanden. Sie wollten einfach nur am Rand stehen und mir zugucken. *Vakamira ho-o*«, erzählte er uns. Wir lachten in unsere Biergläser hinein, Jeremiah, Bobojani und ich, aber wir sollten bald erkennen, dass wir zu viel und zu früh gelacht hatten.

Der Arbeitgeber von M'dhara Vitalis war zugleich der Parlamentsabgeordnete unseres Bezirks. Wie es sich für einen wahren Volksvertreter gehört, besaß dieser Herr

Abgeordnete Anteile an den beiden erfolgreichsten Unternehmen im *Growth Point*, sodass die Gewinne der Firma Kurwiragono Investments, firmierend unter dem Namen *Bestattungsinstitut und Sargzimmerei Ruhe Weich*, auf demselben Konto Zinsen anhäuften wie die Gewinne der Firma Kurwiragono Investments, firmierend unter dem Namen *Gasthof und Disco-Bar Bleib doch hier.* Und natürlich konnte unser Herr Abgeordneter als notorischer Glückspilz seinen ertragreichen Samen nicht nur einer Frau zugutekommen lassen. *Bleib doch hier* wurde von Felicitas geführt, seiner vierten Ehefrau, die mit ihrem großzügigen Wesen eine ganze Reihe von Männern beglückt hatte, bevor sie sich mehr oder weniger auf den Herrn Abgeordneten an ihrer Seite konzentrierte. Als einer dieser glücklichen Männer hatte ich sie in allerbester Erinnerung behalten und schaute zum Zeitvertreib oft auf einen Drink im Gasthof vorbei. Felicitas war stets auf der Suche nach der nächsten einträglichen Gelegenheit, deswegen hatte sie mich ja auch gegen den Herrn Abgeordneten ausgetauscht, und jetzt war sie der Meinung, dass man in ihrer Bar unbedingt einen Tanzwettbewerb veranstalten müsse.

Das hatte ich nicht von ihr direkt erfahren, sondern ich hatte einen ersten Hinweis darauf erhalten beim Anblick staubbedeckter Schüler, die in der großen Pause *kongonya* tanzten. Nun ist der laszive *kongonya* ein Tanz, der bevorzugt bei Versammlungen der Regierungspartei dargeboten wird, und so dachte ich, dass die Schüler für den Besuch eines beliebigen Würdenträgers übten. Als ich dann abends am Gasthof vorbeikam, sah ich eine andere Gruppe von Kindern *kongonya* tanzen, während eine dritte auf das Gebäude zeigte. Weil dieser plötzliche Ausbruch von *kongonya*-Fieber bei der Jugend Mupandawanas meine Neugier weckte, ging ich auf den Gasthof zu. Die Jugendlichen zerstreuten sich, und ich erkannte, dass sie ein Plakat bewundert hatten, auf dem die Umrisse eines tanzenden Paares abgebildet waren. Der Mann spreizte die Knie und berührte mit seinem Po fast den Boden, während seine Partnerin, eine sinnliche Schönheit, die mich an Felicitas erinnerte, die Arme anwinkelte und den Po in die Höhe reckte.

Unter dem verzückten Tanzpaar stand geschrieben:

In Kooperation mit dem
Wirtschaftsförderungsausschuss von Mupandawana
veranstaltet die Disco-Bar
BLEIB DOCH HIER die

MUPANDAWANA
DANCING
CHAMPIONSHIPS

um den Meistertänzer zu küren.
Wir heißen alle willkommen,
die feiern und tanzen möchten!
Einmaliges Ereignis!!

Der Wettbewerb sollte zwei Wochen später stattfinden, unter den Hauptpreisen, die ausgeschrieben wurden, war der denkwürdigste ein Freigetränk pro Woche, und das drei Monate lang.

In Mupandawana finden nur selten öffentliche Lustbarkeiten statt. In den folgenden zwei Wochen steigerte sich die allgemeine Vorfreude zunehmend und erreichte ihren Höhepunkt am Abend der Veranstaltung. Bunt und billig herausgeputzt, versammelten sich die hohen Tiere und kleinen Fische von Mupandawana im Schankraum des Gasthofs und schnatterten alle durcheinander: der einsame Arzt, den man ins Bezirkskrankenhaus strafversetzt hatte, die Krankenschwestern, die Lehrer, die Wachleute, der Geschäftsführer des Chawawanaidyanehama-Supermarkts mit seinen beiden kichernden Verkäuferinnen, der Bezirksverwalter voll strenger Erhabenheit, die Polizisten vom Stützpunkt, ein paar Soldaten, Leute aus den umliegenden Dörfern, von nah und von fern.

Sie konnten es kaum erwarten, dass es losging, das merkte man daran, wie sie mit dem Fuß klopften, unruhig zuckten und sich schüttelten, und als Felicitas endlich die Musik aufdrehte, ließen sich ihre Gäste nicht lange bitten. Der ganze Raum dröhnte – The Bhundu Boys, Alick Macheso & Orchestra Mberikwazvo, Andy Brown & The Storm, System Tazvida & Chazezesa Challengers, Cephas »Motomuzhinji« Mashakada & The Muddy Face, Hosiah Chipanga & Broadway Sounds, Mai Charamba & The Fishers of Men, Simon »Chopper« Chimbetu & The

Orchestra Dendera Kings, Tongai »Dehwa« Moyo & Utakataka Express, und natürlich durften auch Oliver »Tuku« Mtukudzi & The Black Spirits nicht fehlen. Alle sangen ihre Lobeshymnen auf Glück und Erfolg, sangen ihre – ebenso eingängigen – Klagelieder über das Scheitern. Und dazu tanzten die *Growth Pointers*, Polizist und Lehrerin, Krankenschwester und Dorfbewohner, Mann und Frau, Jung und Alt. Man tanzte den *kongonya*, immer wieder *kongonya* und noch mehr *kongonya* – die Anhänger der Regierungspartei sind so dicht über Mupandawana verteilt wie der Rost auf dem uralten Peugeot 504, den der Sohn des Herrn Abgeordneten zu Schrott gefahren und dann im Sadza Growth Point stehen gelassen hat. Bobojani machte auch mit und gab sein Bestes, schlurfte nur wenige Zentimeter vom Bezirksverwalter entfernt, während Jeremiah und ich vom Tresen aus zusahen.

Die *Growth Pointers* machten sich selbst alle Ehre. Der Wachmann, der sonst vor der Baugenossenschaft postiert war, tanzte den Borrowdale sogar besser als Alick Macheso, der Erfinder des Tanzes. Dzinganisayi, der als Generalsekretär der lokalen Niederlassung des VSDB (Verband der simbabwischen Diebe und Betrüger) galt, erwies sich auf der Tanzfläche als ebenso behände wie beim Entwenden bewachter und unbewachter Wertgegenstände. Nyengeterayi vom Chawawanaidyanehama-Supermarkt ließ sich auf Hände und Knie nieder und improvisierte einen Tanz, bei dem sie ihre eigenen Finger aufs Spiel setzte, angesichts der vielen stampfenden, steppenden Füße um sie herum.

Und wer hätte gedacht, dass die neue Lehrerin für Textiles Gestalten derart die Hüften schwingen konnte? Als ich sie zu Tukus Klängen kreisen sah, regten sich meine Lenden, und ich dachte mal wieder ernsthaft über die Vorzüge einer Langzeitbeziehung nach.

Und dann sah ich aus dem Augenwinkel, wie M'dhara Vitalis den Raum betrat.

Sein Anzug war wohl um 1970 herum modern gewesen, den Bund seiner stilechten Schlaghose, der sich einst um seine Hüften geschmiegt haben dürfte, hatte er eingerollt und mit einer alten Krawatte um die Taille befestigt. Das Jackett wies an der Rückseite zwei Schlitze auf. Der Kragen seines knallgrünen Hemds verdeckte sein Revers. Der Hut auf seinem Kopf war zwar ein typischer Altherrenhut, er hatte ihn aber in einem kecken Winkel aufgesetzt, sodass ein Auge fast darunter verschwand. An den Füßen trug er ein Drittel seiner Rente.

»*Ko*, Michael Jackson*ka*«, sagte Jeremiah, und wir stupsten uns gegenseitig an.

M'dhara Vitalis nickte uns lässig zu und ging langsam, aber offenbar schmerzfrei zur Tanzfläche.

Und dann tanzte er.

Der geschmeidige Borrowdale des Wachmanns büßte sofort seine Klasse ein. Dzinganisayis Bewegungen wirkten auf einmal wie die eines reinen Amateurs. Nyengeterayis innovative Einfälle entpuppten sich nun als ehrgeizige Posen eines unbedarften Teenies. M'dhara Vitalis tanzte sie alle an den Rand, wo sie stehen blieben und nur noch zusahen, genau wie wir. Er kannte die neuesten Tänze und auch die ältesten. Wir starrten mit offenem Mund auf seine Moves und Steps. Sein *Running Man* raubte uns den Atem. Mit seinem *Robot* haute er uns um. Als er zu *Snake Wave* und Breakdance überging, sprangen alle, die noch saßen, auf und jubelten. Sein *Moonwalk* hätte selbst Michael Jackson vom Hocker gerissen. Nachdem die Tanzfläche sich nach und nach geleert hatte, tanzten nur noch er und die Lehrerin für Textiles Gestalten.

Hier M'dhara Vitalis. Dort die Lehrerin.

Hier die Lehrerin. Dort M'dhara Vitalis.

M'dhara Vitalis schwang die Hüften. Die Lehrerin ließ ihre Hüften kreisen.

M'dhara Vitalis bewegte Hals und Kopf.

Die Lehrerin verdrehte kunstvoll die Arme.

M'dhara Vitalis zeigte virtuose Beinarbeit im *mapantsula*-Stil.

Die Lehrerin hob das rechte Bein an und zuckte mit ihrer rechten Pobacke.

Und dann legte Felicitas Chamunorwa Nebeta & Glare Express auf. Als die ersten Klänge von *Tambai Mese Mujairirane* ertönten, war M'dhara Vitalis wie elektrisiert. Er wackelte mit den Hüften. Er schloss die Augen und pfiff. Er wandte uns den Rücken zu und ließ seinen Hintern durch die Jackenschlitze blitzen, rief »*Pesu, pesu*« und zog die Jacke erst nach links, dann nach rechts.

»Jetzt guck dir mal diese Hüfte an«, sagte ich zu Jeremiah.

»*Chovha George!*«, sagte der Bezirksverwalter.

»Wäre ich doch nur eine Frau«, sagte Jeremiah.

Diese letzte Nummer brachte die Entscheidung, die Lehrerin für Textiles Gestalten überließ M'dhara Vita die Tanzfläche. Er wurde per Applausbarometer zum Dancing Champion gekürt. Diesen Abend würde Mupandawana niemals vergessen.

Und das war auch gut so, denn die Einmaligkeit dieses Ereignisses, die das Plakat angedroht hatte, sollte sich auf eine Weise bewahrheiten, mit der Felicitas nicht gerechnet hatte. Zwei Tage nach M'dhara Vitas triumphalem Sieg bestellte der Gouverneur unserer Provinz den Herrn Abgeordneten in sein Büro in Masvingo ein, weil ein besonders helles Köpfchen, ein junges Mitglied der Heerscharen von Männern, die man dafür bezahlte, jede potenzielle Verunglimpfung der Regierungspartei aufzuspüren, sich das Plakat ganz genau angesehen und dabei festgestellt hatte, dass die Anfangsbuchstaben von *Mupandawana Dancing Championships* identisch waren mit dem Akronym der Oppositionspartei, der unsäglichen *Movement for Democratic Change*, kurz MDC, die den demokratischen Wandel herbeiführen wollte. Natürlich hatte dieses Bürschchen das prompt der Obrigkeit gemeldet.

»Wie kommt ein Abgeordneter der Regierungspartei dazu, für die Opposition zu werben, für diese Marionetten, die von Handlangern angeführt werden, diese üblen

Verleumder, die nicht begreifen, dass unser Land und unsere Wirtschaft ein und dasselbe sind, dass dieses Land nie wieder zur Kolonie werden wird, diese Umstürzler, die die Errungenschaften unseres Freiheitskampfes nicht konsolidieren, sondern kippen wollen«, sprach der Gouverneur und bebte vor Zorn. Dass er vor Zorn bebte, wusste ich nur, weil Felicitas es mir erzählt hatte, und sie wusste es wiederum nur, weil der Herr Abgeordnete es ihr so geschildert hatte.

Das Ende vom Lied war, dass keine Tanzwettbewerbe mehr veranstaltet wurden und Sargzimmerer M'dhara Vita der unangefochtene Meistertänzer unseres *Growth Point* blieb. Er forderte seinen Preis ein – das wöchentliche Freigetränk – und bestand jeden Freitagabend auf eine halbe Flasche unverdünnten Château-Brandy. »Warum kann er nicht einfach *Chibuku* trinken, wie jeder normale alte Mann?«, fragte Felicitas ziemlich ungnädig, und ich antwortete, als normaler alter Mann hätte er niemals diese Tanzkünste bewiesen.

Um sie richtig zu würdigen, musste man sich nämlich klarmachen, wie alt er tatsächlich war. Als M'dhara Vitalis zur Welt kam, gab es noch keine Geburtsurkunden, jedenfalls nicht auf dem Land, und als er nach seiner Lehrzeit in Bondolfi einen Pass brauchte, um in den Städten arbeiten zu können, musste seine Mutter sein Geburtsjahr schätzen, indem sie versuchte, sich daran zu erinnern, wie alt er gewesen war, als die Missionsschule in vier Kilometern Entfernung von ihrem Dorf gebaut wurde. Wie es sich für jemanden gehörte, der in die Fußstapfen des berühmtesten Zimmermanns aller Zeiten trat, bestimmte er den 25. Dezember zu seinem Geburtstag. Sein Alter blieb also ungewiss, und er hatte möglicherweise noch mehr Jahre auf dem Buckel als offiziell angegeben. Unstrittig war jedoch, dass er mit einer Energie tanzte, die seine Fältchen um die Augen Lügen strafte.

Hätte er nicht ohnehin sein Freigetränk erhalten, hätten viele von uns ihm einen Drink spendiert, wenn nicht seinen Lieblingsbrandy, so doch eine preiswertere Alternative. Zwar gab es keine Wettbewerbe und Plakate mehr, trotzdem versammelten wir uns freitags alle im Gasthof, um M'dhara Vita tanzen zu sehen. Befeuert vom Fusel und von der *museve*-Musik, brachten seine gymnastischen Einlagen Farbe in unser graues Wochenende.

So auch an jenem letzten Freitag.

»Hallo, Jungs«, sagte er, als er zum Tresen kam, an dem ich mit Bobojani, Jeremiah und einer Gruppe von anderen Trinkern stand.

»*Ndeipi* M'dhara.« Jeremiah grüßte ihn so lässig, wie wir generell mit ihm umgingen; bei M'dhara Vitalis sparte man sich den üblichen Respekt-vor-den-Älteren-Ton. Er machte sich über uns lustig und erhielt prompt seine Retourkutsche, dann kippte er seinen Drink hinunter und begab sich zur Tanzfläche. Felicitas hatte inzwischen begriffen, dass vor allem kongolesische Rumba – die eine bewegliche Hüfte und elastische Beine verlangte – ihn zu Höchstleistungen animierte. An diesem Abend schallten die Lumumbashi Stars aus den Lautsprechern, als M'dhara Vitalis die Bühne betrat. Er blieb eine Weile stehen, als sollten sich Brandy und Musik zunächst den Weg von seinen Ohren und seinem Mund zu seinem Hirn und seinem Becken bahnen. Dann bewegte er die Hüften im Rumba-Takt, hielt die Augen dabei geschlossen und die Arme nach vorne gestreckt.

»*Ichi chimudhara chirambakusakara*«, zischte Jeremiah und verlieh damit der allgemeinen Ansicht Ausdruck, dass M'dhara Vitalis über ein geheimes Jugendelixier verfügte.

»Ich bin Vitalis, kurz Vita, *ilizwo lami ngi*Vitalis, eine Gefahr *basopo. Waya waya waya waya!*« Er ließ sich zu Boden sinken, rollte hin und her und schüttelte sich. Wir scharten uns um ihn, begeistert von diesem neuen Tanz, den wir noch nicht kannten. Er zuckte links, er zuckte rechts. Die Musik war laut, wir riefen und klatschten, um ihn anzuspornen. Er krümmte und wand sich. Er strahlte über das ganze Gesicht und blickte uns an, als wollte er sagen: »Lauter!«

Und wir klatschten noch lauter.

Erst, als der Song verhallt war, wir ihm stürmischen Beifall spendeten und er dann immer noch nicht aufstand, wurde uns klar, dass er nie wieder aufstehen würde. Er hatte nicht getanzt, er war vor unseren Augen gestorben.

Während M'dhara Vitalis das *Bleib doch hier* mit den Füßen voran verließ, kam es dem wortgewaltigen Bobojani zu, dieses unerwartete Ereignis mit dem passenden Kommentar zu versehen: »Dumm gelaufen.«

Dem war nichts mehr hinzuzufügen.

Wir bestatteten ihn in einem der letzten Särge, die er selbst gezimmert hatte. Ich weiß nicht, ob er für diese Art von Ironie empfänglich gewesen wäre, aber ich bin mir sicher, dass er sich sehr gefreut hätte, auf die Titelseite unserer einzigen und einmaligen überregionalen Zeitung zu gelangen.

Der Bericht über seinen Tod erschien gleich unter dem täglichen Foto des Präsidenten. Knickte man drei Viertel der Seite weg, um den Artikel zu verbergen, in dem die optimistische Vorhersage getroffen wurde, die Inflation werde bis Jahresende auf zwei Millionen siebenhundertfünfzigtausend Prozent zurückgehen, war nur noch die Meldung über M'dhara Vita zu sehen. Statt Vitalis wurde er dort Fidelis genannt und als Rentner bezeichnet, obwohl er gar keine Rente bezogen hatte. Von den drei Paar Schuhen abgesehen natürlich.

Wenigstens stimmte die Schlagzeile:

»Mann tanzt sich zu Tode.«

Genau das hat er schließlich getan.

UNSER
MANN
IN
GENF
GEWINNT
EINE
MILLION
EURO

Unser Mann in Genf sitzt vor seinem Computer und sieht die Nachrichten im Posteingang durch. »Klar kommt es auf die Größe an, Mann. Gib ihr Gelegenheit, Dein gewaltiges Stück zu rühmen. Lass Dir heute Nacht Zeit, um sie zu beglücken«, lautet eine Botschaft von K. P. Rimmer.

»Sei kein Schlappschwanz. Millionen Männer kämpfen mit diesem Problem, echte Schlauköpfe haben schon eine Lösung. Sicher, wirksam und umfassend: Extra-Lang macht Schluss mit dem vorzeitigen Erguss und setzt Deinem Albtraum ein Ende«, schreibt Karl Lumsky.

Joni Corona fragt: »Wussten Sie, dass Übergewicht weltweit immer mehr Todesfälle verursacht? Wir sind überzeugt, dass Sie Übergewicht aus ästhetischen und sozialen Gründen ablehnen. Gleichzeitig sind Sie selbst Ihren Heißhungerattacken willenlos ausgeliefert. Wenn beides zutrifft, hätten wir genau das Richtige für Sie!«

Unser Mann ist Konsularbeamter der Ständigen Mission der Republik Simbabwe beim Büro der Vereinten Nationen in Genf, die zugleich als simbabwische Botschaft in der Schweiz dient. Mit fünfundfünfzig Jahren und auf seinem ersten Posten im Ausland entdeckt er erst jetzt das Internet in all seiner Pracht.

»Besorg dir endlich E-Mail, Baba«, sagten seine Kinder daheim in Harare. Kein Bedarf, antwortete er immer. Es war ihm zu teuer, und er war ein Gewohnheitstier.

In Genf bekommt er den Anschluss zur Telefonleitung dazu. Jeden Abend verfängt er sich im weltweiten Netz, scrollt durch E-Mails, die an fremden Orten gesponnen wurden, E-Mails, die sich mit seinem Leben verknüpfen und ihn vor seinem Bildschirm blinzeln lassen. Er tippt langsam, mit zwei Fingern, schiebt dabei die Zunge vor. »Wie ein Polizist, der in seiner Amtsstube in Harare einen Einbruch aufnimmt«, neckt ihn seine Frau.

»Jetzt siehst du, wie leicht man kommunizieren kann«, schreibt seine Tochter Susan von England aus. »Vergiss nicht, die Gebühren für das nächste Semester zu überweisen.« Diesen Satz ergänzt sie mit einer Reihe von hüpfenden, kahlen, gelben, körperlosen Zeichentrickköpfen, die ihm zuzwinkern und ihn mit ihren zahnlosen Mündern breit anlächeln.

»Ich brauche Geld, Baba«, stimmt sein Sohn Robert aus Kanada ein.

»Lassen Sie Ihre Bonität aufstufen«, schreibt Frederick Turk.

Gerade, als er diese Nachricht anklicken will, sticht ihm die nächste ins Auge.

»Wichtige Mitteilung«, heißt es da. »Sie haben gewonnen!!« Absender ist die Europäische Bank Luxemburgs (EBL) mit Sitz in Brüssel, Belgien. Im Anhang ein Schreiben mit dem Briefkopf der Bank, unterschrieben von Dr. E. S. Rose, Abteilungsleiter (Unternehmensfragen). Um die Initialen der Bank bilden zwölf goldene Sterne einen Kranz, genau wie auf der Europaflagge.

Dr. Rose schreibt: »Herzlichen Glückwunsch! Ihre E-Mail-Adresse wurde für die Jahreslotterie der EBL eingereicht. Sie wurden als einer von zehn Gewinnern von je 1 000 000 Euro ausgelost. Melden Sie sich umgehend, wenn Sie sich diese Chance sichern wollen.«

Sein Herz klopft, das Blut rauscht ihm durch den ganzen Körper.

»Sind Sie sicher, dass da kein Irrtum vorliegt?«, tippt er. »Ich habe an keiner einzigen Lotterie teilgenommen. Habe ich wirklich eine Million Euro gewonnen?«

»Ihre Adresse wurde automatisch von Ihrem Provider eingereicht. Sie haben wirklich eine Million Euro gewonnen«, antwortet Dr. Rose.

Das würde auch die Nachrichten von Rimmer, Lumsky und Corona erklären, denkt unser Mann. Und die von

Turk, Morgan, Shelby und Gordon. Sie alle haben seine Adresse von seinem Internet-Provider erhalten.

»Wie komme ich an das Geld?«, fragt er.

»Dazu meldet sich Mr George, unser Account-Manager, in Kürze bei Ihnen.«

Binnen einer Stunde schreibt Mr George: »Herzlichen Glückwunsch! Die Million gehört Ihnen und kann in unserer Amsterdamer Niederlassung abgeholt werden, sobald Sie die Bearbeitungsgebühr von 5000 Euro entrichtet haben.«

5000 Euro sind ziemlich viel Geld für eine Bearbeitungsgebühr, im Vergleich zu einer Million aber wiederum Peanuts. Er überschlägt ein paar Zahlen im Kopf: Ein Euro entspricht etwa zwei Schweizer Franken. Zurzeit liegen auf seinem Bankkonto sechstausend Franken. Eigentlich sind sie für Susans zweites Semester bestimmt, diese Gebühren werden aber erst im nächsten Monat fällig. Mit seiner Kreditkarte kann er noch über 4000 Franken verfügen. Zusammen ergibt das fast genau 5000 Euro. Das deutet er als Zeichen einer höheren Macht: Gott hat hier seine Hand im Spiel, Ihm hat er diesen unverhofften Segen zu verdanken.

Zum ersten Mal in seinem Leben nutzt er das Internet, um einen Flug zu buchen. Die Botschaftssekretärin empfiehlt ihm easyJet. Er verrät ihr nichts von seinem Glück, er hat es nicht einmal seiner Frau erzählt. Er möchte sie und die Kinder mit dem handfesten Beweis für die Großzügigkeit des Herrn überraschen. Seine Abendgebete fallen inbrünstiger aus als sonst. Denn der Herr hat auf Seinen Diener geblickt und ihn für würdig befunden.

Der Flug nach Amsterdam ist seine erste Reise, seit er in Genf ist. Sonst begibt er sich nur von seiner Wohnung in Petit-Saconnex zur Botschaft in Chambésy oder fährt über den sanft ansteigenden Hügel, der zum Gebäudekomplex der UN führt, um dort an Sitzungen teilzunehmen. Samstags fährt er mit seiner Frau über die Grenze nach Frankreich, um im Champion-Supermarkt einzukaufen. Sonntags fahren sie zur Kirche. Weil er also kein Vielflieger ist, kann er sich nicht ganz gegen das Prickeln wehren, als er vom Boden abhebt und von Wolken eingehüllt wird.

Sein letzter Flug hat ihn von Harare nach Genf befördert, und er ist von seinen Brüdern zum Flughafen gebracht worden. Er hat drei Brüder, einer wohnt in seinem früheren Haus in Waterfalls in Harare. Wenn er ihn anruft, um sich nach seinem Wohlergehen, nach seiner Familie und nach dem Haus zu erkundigen, kapert seine Schwägerin das Gespräch mit einer Litanei sich ewig wiederholender Klagen. Sie kann von nichts anderem reden als Stromausfällen, Wassersperrungen und steigenden Brotpreisen. »Nicht so wie bei euch in Genf«, sagt sie. »*Vagoni muri ku*Schwyzer.«

Er versucht, seine eigenen Sorgen in die Unterhaltung

einzubringen. »Wir können uns hier nur eine Wohnung leisten, Apartment sagen sie dazu, stell dir das vor«, sagt er zu laut, zu eindringlich. »Nur eine Wohnung, *heh*? Als wären wir Singles.« Er hat ein schlechtes Gewissen, weil er sich über etwas so Läppisches beschwert. Dabei kann er sich wenigstens dreimal am Tag satt essen. Und hat immer Strom und damit Zugang zum Internet.

Gottes Gnade ist es zu verdanken, dass er den Stromausfällen, den Wassersperrungen, den steigenden Brotpreisen entfliehen durfte. Er ist kein Berufsdiplomat. Gott holte ihn gerade noch rechtzeitig aus der Passbehörde im Makombe-Gebäude in Harare und damit aus der unmittelbar drohenden Armut heraus, damit er seine Kinder auf Universitäten in Kanada und England schicken konnte. Er liest die Zeitungen, die jeden Monat aus Harare eingeflogen werden. Als niederster Angestellter der Botschaft – er rangiert noch hinter den Sekretärinnen und Chauffeuren – bekommt er sie zuletzt zu lesen. Die Sekretärinnen und Chauffeure sind einheimische Arbeitskräfte, ihnen sind die Nachrichten aus einem Land, das ihnen niemals Heimat sein wird, egal. Wenn der Zimdollar fällt, steigt ihr Blutdruck nicht entsprechend, und so stapeln sich die Zeitungen am Ende alle in seinem Büro.

Jeder Leitartikel ist eine Kriegserklärung an die Inflation. Die Minister behandeln sie so, als hätte sie mit ihnen und ihrer Politik nichts zu tun, sie sagen ihr den Kampf an, erklären sie zum Staatsfeind Nummer eins, starten Offensiven an allen möglichen Fronten. Allwöchentlich sondern namenlose Ökonomen zuversichtliche Prognosen ab, die eine wirtschaftliche Kehrtwende vorhersagen.

Die Inflation wird sinken.

Der aktuelle Stand – 25 500 000 Prozent – wird nicht von Dauer sein.

Jetzt ist es so weit.

Bald ist es so weit.

Auf jeder Titelseite prangt das zornige Konterfei des Präsidenten.

Genau wie Sexshops und schwangere Frauen, die ihren nackten Bauch während des Sommers öffentlich zur Schau stellen, ist auch das Internet für ihn eine Genfer Entdeckung. Natürlich hatte er davon gehört, für Beamte *seiner* Generation spielte es aber keine große Rolle. In der Passbehörde von Harare, in der er das Amt eines Abteilungsleiters bekleidete, wurde alles noch von Hand geschrieben. Sogar in Genf benutzt er für die Arbeit keinen Computer. Alle Schreibtätigkeiten werden von der Sekretärin erledigt. Und für seine Arbeit braucht er auch kein Internet.

Ohnehin fällt kaum Arbeit an.

Genf ist nicht London oder Johannesburg oder Gaborone oder Dallas, Texas, wo sich scharenweise Simbabwer verirren oder ihren Pass verlieren, sterben oder verhaftet werden. Es fallen nicht genug konsularische Dienstleistungen an, und selbst wenn, dient er nur als eine Art Briefkasten, als Vermittler.

»Ich schicke Ihre Unterlagen nach Harare«, erklärt er einer Frau, die für einen neugeborenen Simbabwer einen Pass beantragt. »Die Bearbeitung kann bis zu acht Monate dauern. Tatsächlich würde es schneller gehen, wenn Sie nach Harare fliegen und den Antrag vor Ort stellen.«

»Und wozu sind Sie dann hier?«, fragt die Frau.

»In Harare geht es schneller«, wiederholt er.

Sie geht, ohne sich von ihm zu verabschieden.

»Ob in Simbabwe oder außerhalb, die Beamten sind alle gleich«, schimpft sie.

⌣

Er hat auf die harte Tour gelernt, dass ein erstweltliches Leben ein erstweltliches Gehalt erfordert. Sein Monatsgehalt von 6200 Franken würde reichen, wenn man es ihm nur rechtzeitig auszahlen könnte. Nachdem die Miete beglichen ist – die genau ein Drittel seines Gehalts beträgt – und die anderen Rechnungen auch, nachdem er Geld in die Heimat überwiesen und sich mit günstigen Champion-Lebensmitteln eingedeckt hat, können er und seine Frau noch genug beiseitelegen, um den Kindern ein Studium zu ermöglichen. Robert beendet zurzeit sein drittes Studienjahr, während Susan gerade erst angefangen hat.

Vor Kurzem wurde er vom Vollzeit-Konsularbeamten zum Teilzeit-Konsularbeamten und Delegierten befördert.

Als sein Botschafter ihn beim Durchblättern der Zeitungsstapel sah, sagte er: »Nehmen Sie an den Sitzungen der WIPO teil. Übernehmen Sie auch die der ITU und der WMO, wenn Chinyanga dafür keine Zeit hat.«

Jetzt bringt er seine Tage mit lauter Sitzungen zu, auf denen von Zwangslizenzen, Layoutentwürfen und Topografien integrierter Schaltkreise die Rede ist. Oder von möglichen Ergänzungen zu Artikel 5^{quinquies} der Pariser Verbandsübereinkunft, von der Berner Konvention, der Lissabon-Konvention und den handelsbezogenen Aspekten der Rechte des geistigen Eigentums. Die Teilnehmer lachen über Witze, die er selbst niemals verstehen wird.

Die anderen afrikanischen Delegierten lassen jede diplomatische Zurückhaltung fahren, sobald sie von seiner Nationalität wissen, und begegnen ihm mit freundlichplumper Vertraulichkeit. »Ihr Simbabwer wollt also *muzungu* vertreiben, *heh*?«, sagt der kenianische Delegierte und lacht. Die Delegierten aus Sambia und Tansania stimmen mit ein.

»Ihr Simbabwer«, nimmt der äthiopische Delegierte den Faden auf, »wann werdet ihr endlich euren Präsidenten los? Und was hat unser Mengistu eigentlich bei ihm in Harare verloren?«

Er wappnet sich mit einem speziellen Lachen für Begegnungen dieser Art.

Er lernt, mit offenen Augen zu schlafen.

Auf dem Flug nach Amsterdam träumt er von einem neuen Durchlauferhitzer für ihr Haus in Harare. Beim letzten Anruf hat seine Schwägerin ihm gesagt, dass der alte nicht mehr richtig funktioniert. Er muss seinen Bruder unbedingt noch bitten, bei Tregers einen Kostenvoranschlag einzuholen, denkt er. Dann fällt ihm ein, dass er mit einer Million Euro ein neues Haus, ja sogar mehrere kaufen kann, für sich selbst und für seine Brüder. Und für jedes der Kinder. Und Kindeskinder.

Er versucht, eine Million Euro in Simbabwische Dollar umzurechnen. Jeder Euro ist zwei Millionen Dollar wert, natürlich nur auf dem Parallelmarkt. 2 000 000 000 000 Simbabwische Dollar. Sein Vorstellungsvermögen ist nicht elastisch genug, um diese Zahl zu erfassen.

Zwölf Nullen ergeben im europäischen Zahlensystem eine Billion. Zwölf Nullen ergeben im amerikanischen Zahlensystem eine Trillion. Zwei Billionen oder zwei Trillionen. Ein Fünftel des simbabwischen Jahreshaushalts. Eine Menge Geld, in jedem beliebigen Land. Von Dankbarkeit überwältigt, plant er bereits, was er dem Vertreter seines Herrn auf Erden, ihrem Pfarrer in Harare, alles kaufen wird.

Auf jeden Fall ein neues Handy.

Einen Herd und einen Kühlschrank.

Einen Anzug für den Pfarrer.

Ein Damenkostüm (samt Hut) für dessen Frau.

Spielzeug und Kleidung für deren Kinder.

Er hat die Kinder des Pfarrers bei seinem Abschiedsbesuch wieder vor Augen, als sie sich im Fernseher aus vierter Hand Zeichentrickfilme in Schwarz-Weiß anschauten.

»Ich werde ihnen einen neuen Fernseher kaufen, einen Flachbildfernseher«, nimmt er sich fest vor.

Die verschmutzte Fassade des EBL-Gebäudes gibt ihm zu denken. Beim Anblick des kaputten Lifts schlägt ihm das zehn Franken teure Schinkensandwich, das er im Flugzeug gegessen hat, auf den Magen. Er steigt zu Fuß in den zweiten Stock hinauf. Als er eine Tür mit goldenem Schild sieht, auf dem in Schwarz die Buchstaben EBL prangen, beruhigt er sich etwas. Die Tür macht einen soliden, seriösen Eindruck. Die Büroräume dahinter sind nicht so ungepflegt, wie die Fassade befürchten ließ. Das Schinkensandwich macht sich nicht mehr bemerkbar.

Die größte Überraschung beschert ihm Mr George, der sich nicht als der weiße Gentleman entpuppt, den unser Mann sich ausgemalt hatte, huldvoll lächelnd, während um ihn herum reger Betrieb herrscht. Mr George ist allein auf weiter Flur und hat einen westafrikanischen Akzent. Mehrere Goldketten schmücken seinen Hals. Er trägt schwarze Jeans mit riesigen Knietaschen und Lacklederschuhe, an seinem Gürtel hängen zwei Handys. Gelegentlich unterbricht er ihr Gespräch, um leise mit einem der Handys zu telefonieren. Da unser Mann die Sprache nicht versteht, sind ihm diese Unterredungen, von denen er nur eine Hälfte mitbekommt, nicht ganz geheuer.

»Das Geld, das Sie gewonnen haben, muss noch gewaschen werden«, erklärt ihm Mr George. »Dafür sind dann 25 000 Euro fällig.« Bei ihm klingt das Wort wie *phalli*. »In dem aktuellen Zustand können wir Ihnen das Geld nicht überreichen.« *Weichen.* »Für die Wäsche brauchen wir eine teure Chemikalie.« *Kamikale.*

Mr George zückt einen Fünfzigeuroschein. Über dem europäischen Sternenkranz sind ein paar rötlich braune Spuren zu sehen. Er besprüht ein Tuch mit durchsichtiger Flüssigkeit und wischt über die Spuren. Der Schein sieht aus wie neu. Aus der Gehirnregion, in der die Nachrichten und Dokumentarfilme gespeichert werden, die unser Mann sich Abend für Abend auf BBC World ansieht, entspringt der Ausdruck »Geldwäsche«. Er fragt nach.

»Aber nein, auf keinen Fall.« Mr George lacht mit dem ganzen Körper, seine Finger schnippen, seine Goldketten klickern. »Wo denken Sie hin? Geldwäsche ist für schmutziges Geld, Geld aus Drogenhandel und Prostitution, Geld, das auf die Kaimaninseln überwiesen wird, klar? Das hier ist eine Lotterie, klar? Kein schmutziges Geld. Gott hat uns dazu auserwählt, Leute wie Sie zu finden, um ihnen zu helfen.«

Mr George unterbricht sich, um einen Anruf auf seinem rechten Handy entgegenzunehmen.

»Dr. Rose möchte Ihnen helfen«, fährt Mr George fort. »Er hat ausdrücklich Ihren Namen genannt, klar?«

Unserem Mann ist gar nichts klar, aber der Verweis auf Gott bleibt bei ihm hängen. »Ich bin Beamter. Ich habe keine 25 000 Euro. Könnten Sie das Geld nicht einfach von meiner Million abziehen, bevor man sie mir übergibt?«

Mr George lacht.

Schnipp-schnipp, Klick-klick.

»Aber nein. So können wir nicht vorgehen, klar? Wenn Sie mir nicht trauen, kommen wir eben nicht ins Geschäft. Dann nehmen Sie Ihre 5000 wieder mit und verlieren Ihre Million.« Die 5000 hat unser Mann bereits übergeben, jetzt stecken sie schön in der Gesäßtasche von Mr Georges Jeans.

Als Mr George sich umdreht, kann unser Mann deren Umrisse sehen.

»Ich mache Ihnen ein Angebot. Sie sind ein netter Kerl und haben diese weite Reise auf sich genommen. Da können Sie doch nicht mit leeren Händen heimkehren. Wir leihen Ihnen das Geld. Das heißt, wir haben eine Partnerinstitution, die es Ihnen leihen kann,« Er erwähnt eine gewisse Miss Manning von der Londoner Finanzholding. *Lorn-dorn-er.*

Unser Mann ist bestürzt, weil er es mit weiteren Personen in weiteren Städten zu tun bekommt. »Dafür müssen Sie nicht nach London reisen«, sagt Mr George. »Miss Manning wird sich mit Ihnen in Verbindung setzen, um die Einzelheiten zu besprechen.«

All das verwirrt unseren Mann zutiefst. »Warum kann

sich die Bank das Geld nicht direkt von dieser Holding auszahlen lassen? Und warum muss das andere Geld gewaschen werden?« Auf die vielen ausgesprochenen und unausgesprochenen Warums hat Mr George diese eine Antwort: »Kehren Sie nach Genf zurück und warten Sie auf die E-Mail von Miss Manning.«

In Genf ist unser Mann besorgt, aber nicht verängstigt. Eine Woche vergeht, ohne dass er etwas hört. Er schreibt eine Mail an Dr. Rose, der ihn an Mr George verweist, der ihm wiederum mailt, er solle auf ein Zeichen von Miss Manning warten. Sie meldet sich schließlich, per E-Mail und dann per Post. In ihrem Brief steht: »Ich grüße Sie! Möge unser Herr Jesus Christus Seinen Segen in Hülle und Fülle über Sie und Ihre ganze Familie ergießen. Ich bin in mich gegangen und wurde mit segensreichem Frieden belohnt. Diesen Frieden möchte ich heute an Sie weitergeben. In der Anlage erhalten Sie einen Scheck über 25 000 Euro. Diesen Betrag erstatten Sie bitte zurück, sobald Sie Ihren Gewinn erhalten haben.«

Unser Mann würde den Scheck am liebsten küssen, beherrscht sich aber.

»Du sollst Gott anbeten, nicht den Mammon.«

Keine Stunde später bekommt er eine Mail von Mr George.

»Ich grüße Sie. Bitte überweisen Sie uns das Geld, sobald Ihnen der Scheck gutgeschrieben wird. Ihre Million wird bald auf Ihrem Konto sein. Vertrauen Sie auf Gott.«

Binnen zwei Tagen wird ihm der Scheck gutgeschrieben.

»Übe dich in Demut«, ermahnt sich unser Mann. Er gelobt dem Herrn, nie wieder an Seiner Weisheit zu zweifeln. Dann überweist er das Geld an Mr George. Er wartet einen Tag, zwei Tage, eine Woche, zwei Wochen. Keinerlei Nachricht aus Amsterdam oder Brüssel. Keine Nachricht aus London. *Lorn-dorn.*

Er mailt Dr. Rose an, Mr George, Miss Manning, in dieser Reihenfolge, jeden Tag, zweimal täglich, eine Woche lang. Dr. Rose antwortet schließlich so geschmeidig wie überzeugend: »Niemals würden wir Sie betrügen, mein Lieber. Ich für meinen Teil bin eine gottesfürchtige Frau. Was ich verspreche, löse ich ein.«

Die Andeutung eines möglichen Betrugs verstört unseren Mann weit weniger als die Enthüllung, dass Dr. Rose eine Frau ist. Er versetzt sich in Gedanken nach Amsterdam zurück, hört die Stimme von Mr George: *Dr. Rose möchte Ihnen helfen. Er hat ausdrücklich Ihren Namen genannt, klar?*

»Sie bezeichnen sich als Frau«, schreibt unser Mann. »Ich dachte, Sie wären ein Mann. Mr George hat mir laut und vernehmlich gesagt, dass Sie ein Mann sind. In Amsterdam hat er gesagt, Sie seien ein Mann.«

»Lassen Sie solche Spekulationen lieber bleiben, mein Freund«, antwortet Dr. Rose. »Haben Sie Vertrauen, und alles wird gut. Mr George meldet sich bald.«

Mr George kommt kurz und bündig zur Sache:

»Wir brauchen mehr Geld für die Chemikalien. Miss Manning schickt Ihnen noch einen Scheck.«

Unser Mann in Genf protestiert sogleich, doch seine Mails bleiben ohne Echo.

Jeden Abend sitzt er am Computer, und jeden Morgen, gleich als Erstes. Er zuckt beim Klingelton zusammen, der eine neue E-Mail anzeigt. Ihn plagt jetzt immer ein trockener Hals. Susan ruft an, um seine Frau an die Gebühren für ihr zweites Semester zu erinnern.

»*Wototaura nababa vako*«, sagt seine Frau. »Er überweist das Geld nächste Woche, wenn er nicht schon alles ausgegeben hat.« Unser Mann lacht mit ihr und klingt dabei für seine Ohren wie Mr George.

»Alles ausgegeben? Aber nein, auf keinen Fall.«

Schnipp-schnipp, Klick-klick.

Er schlägt die Bibel an einer beliebigen Stelle auf. Als würde ein Gebet erhört, fällt sein Blick auf Jeremiah 33,3: »Rufe mich an, dann will ich dir antworten und will dir Großes und Unfassbares mitteilen, das du nicht kennst.«

Er bittet Gott, ihm den Weg zu weisen. Der Herr spricht klare, vernünftige Worte: »Vergiss die Million Euro. Sag deiner Frau die Wahrheit. Betet zusammen und arbeitet zusammen. Schreib der Universität deiner Tochter einen Brief und bitte sie um Aufschub. Notfalls nimmst du eins

der Darlehensangebote an, die du per E-Mail bekommst.«
Zum ersten Mal seit Wochen schläft unser Mann tief und
traumlos.

Am nächsten Morgen wacht er voller Tatendrang auf.
Ein strahlender Tag, der Gutes verheißt. Die Uhren wurden um eine Stunde vorgestellt, der Frühling naht. Als er
über den Hügel zum UN-Gebäudekomplex fährt, scheint
die Sonne durch die Stäbe des gigantischen Broken Chair
und trifft auf die Scheiben seines Autos. Schnee tropft
von den Bäumen. Die Vögel singen im glitzernden Ge-
äst. An der Kreuzung mit dem Zebrastreifen gleich hinter
dem Broken Chair bleibt er stehen, damit eine Frau mit
ihrem Kleinkind die Straße überqueren kann. Das Kind
lässt seinen Teddybären fallen, reißt sich von der Mutter
los, rennt zurück, um den Teddy aufzuheben, und da
begegnet er dem Blick unseres Mannes hinter der Windschutzscheibe. Das Kind lächelt ihn mit seinem zahnlosen
Mund breit an und winkt. Unser Mann winkt zurück. Er
verspürt einen solchen Überschwang von Freude, dass es
ihm fast den Atem raubt. Während er weiterfährt, pfeift er
das Lieblingsdanksagungslied seiner Frau.

*»Simudza mavoko ako, urumbidze Mwari, nekuti Ndiye
ega akarurama.«*

Sein Herz ist erfüllt von Gnade und Dankbarkeit.

Nachmittags bittet ihn der Filialleiter seiner Bank zum
Gespräch.

»Auf Ihrem Konto hat eine illegale Transaktion stattgefunden. Sie haben einen ungedeckten Scheck eingereicht. Wir haben Ihnen den Betrag zwar gutgeschrieben, aber die bezogene Bank, eine amerikanische Bank, verweigert nun die Einlösung«, erklärt der Filialleiter.

»Normalerweise würden wir die Haftung übernehmen«, fügt der Filialleiter hinzu. »Bei amerikanischen Banken ist eine Haftung jedoch ausgeschlossen.«

Unserem Mann wird ganz flau im Magen. »Dr. Rose und Mr George und Miss Manning«, sagt er. »Dr. Rose.«

Der Filialleiter bietet ihm Wasser an. Er leert das Glas in drei Zügen. Wasser tropft ihm auf die Krawatte. Er erzählt, wie alles angefangen hat, die erste Mail, der Kurztrip nach Amsterdam, das schmutzige Geld, das Darlehen, der Scheck. Dafür braucht er elf Minuten. Dreimal verstrickt er sich in Widersprüche.

Er trinkt einen Liter Wasser.

»Das ist eindeutig ein Fall für die Polizei. Bei diesen Vorkommnissen ist es immer schwer, die Identität der Betrüger festzustellen. Es könnte sich um einen Einzeltäter handeln. Meistens sind es Einzeltäter.«

Schlagartig begreift unser Mann, was der Filialleiter ihm sagen will. »Wir könnten zusammen nach Amsterdam reisen. Die Tickets würde ich übernehmen. Wir könnten Mr George dingfest machen. Dr. Rose schreiben. Ich habe alle E-Mail-Adressen. Lassen Sie uns Dr. Rose schreiben.«

»Das betrifft unsere Bank nicht unmittelbar«, sagt der Filialleiter. »Ich habe Sie angerufen, weil ich Ihnen das hier geben wollte.« Unser Mann nimmt das Dokument entgegen. Es handelt sich um ein Mahnschreiben. Über einen Betrag von 51 234 Schweizer Franken, den Gegenwert von 25 000 Euro, zahlbar binnen dreißig Tagen. Er blickt den Filialleiter an, hofft auf ein Zeichen, dass dieses Schreiben nicht ernst gemeint ist. Vergebens. Unser Mann schluckt.

Aus ganz weiter Ferne dringt eine Stimme zu ihm, die klingt wie die des Filialleiters. Sie klingt so, als wäre sie lange unterwegs gewesen und hallte jetzt von den Wänden wider. »Ich rufe für Sie die Polizei an«, sagt die Stimme.

Polizei, Polizei, das Wort dröhnt im Schädel unseres Mannes. Durch Zeit und Raum dringt die Stimme seiner Mutter zu ihm: »Wenn du dir noch ein Mal von dem Zucker nimmst, rufe ich die Polizei.« Die Erinnerung löst weitere Erinnerungen aus, und auf einmal sind sie alle da: seine Mutter und sein Onkel Benkias, seine Schwester Shupikai mit seinem zweijährigen Sohn im Arm, alle kommen sie in seinem Kopf zusammen. »Ich rufe jetzt gleich an«, sagt der Filialleiter. Als er nach dem Hörer greift, greift unser Mann nach Wasser, aber das Glas ist leer und die Flasche auch.

DAS
HAUSMÄDCHEN
AUS
LALAPANZI

»Wenn ihr rot angezogen seid, solltet ihr nicht draußen im Regen spielen«, sagte *Sisi*Blandina zu Munya und zu mir. »Der Blitz mag nämlich alles, was rot ist, er wird euch jagen und niederschleudern und von innen verbrennen.«

»Und ihr dürft euch nicht auf die Straße setzen, sonst bekommt ihr Eiterbeulen am Hintern.«

»Ihr solltet euch nie im Freien die Haare schneiden, denn selbst wenn nur das allerkleinste Fläumchen draußen bleibt, werden die *varoyi* es finden und einen Zauber über euch aussprechen, und ihr wisst ja, welche Macht sie damit ausüben.«

»Und ihr dürft euch auf keinen Fall nach dem anderen umsehen, wenn ihr euch anzieht, denn wenn Jungen und Mädchen gegenseitig nach ihrer Nacktheit schielen, bekommen sie ein Gerstenkorn am Auge.«

Sie erzählte uns eine Geschichte nach der anderen, um uns vor dem Schicksal zu warnen, das uns erwartete, falls wir unerlaubte Dinge taten, und konnte jede einzelne belegen, denn all das war Leuten widerfahren, die sie in Lalapanzi kannte.

»Ihr dürft nicht über die Beine eines anderen steigen«, sagte *Sisi*Blandina. »Sonst müsst ihr den Weg rückwärts gehen, um die Tat ungeschehen zu machen, andernfalls kann derjenige, über dessen Beine ihr gestiegen seid, nicht wachsen.«

Ich brachte Munya dazu, sich auf den Rücken zu legen, dann sprang ich über seine Beine hinweg und flitzte zum Spielen nach draußen. Er rannte zu *Sisi*Blandina und heulte: »Chenai ist über mich rübergesprungen. Das macht sie dauernd, und jetzt kann ich nicht wachsen.«

*Sisi*Blandina stürmte mit dem schniefenden Munya an ihrer Seite aus dem Haus. Ihre Nägel bohrten sich in meinen rechten Ellbogen, als sie mich packte und von meinem Spiel wegschleifte.

»Du darfst erst wieder raus, wenn du ihn rückwärts überspringst.«

Ich fügte mich, kreuzte beim Überspringen allerdings die Finger hinter meinem Rücken, an beiden Händen.

»Chenai mogelt«, rief mein Bruder. »Es bringt nichts, weil sie die Finger gekreuzt hat, das ist gemogelt.«

»Gemogelt, gemogelt, *chii chacho*«, sagte *Sisi*Blandina. »Ihr müsst nicht alles glauben, was die weißen Kinder euch erzählen. Schließlich haben ihre Eltern den Krieg verloren.«

Das war eine unumstößliche Tatsache.

Wir hatten den Krieg gewonnen, wir hatten die Eroberer besiegt. Unsere Eltern sagten das ständig. Das Fernsehen sagte das und auch das Radio. Wir hatten den Krieg gewonnen.

Munya, der eben noch zwischen der Wirkmacht gekreuzter Finger und *Sisi*Blandinas Autorität hin und her geschwankt war, glaubte ihr nun, als sie sagte, er werde so groß werden wie unser Vater.

»Größer. Ich will größer werden als *Sekuru*Thomas.«

»Du wirst größer und kräftiger werden«, sagte sie.

»So kräftig wie Mr T vom *A-Team*?«

»Genauso kräftig wie Mr T.«

Sie hätschelte ihn und versprach, mit ihm Süßigkeiten kaufen zu gehen, die sie von ihrem eigenen Geld bezahlen wollte. Nachdem er keine Angst vor Zwergenwuchs mehr haben musste, konnte Munya sich großzügig zeigen. »Ich bringe dir Brausepulver mit«, sagte er zu mir.

Die Spuren, die *Sisi*Blandinas Nägel an meinem Arm hinterlassen hatten, waren immer noch zu sehen.

»Deine blöde Brause kannst du behalten«, zischte ich und rannte in die Küche, um dort Wasser über den glänzend reinen Boden zu kippen. Als *Sisi*Blandina mir einen Klaps auf den Po versetzte, schrie ich: »Du bist nicht meine Mutter. Du bist nur das Hausmädchen.«

»Stimmt«, sagte sie. »Ich bin nur das Hausmädchen, aber deine Mutter ist nicht da.«

Meine Mutter war oft nicht da, weil sie als Krankenschwester im Andrew Fleming Hospital, mittlerweile umbenannt in Parirenyatwa Hospital, sowohl Tag- als auch Nachtschichten übernahm. Und wenn sie zu Hause war, machte mich das nicht immer froh, weil sie mich beim Zöpfeflechten an den Haaren ziepte und ich vor Schmerz zusammenzuckte, und dann spannte mein Gesicht zwei Tage lang, bevor die Zöpfe sich gelegt hatten. Als ich Munya gebeten hatte, mir die Haare zu schneiden, um dem Flechten und Ziepen zu entgehen, versohlte sie mir kräftig den Hintern.

Mein Vater war mal da, mal nicht, und wenn er da war, blickte er Munya und mich manchmal so an, als wüsste er nicht genau, was wir bei ihm zu suchen hatten. Er rauchte Kingsgate-Zigaretten, und wir sahen ihm gern zu, wenn er Ringe blies. Er lehrte Mathematik an der Universität. Als Munya wissen wollte, warum wir keinen Hund haben durften, obwohl sonst alle einen Hund hatten, zeichnete Daddy für ihn ein Schema, das angeblich beweisen sollte, dass sowohl rational als auch statistisch gesehen nicht alle Erdenbewohner einen Hund haben konnten.

Und so kümmerte sich meistens *Sisi*Blandina um uns. Meine Mutter hatte ihr die Befugnis erteilt, uns je nach ihrer Einschätzung der Lage zu ermahnen oder zu verwöhnen, uns zu drohen oder zu schlagen. Sie stammte aus Lalapanzi, unsere *Sisi*Blandina, aus dem Herzen des Landes, so zentral gelegen, dass die dazugehörige Provinz Midlands heißt. In Lalapanzi jagte der Blitz kleine

Mädchen und Jungen in Rot, wenn sie draußen im Regen spielten, er richtete sich nach ihrer roten Kleidung und verbrannte die Kinder von innen. Die Bäche von Lalapanzi beherbergten *njuzu*, furchterregende Wasserwesen, die manchmal Kinder raubten und sie zwangen, mit ihnen unter Wasser zu leben. In Lalapanzi streifte ein *goritoto* herum, ein Geisterriese, der mit jeder Bewegung einen leuchtend hellen Schatten warf.

Die Regierung benannte die Orte um, die die Weißen umbenannt hatten, so wurde aus Umvukwes wieder Mvurwi, aus Selukwe wurde Shurugwi, und aus Marandellas wurde Marondera. Queque hieß fortan Kwekwe. Diese Änderungen verfehlten bei Leuten wie meiner Großmutter ihre Wirkung, denn die Unabhängigkeit hatte ihre Erinnerungen nicht im Geringsten tangiert. Sie sagte weiterhin Fort Victoria und nicht Masvingo, wollte uns in Salisbury besuchen, wenn sie Harare meinte, und redete von meiner Tante, die nach Gwelo statt Gweru geheiratet hatte. Bei *Sisi*Blandina war das nicht ganz so ausgeprägt wie bei meiner Großmutter, aber wie die meisten Leute damals gebrauchte sie ab und zu aus Versehen die alten Namen.

»Wenn du nach Lalapanzi fahren möchtest, steigst du hier in Salisbury in den Zug und in Gwelo wieder aus. In Gwelo nimmst du den Bus und fährst über Wha Wha bis Lalapanzi.«

Es machte mir Spaß, den Rhythmus der Namen in meine Springseilsprüche einzupassen.

Fuß rechts Salisbury, Fuß links Gwelo.
Fuß rechts Gwelo, Fuß links Wha Wha.
Fuß rechts Wha Wha, Fuß links Lalapanzi.
Fuß rechts Lalapanzi, Fuß links Lalapanzi.
Rechts links Lalapanzi, rechts links Lalapanzi.

⌣

Vor *Sisi*Blandina hatte es viele Hausmädchen gegeben. Sie wohnten bei uns, waren Teil der Familie und auch wieder nicht, schliefen bei mir im Zimmer und standen um fünf Uhr morgens auf, um die Böden zu fegen, für meine Eltern, Munya und mich Frühstück zu machen, das Geschirr zu spülen, Munya und mich zur Schule zu bringen, die Wäsche zu machen und die Fenster zu putzen, das Mittagessen für Munya und mich zuzubereiten, uns von der Schule abzuholen, das Geschirr vom Mittagessen zu spülen, das Abendessen zu kochen und aufzutragen, noch mehr Geschirr zu spülen und währenddessen immer darauf zu achten, dass Munya und ich uns anständig benahmen und uns nicht gegenseitig umbrachten, bevor sie ins Bett sanken, um am nächsten Morgen wieder um fünf aufzustehen.

Weiße Kinder wie meine frühere beste Freundin Jenny Russell oder Laura Steele aus der Klasse von Miss Blakistone nannten ihre Hausmädchen beim Vornamen, aber wir nannten sie *Sisi*, Schwester, denn es war undenkbar, dass kleine Kinder Erwachsene nur beim Vornamen nennen. Sie kamen und gingen, wurden wegen verschiedener Makel entlassen, während meine Mutter nach dem perfekten Hausmädchen suchte, und ließen stets das Kleid und den passenden Hut zurück, die zur Uniform gehörten und die sie alle trugen, offenbar konnte diese sich je nach Bedarf dehnen oder schrumpfen.

Meine Mutter entließ *Sisi*Memory und *Sisi*Sekesai, weil beide morgens zu viel Brot aßen und zu viel Marmelade auf ihr Brot schmierten.

»Hausmädchen sollten nicht zu viel essen«, sagte meine Mutter.

*Sisi*Loveness strahlte und zeigte ihre Grübchen, wenn sie lächelte. Jeden Samstag flocht sie ihre Zöpfe auf, entfernte die Schuppen mit einem roten Plastikkamm, wusch ihr Haar und flocht es wieder säuberlich an der Kopfhaut entlang. Statt normaler Vaseline benutzte sie Ingram's-Kampfercreme und hinterließ in jedem Raum, den sie betreten hatte, ihren frischen Duft. Meine Mutter feuerte sie, weil *Sisi*Loveness ihrer Meinung nach viel zu sehr auf ihr Äußeres achtete und nicht genug auf die Sauberkeit der Böden in unserem Haus. Heute weiß ich, dass meine Mutter sie gefeuert hat, weil ihr schon zu viele Geschichten über Hausmädchen zu Ohren gekommen waren, die ihren Brotgeberinnen den Ehemann stahlen.

»Hausmädchen sollten nicht zu hübsch sein« – darin waren sich alle Frauen einig.

*Sisi*Dudzai wurde vor die Tür gesetzt, als meine Mutter einmal unerwartet nach Hause kam und sie beim Tanzen zu den Klängen von *Bhutsu mutandarika* erwischte. Sie habe geschwitzt und getanzt wie eine Besessene, meinte meine Mutter, habe im Wohnzimmer auf den Boden gestampft, sich selbst mit Schlägen angetrieben, den Kopf völlig selbstvergessen zurückgeworfen und dazu gepfiffen, als hütete sie eine Herde Kühe.

»Hausmädchen sollten nicht zu viel Spaß haben«, verkündete meine Mutter.

Diejenigen, die nicht gefeuert wurden, kündigten, wie *Sisi*Maggie, die *Mukoma*Joseph heiratete, den Gärtner, der für Mr Shelby in der Nummer 25 arbeitete. Diese Verbindung knüpfte keine freundschaftlicheren Bande zwischen Mr Shelby und uns, und er machte weiterhin ein griesgrämiges Gesicht, wenn Munya und ich an seinem Haus vorbeigingen, und knurrte seine Antwort, wenn wir »Guten Morgen, Mr Shelby« zwitscherten und Munya sehnsüchtig dessen Hund Buster anblickte.

*Sisi*Nomathemba ging, weil sie uns nicht dazu bringen konnte, ihr zu gehorchen. Munya und ich hatten ein untrügliches Gespür für die Willensschwäche mancher Hausmädchen, so auch bei *Sisi*Nomathemba, die wir manchmal auf Abwege von der Hauptstraße führten und in den Grünzügen hinter den Häusern allein ließen, sodass sie sich verirrte. Wir drangsalierten und verspotteten sie, weil sie Ndebele sprach, riefen jedes Mal *hai*, wenn sie etwas sagte, denn so begann sie ihre Sätze, äfften sie und ihren Akzent nach, bis sie irgendwann weinend kapitulierte, mit den Worten *abantwana laba bayahlupha sibili.*

Mit *Sisi*Jenny gingen wir zur Hochzeit der Nichte einer Freundin meiner Mutter im Ortsteil Canaan in Highfields, zwischen Jerusalem und Engineering, und sie trug ein gelbes Kleid mit weißen Sternen, das meiner Mutter zu klein war. Als der Zeremonienmeister auf den Lastwagen wies, der die Angehörigen der Braut in ihre ländliche Heimat zurückbringen sollte, sauste *Sisi*Jenny sofort hin, und das Letzte, was wir von ihr sahen, war eine ferne Gestalt in einem gelben Kleid, die einen voll beladenen Laster erklomm, wobei ihr rechter roter Schuh ihr fast vom Fuß geglitten wäre.

Auf *Sisi*Jenny folgte *Sisi*Lucia, die nicht hübsch war und nicht zu viel aß und nie Spaß hatte. In den beiden Monaten, die sie bei uns verbrachte, lächelte sie kein einziges Mal; sie ließ mich nie aus den Augen und flößte mir ganz ohne Grund Schuldgefühle ein. Meine Mutter glaubte schon, das perfekte Hausmädchen gefunden zu haben, bis *Sisi*Lucia Munya und mich in meinem Zimmer einschloss und mit dem nagelneuen elektrischen Wasserkocher und dem Toaster, die meine Mutter bei Barbour's erstanden hatte, ihren Lieblingsschuhen und drei Hosen meines Vaters verschwand.

Danach versuchte es meine Mutter mit armen Verwandten als Hausmädchen. Sie kamen vom Land, an ihrer Kleidung haftete der muffige Geruch von abgestandenem Rauch und an ihrer Haut der süße Duft von Erdnussöl.

Sie waren vom Fernseher begeistert und konnten sich gar nicht von den Bildern lösen. *Vatete*Susan setzte sich davor und verfolgte, wie Familie Capwell in *California Clan* unfähig war zu erkennen, dass Dominic, der immer nur flüsterte und sich im Schatten hielt, in Wahrheit ihre totgeglaubte Mutter Sophia war, oder wie die böse Angela Channing in *Falcon Crest* sich das Weingut der Giobertis unter den Nagel reißen wollte, während meine Mutter leise murrte und das Fett auf den Tellern und Pfannen erstarrte, die sich in der Spüle türmten.

Die Capwells fanden schließlich heraus, was es mit Dominic/Sophia auf sich hatte, und Angela Channing verlor den Kampf mit Chase Gioberti, aber das bekam *Vatete*Susan nicht mehr mit: Sie war durch *Mbuya*Stella ersetzt worden, die sich gern mit ausgestreckten Beinen auf dem Boden niederließ und meinen verdutzten Vater hinter seinen Rauchringen mit den jüngsten Streichen des schwarzen Schafes in unserer Familie unterhielt. Infolge der hochkomplexen Logik von Verwandtschaftsbeziehungen bei den Karanga war sie mit ihren siebzehn Jahren seine Mutter, also die Schwiegermutter meiner Mutter, und musste daher mit gebührendem Respekt behandelt werden.

Dann kam meine Mutter zu dem Schluss, dass nicht familiäre Bande das Wesentliche waren, sondern Erfahrung. Bisher waren die Hausmädchen zu jung gewesen. Also stellte sie eine Frau ein, die viel älter war als sie selbst und die wir nach den englischen Gepflogenheiten Auntie nannten, weil sie zwar nicht mit uns verwandt war, aber längst das Alter überschritten hatte, in dem wir sie beim Vornamen hätten nennen können, selbst mit einem *Sisi* davor. Meine schwerhörige Großmutter taufte sie dann Kauntie. Einmal schlief Kauntie mitten am Tag ein und vergaß, Munya von der Schule abzuholen, der zum Chisipite-Bach eilte, um Kaulquappen zu fangen, dabei hinfiel und sich den Kiefer aufschlug. Das war das Ende von seinem oberen Schneidezahn und von Kauntie. Und so landete *Sisi*Blandina bei uns, die ein so breites Karanga sprach wie meine Großmutter und uns nach zwei Jahren das Gefühl gab, sie wäre praktisch von Anfang an da gewesen.

Wenn *Sisi*Blandina uns Märchen erzählte, die sie von ihrer Großmutter gehört hatte, begann sie auf traditionelle Weise und im singenden Tonfall mit der Wendung *ngano ngano ngano*, worauf wir *ngano* erwiderten. Das wiederholte sie zweimal, um sicherzugehen, dass wir bereit waren, und wir antworteten ihr voller Vorfreude, denn wir wussten, dass sie uns in zauberische Gefilde entführen würde, in denen Jungen sich in Löwen verwandelten und die Liebe ihrer Angebeteten errangen, der Hase schlauer war als sein Onkel Pavian, das Mädchen, das sich weigerte, die Eiterpickel einer hässlichen Greisin auszudrücken, mit einem Fluch belegt wurde und fortan unter Wasser leben musste und der König eines fernen, fernen Landes seinen hinterhältigen Frauen und Kindern eine Falle stellte, um herauszufinden, wer unter ihnen die königliche Leib-schildkröte gekocht und aufgegessen hatte.

Meine Mutter mochte *Sisi*Blandina aus anderen Grün-den. Man musste ihr nicht sagen, was zu tun war, sie ordnete von sich aus die Kleidung in unseren Schränken nach Farben und brachte die Böden mit Cobra-Politur so energisch auf Hochglanz, dass mein Vater sich über die Rutschgefahr beschwerte und meine Mutter entgegnete, er solle einfach den Teppichboden kaufen, auf den sie selbst so erpicht war. Doch mein Vater sagte nur: »Na, dann können wir gleich den Premierminister einladen, seine nächste Versammlung hier abzuhalten und nicht im Stadion von Rufaro oder Gwanzura«, denn *Sisi*Blandina sang beim Baden stets glorreiche Guerrillalieder, während sie sich die Haut mit einem Bimsstein schrubbte.

∼

Munya und ich wussten, dass es einen Krieg gegeben hatte, bei uns zu Hause wurde er aber erst durch *Sisi*Blandina greifbar. Sie erzählte uns Geschichten vom Krieg, von den Guerrillakämpfern, die in ihr Dorf in Lalapanzi vor-drangen und Essen verlangten, von den Soldaten, die ihnen folgten und damit drohten, alle Dorfbewohner zu erschießen, die die Guerrillakämpfer mit Essen versorgt hatten, von den nächsten Guerrillakämpfern, die ins Dorf kamen und drohten, alle *vatengesi* zu erschießen, alle Verräter, die sie an die Soldaten verpfiffen oder sich geweigert hatten, ihnen Essen zu geben. Sie schossen in die Luft, um die Leute zu erschrecken, und als Pfungwadzebenzi, der Hund ihrer Großmutter, bellte, schoss ihm ein Guerillakämpfer in den Bauch; der Hund schleppte sich zum Sterben in den Wald. Munya legte die Hand auf *Sisi*Blandinas Knie und sagte: »Wenn Chenai groß ist und mir einen Hund kauft, werde ich ihn nicht Spider nennen, sondern Pfungwadzebenzi.«

Sie erzählte uns, dass die Dorfbewohner bis zum Morgen aufgeblieben waren, um ein *pungwe* abzuhalten, eine nächtliche Versammlung, bei der Anführer der Guerilla mit buschigen Bärten die Regierung Smith anprangerten und ihnen den *gutsaruzhinji* erklärten, den Sozialismus, mit dem sie das Ende der Ära Smith einläuten würden. Sie waren längst heiser, als die Dorfbewohner die neuen Schlachtrufe und die neuen Revolutionslieder sangen und junge Männer mit Gewehren dazu tanzten, zu denselben Liedern, die *Sisi*Blandina uns beibrachte.

Was machen wir mit Smith?
Haut ihm auf den Kopf, bis er sich besinnt!
Was machen wir mit der hässlichen Krähe?
Haut ihr auf den Kopf, bis sie sich besinnt!
Was machen wir mit Muzorewa?
Haut ihm auf den Kopf, bis er sich besinnt!
Bis wann?
Bis wir selbst unser Simbabwe regieren!

Mir fiel wieder ein, dass ich die ersten fünf Jahre meines Lebens zunächst in einem Land namens Rhodesien verbracht hatte, mit Ian Smith als Premierminister, dann in Simbabwe-Rhodesien mit einem Premierminister, der Abel Muzorewa hieß. Nun hieß das Land Simbabwe, und der Premierminister war Robert Mugabe. Munya, der am Vorabend der Unabhängigkeit geboren wurde, nur ein Jahr vor den Freigeborenen, denen ein besonderer Status zukam, sagten diese Lieder gar nichts.

Also hielten wir in meinem Zimmer selbst *pungwes* ab, wobei Munya und ich in die Rolle der Dorfbewohner schlüpften und *Sisi*Blandina in die unserer Anführerin. Wir spielten Geschichten nach, von denen wir glaubten, sie hätten nur in Lalapanzi stattgefunden.

∿

»Im Ausbildungslager in Mosambik habe ich sogar noch mehr Lieder gelernt«, sagte *Sisi*Blandina. »Die Guerillakämpfer kamen noch einmal zurück und fragten nach Jungen und Mädchen, die ihnen folgen sollten, um sich ausbilden zu lassen, und dann sind wir den ganzen Weg bis Chimoio und Nyadzonia in Mosambik gelaufen.«

Diese Lieder sangen wir, wenn *Sisi*Blandina Munya und mich zur Schule begleitete, schwangen einen Arm an ihrer Hand, mit dem anderen schwangen wir die Tasche. Wir schritten im Takt und riefen *hau*, während sie unser Lieblingslied anstimmte, nach dem wir immer verlangten.

Hier machen wir uns auf (hau)
Nach Moza (hau)
Jugoslawien (hau)
Und China (hau)
Dort schenkt man uns (hau)
Ein ganzes Waffenarsenal (hau)
Das nehmen wir mit (hau)
Zum Lancaster House (hau)
Glaubt ihr uns etwa nicht? (hau)
Glaubt ihr uns etwa nicht? (hau)

»Jeder von uns nahm einen neuen Namen an, einen Kampfnamen, der Stärke anzeigen sollte«, sagte *Sisi*Blandina. »Ich wollte mich Freedom nennen, aber da gab es schon sieben andere mit diesem Namen, eine nannte sich sogar Freedom-now, vier andere Liberty. Als uns ein Anführer erklärte, dass wir für Autonomie, Selbstverwaltung und Selbstbestimmung kämpften, habe ich mich für diesen Namen entschieden.«

»Das ist aber ein langer Name«, staunte ich.

Lachend antwortete *Sisi*Blandina: »Nein, ich habe nur die Autonomie genommen. Und so heiße ich Blandina Autonomy Mubaiwa. Manche Mädchen wurden für den Kampf mit der Waffe ausgebildet, aber die jüngeren, zu denen ich gehörte, oder die weniger sportlichen kochten für die Guerillakämpfer und wuschen ihre Wäsche, wir sangen für sie und leisteten ihnen nachts Gesellschaft. In der ersten Nacht sagten sie allerdings, ich sei in Genf, und schickten mich zu den Mädchen zurück, die auch in Genf waren.«

»Liegt Genf in Mosambik?«, fragte Munya.

»Das brauchst du nicht zu wissen. Deine Schwester wird es bald genug erfahren. Man sieht schon ihre Brüste knospen.«

Ich stürmte gleich davon, weil ich so wütend war, dass sie etwas angesprochen hatte, wofür ich mich zutiefst schämte. Seit drei Monaten wuchsen mir Brüste, und ich ging immer gebeugt, um sie zu verstecken. Ich dachte, das wäre niemandem aufgefallen, *Sisi*Blandina entging jedoch nichts. Als ich meine Periode bekam, war sie zur Stelle und erklärte: »Tja, jetzt bist du in Genf und wirst regelmäßig dorthin zurückkehren. Da musst du aufpassen, dass diese Jungs, mit denen du so gern spielst, ihre Hände bei sich behalten.«

Das machte mich verlegen, denn ich wusste, was sie meinte. Die Vertreterinnen von Johnson & Johnson waren zu uns in die Schule gekommen und hatten die Jungen rausgeschickt, damit sie uns die Geheimnisse unseres Körpers erklären konnten. Sie sagten, das Ovum werde aus dem Ovar freigesetzt und durch den Ovidukt geleitet, und falls keine Fertilisation stattfinde, werde es alle zweiundzwanzig bis achtundzwanzig Tage bei der Menstruation ausgeschieden. Sie sagten, das sei unhygienisch. Unsere wirksamste Waffe gegen diesen Ausfluss sei das Arsenal an Hygieneartikeln, die Johnson & Johnson eigens für uns junge Damen ersonnen hatte, weil wir Johnson am Herzen lägen.

Mit der Zeit erfuhr ich viel über *Sisi*Blandina. Ich spionierte ihr hinterher und las ihre Briefe. Ich las die Briefe, die sie in ihrer kleinen, runden Handschrift verfasste, bevor sie sie losschickte, Briefe mit langer, ausgefeilter Einleitung und wenig Neuigkeitswert. »Chenai wachsen Brüste«, schrieb sie einmal, und ich ärgerte mich sehr, dass sie meine Geheimnisse Leuten in Lalapanzi verriet. Diesen Brief zerriss ich und ließ ihn auf dem Boden liegen. Manchmal weinte sie, aus keinem ersichtlichen Grund, das bekam ich mit, wenn ich mitten in der Nacht wach wurde, denn sie schlief ja bei mir im Zimmer.

In den Geschäften hatte sie ihre Verehrer, in unserer Straße pfiffen ihr sämtliche Gärtner hinterher, wenn sie an ihnen vorbeiging. Sogar *Mukoma*Joseph, der für Mr Shelby in der Nummer 25 arbeitete und *Sisi*Maggie geheiratet und dann aufs Land verfrachtet hatte, sagte mit seinem typischen Lispeln: »*Ende* Sister *makabatana*, du hast ja eine fabelhafte Figur.«

Sie ignorierte *Mukoma*Joseph und die anderen und redete nur mit *Mukoma*George, der beim Postamt arbeitete und fleißig nach uns Ausschau hielt.

»Ah, hallo, Sister Chenai, hallo, *mfana*Munya, *masikati masikati*«, sagte er.

»*Masikati MukomaGeorge*«, grüßten wir zurück.

»*Hesi kani*, Blandina«, sagte er dann.

»*Ho nhai*, und mich grüßt du als Letzte?«, sagte *Sisi*-Blandina.

»Das Schönste kommt eben zum Schluss«, erwiderte er.

Die beiden unterhielten sich noch eine Weile, während Munya und ich schon mal weitergingen. Eines Tages rannte mir *Mukoma*George nach, als ich allein vom Flötenunterricht nach Hause ging.

»Ah, *masikati* Sister Chenai, bitte nimm das für Blandina mit«, sagte er und drückte mir einen blauen Luftpostbrief und ein Päckchen *Treetop*-Brausepulver in die Hand.

Das Brausepulver sei für mich, erklärte er, und ich aß es auf dem Heimweg. *Sisi*Blandina lachte, als sie den Brief las, und sagte: »*Haiwa*, für so einen Unsinn habe ich keine Zeit.« Sie wollte mir nicht erlauben, ihn zu lesen, aber ich wusste, dass sie den Brief in die Schuhschachtel stecken würde, die sie ganz unten in unserem Kleiderschrank aufbewahrte und in der sie die Post aus Lalapanzi sammelte. Nachts zog ich den Brief klammheimlich aus der Schachtel und las ihn.

*Mukoma*George hatte ihr geschrieben:

Liebste Blandina,
die Zeit, das Schicksal, die Umstände lassen mich zur
Feder greifen, um Dich zu fragen, wie Du wohl die
Bürden des Lebens stemmst, und um Dir zu schreiben,
wie sehr ich Dich liebe. Mein Herz verzehrt sich nach Dir,

wie Tee sich nach Zucker verzehrt. Mich verlangt es nach
Dir, wie es Fleisch nach Salz verlangt, und ich vermisse
Dich so sehr, wie ein Postbote sein Fahrrad vermissen
würde. Wahrhaftig, Blandina, Du bist mein Leben, und
ich hoffe, Du wirst auch meine Frau. Am liebsten würde
ich gleich einen Boten nach Lalapanzi schicken und ihm
so viele Kühe mitgeben, wie Dein Vater als Brautpreis
verlangt. Ich hoffe, eines Tages Dein Dich ewig liebender
Mann zu sein,

George Simbarashe Gweme aus Munyikwa

Nach diesem Brief verweilte *Sisi*Blandina immer länger
im Gespräch mit *Mukoma*George, wenn sie uns von der
Schule abholte. Nun nahm sie sich jeden Sonntag frei und
ging schon früh aus dem Haus. An einem Sonntag kam
sie abends nicht zurück, und das war das einzige Mal, dass
meine Mutter jemals mit ihr schimpfen musste. Mit ihrer
Nähmaschine nähte *Sisi*Blandina auch drei neue Kleider
für sich selbst.

Sie redete immer seltener vom Krieg.

»Ist Princess ein schönerer Name als Rosemary? Wie findest du Precious oder Prudence? Wie wäre es mit George
für einen Jungen?«, fragte sie mich.

Als ich sagte, sie solle *Mukoma*George fragen, was er davon halte, lachte sie und sang mir wieder ein Kriegslied
vor.

Dann war sie eines Tages plötzlich weg.

An ihrem freien Sonntag hatte sie das Haus verlassen und abends meine Mutter angerufen und ihr gesagt, sie werde demnächst ihre Sachen holen. Sie werde heiraten, sie werde bei der Tante von *Mukoma*George in Engineering unterkommen. Sie kehrte zu uns zurück, um ihre Sachen zu packen, ihre Nähmaschine und die Schachtel voller Briefe und ihre drei Paar Schuhe, ihren Faltenrock mit dem Stoffgürtel, ihre zwei Blusen und den Zweiteiler, den meine Mutter ihr geschenkt hatte, und die drei Kleider, die sie sich mit ihrer Nähmaschine genäht hatte. Das Einzige, was sie in ihrem verwaisten Regalfach in der Mitte meines Kleiderschranks zurückließ, war das Uniformkleid samt passendem Hut.

Drei Wochen nach ihrem Weggang hörten wir unser Tor klappern, was die Hunde von nebenan zum Bellen anstachelte, und dann stand *Sisi*Blandina vor der Tür. Weinend erzählte sie meiner Mutter, dass George sie gefragt habe, warum sie erst so spät zu ihm gekommen sei, wenn das Kind wirklich von ihm war, und dass er ohnehin schon eine Verlobte in Munyikwa habe. *Sisi*Blandina hatte ihm Betrug vorgeworfen, worauf er entgegnete, er könne keine Frau heiraten, die ihre Jungfräulichkeit verloren hatte, und sie erklärte, das habe er doch die ganze Zeit gewusst, weil sie ihm von dem Lager in Mosambik erzählt hatte, wie sie dort den Guerillakämpfern Gesellschaft leistete, und meine Mutter sagte nur, Blandina, und sie antwortete, aber das war doch nicht meine Schuld, wir hatten keine Wahl, und meine Mutter sagte *ndine urombo* Blandina, du tust mir leid, aber in diesem Zustand kannst du unmöglich hierbleiben, und *Sisi*Blandina weinte und sagte, ich weiß nicht, wo ich hinsoll, und meine Mutter sagte, du kannst doch nach Lalapanzi zurückgehen, und *Sisi*Blandina sagte, oh Gott, mein Vater, sie sagte, wie soll ich meinem Vater ins Gesicht blicken, und meine Mutter sagte, ich kann dir etwas Geld für die ersten paar Monate geben, du kannst aber nicht hierbleiben, und *Sisi*Blandina weinte und blieb über Nacht, aber als ich am nächsten Morgen aufwachte, war sie schon weg, und ich sah sie nie wieder.

An dem Tag, an dem die Schwester meiner Mutter, meine Tante aus Gwelo, uns besuchte, kam auch die Polizei. Man habe eine Frau aus dem Mukuvisi-Fluss gezogen, ob meine Eltern sie wohl kannten? In ihrer Tasche hätten sie einen Luftpostbrief mit unserer Anschrift gefunden. Mein Vater ging mit zur Polizeiwache, um die Tote zu identifizieren, und erzählte meiner Mutter, als er nach Hause kam, es sei *Sisi*Blandina gewesen. Sie weinte, und meine Tante sagte, tja, das hat man davon, wenn man diesen Mädchen helfen möchte, und sie sagte auch etwas von

Huren, die mit Männern schliefen, die nicht ihre rechtmäßigen Ehemänner waren. Zu meinem Vater sagte sie noch, diese Hausmädchen sind doch alle gleich.

TANTE JULIANAS INDER

Mr Vaswani, Inhaber des gleichnamigen Haushaltswarenladens, war der erste Inder, der so dicht vor mir stand, dass ich die Zähne in seinem Mund und die Knöpfe an seinem Hemd zählen konnte. Inder hatte ich auch früher schon gesehen, sie fielen einem fast zwangsläufig ins Auge, die Frauen in hauchzarte Stoffe gehüllt, bunte Tupfer auf den Straßen von Salisbury und – genau wie ihre Männer – so dunkelhäutig wie wir, aber mit Haar, das so glatt fiel wie bei Weißen. Bevor ich auf Mr Vaswani traf, war ich ihnen nie nah genug gekommen, um die Farbe ihrer Iris zu erkennen.

Wegen des Kriegs war unsere Schule in Chitsa geschlossen, sodass mein Bruder Danai und ich in die Glen Norah Township von Salisbury geschickt wurden, um bei der jüngeren Schwester meiner Mutter zu wohnen, *Mainin'*Juliana, die sich mit ihrem Bruder, unserem *Sekuru*Lazarus, ein Haus teilte. Bald wussten wir alles über *Mainin'*Julianas Inder. Sie nannte ihn *Mu*India *wangu*, »mein Inder«, eine Kurzform für »mein indischer Arbeitgeber«, um ihn von all den anderen Indern zu unterscheiden, die nicht Mr Vaswani waren. Sie erzählte, dass der Laden, in dem sie in der Innenstadt arbeitete, alles im Angebot hatte, was ein Afrikaner jemals brauchen könnte.

»Ich stehe hinter dem Tresen und helfe den Kunden«, sagte sie. »Und er hat nichts Besseres zu tun, als danebenzustehen und mich herumzukommandieren. Immer heißt es ›Juliana, du bis sahr, sahr langsam‹ und ›Mach schneller, Juliana, schneller, wir haben sahr, sahr viele Kunden‹.«

*Mainin'*Juliana stritt sich mit Susan, der Tochter unserer Nachbarin, die im Haushalt einer weißen Familie am Stadtrand arbeitete.

»*Mu*India *wangu* ist ein schwieriger Mann«, sagte *Mainin'*Juliana.

»Meine weiße Madam ist schwieriger«, sagte Susan.

»Er wartet bis zur allerletzten Minute, bevor er uns den Lohn auszahlt.«

»*Manje* madam *vangu* liegt den ganzen Tag im Bett und raucht, während ich putze.«

»Er schreit mir den ganzen Tag ins Ohr.«

»Sie verbietet mir, Reste zu essen, das muss man sich mal vorstellen, ihr Hund wird besser ernährt als ich. *Ufunge*, ihr Hund darf im Truck sogar vorne sitzen, und ich muss nach hinten, in die pralle Sonne, und krieg den ganzen Staub ab.«

»Er weigert sich, mir das Geld für die Pitman-Prüfung vorzuschießen. Und das sind doch nur fünfzehn Dollar.«

»Sie erlaubt ihrem Mann nicht, Strom in die *kaya* vom Hausboy zu legen, also muss ich draußen kochen.«

»Er redet den ganzen Tag und verbietet mir manchmal, Mittagspause zu machen.«

»Madam *vangu* ist sogar zu faul, ihre eigene Unterwäsche zu waschen, das muss ich machen, mit der Hand.«

»Eines Tages werde ich ihm seine dämliche Brille von der Nase schlagen«, schwor *Mainin'*Juliana.

Danai und ich waren der Meinung, dass wir als Erwachsene lieber für *Mu*India arbeiten würden als für die weiße Madam. Wir nannten ihn in einem Atemzug *Mu*India-*waMainin'*Juliana und redeten so persönlich über ihn wie über ein Mitglied unserer vielköpfigen Familie, wunderten uns über seine Eigenarten, seine Weigerung, einen Vorschuss zu zahlen, selbst im Fall eines kranken Angehörigen, seine Angewohnheit, in der Nase zu bohren, wenn er sich unbeobachtet glaubte, die Kitengestoffreste und verbeulten Kango-Teller und henkellosen Kango-Becher aus Emaille, die er Juliana und Timothy, seinem anderen Verkäufer, als Weihnachtsprämie überreichte, den gelben Plastikkamm, den er sich hinters Ohr klemmte, und sein Haus in Belvedere, das wir Bharabhadhiya aussprachen.

Wir wurden zu Experten in Sachen Inder. *Mainin'*Juliana war nicht die Einzige, die Umgang mit ihnen pflegte; unser vor langer Zeit verstorbener *Sekuru*Simplicious, der mittlere Bruder, hatte im südafrikanischen Durban mit

Indern gearbeitet, bevor er nach Rhodesien heimkehrte und im Krieg fiel.

Inder wischten sich den Hintern nicht mit Klopapier ab, sie säuberten ihn mit Wasser und benutzten dafür die linke Hand. Sie beteten Kühe an. Sie aßen kein Fleisch. Wenn sie starben, wurden ihre Leichen verbrannt und nicht begraben. Ihre Speisen enthielten alle Curry. Sie waren alle Ladenbesitzer und verhielten sich als solche genauso wie *Mu*India, der Juliana keine richtige Weihnachtsprämie gönnte, sondern nur Kitengereste, die kein Mensch mehr kaufen wollte. Der Stoff reichte meistens nicht mal dafür aus, dass ich ihn mir als Elfjährige um die Taille wickeln konnte, und so gab Juliana ihn an unsere Großmutter mütterlicherseits weiter, die offenbar für jedes Stück Stoff Verwendung fand, das ihr in die Finger fiel.

Im ländlichen Domboshava, wo meine Großmutter lebte, trugen die Stoffreste dazu bei, ihr Ansehen bei den Nachbarn zu steigern, und sie erkundigte sich stets nach seiner Gesundheit: »*Akadii zvake Mu*India *wa*Juliana? Hat Juliana ihrem Inder die Kräuter gegeben, die ich ihr bei meinem letzten Besuch mitgebracht habe?«

Sie nahm regen Anteil an seiner Magenverstimmung, weil diese allem Anschein nach ewig dauerte.

»Warum isst er nicht einfach *sadza rerukweza*?«, fragte sie und bezog sich dabei auf ein schlammbraunes Traditionsgericht, das nach einem starken Magen verlangte.

»Du und dein *rukweza*«, sagte *Sekuru*Lazarus.

»Ist ja kein Fleisch, also darf er das essen«, antwortete sie und ließ ihren üblichen Vortrag über die Vorzüge von *sadza rerukweza* vom Stapel, das die Gedärme öffne und ihnen Luft verschaffe.

»Wie mein Bruder Simplicious zu sagen pflegte, der 1974 starb: Das Problem ist, dass Inder zu viel Curry essen. Immer sagen sie *pili pili fakile*«, meinte mein Onkel.

Sosehr wir die Weltläufigkeit unseres toten *Sekuru*Simplicious bewunderten, so erstaunt waren Danai und ich, wie stark die indische Sprache den Paar Brocken Ndebele ähnelte, die wir kannten.

∽

Für *Mainin'*Juliana war dieser Job nur ein Lückenbüßer, bis sie ihren Traumberuf ergreifen konnte. »Ich will eine erstklassige Sekretärin werden«, teilte sie allen mit, die es hören wollten.

Sie kaufte gebrauchte Bücher mit gebrochenem Rücken, die früher laut Vorsatz einer Tracy Thompson, einer Debbie Moffat oder einem Squiffy Stevens gehört hatten. Abends hämmerte sie auf eine Schreibmaschine mit fehlendem M ein, ohne Papier oder Farbband einzuspannen, weil sie sich beides nicht leisten konnte. Sie hörte sich Schallplatten des Rapid Results College an. Da gab es eine Single mit dem Titel *Spoken English*, die ich für Danai mit LP-Geschwindigkeit abspielte, sodass die Nadel sich über die Platte schleppte und die Stimmen sehr gedehnt und tief klangen, sogar die der Frau, als sie sagte: »*I want to speak good English.*«

»*She wants to speak good English*«, wiederholte der Mann.

»*I speak bad English.*«

»*She speaks bad English.*«

»*It is very hot in Spain.*«

»*She says that it is very hot in Spain.*«

Julianas Rapid-Results-Englischkurs war für ihren aktuellen Job überflüssig. Nach allem, was sie uns erzählte, bestand ihre größte Leistung darin, die Anweisungen, die *Mu*India seinen Kunden zubrüllte, in ein sanfteres, höflicheres Shona zu übersetzen.

Ihre Träume von Erstklassigkeit schienen ihr Mitte 1978 zum Greifen nah, in diesem Jahr des Wandels. Wir erfuhren in den Nachrichten, dass die Regierung mehr Schulen bauen und die Townships an die Stromversorgung anschließen würde. Danai und ich ließen uns von den Bildergeschichten in der Zeitung *Herald* und der Zeitschrift *Parade* anregen und spielten Sam und Ben nach, Figuren, die im Auftrag der Regierung geschaffen wurden, um die Bevölkerung zum Wählen anzuhalten.

So sagte Danai: »Wenn ich im April 1979 wählen gehe, weil wir jetzt Wahlgleichheit haben, was bekomme ich dann, Sam?«

Betont ernst fragte ich ihn: »Was hast du dir denn schon immer gewünscht, Ben?«

»Die Mehrheitsregel!«

»Die wirst du bekommen.«

»Ich will auch Frieden, ich will, dass der Krieg aufhört.«

»Das wirst du bekommen.«

»Ich will, dass die Schulen wieder aufmachen, ich will Bildung für meine Kinder.«

»Das wirst du bekommen.«

»Ich will Kliniken und Krankenhäuser, gute medizinische Versorgung für meine Familie, wenn sie krank wird.«

»Das wirst du bekommen.«

»Es muss gute Jobs geben, damit wir gutes Geld verdienen.«

»Das wirst du bekommen, wenn du wählen gehst.«

Und dann sagten wir im Chor: »Wir müssen unser Wahlrecht nutzen, um unsere Mehrheitsregel zu bekommen. Wir werden beide im April 1979 zur Wahl gehen, weil wir Wahlgleichheit haben.«

*Sekuru*Lazarus hatte zu dieser Wahl viel zu sagen, wie zu jedem anderen Thema auch. Er sprach laut und langatmig, *kupaumba*, wie meine Großmutter das nannte – eine Anspielung auf das nicht enden wollende Schlagen der Trommel, wenn ihr Spieler sich von seiner Begeisterung allzu sehr mitreißen lässt –, und verfiel dabei immer in einen streitlustigen Ton, selbst denen gegenüber, die mit ihm einer Meinung waren.

»Und wo sind die vielen Schulen bisher geblieben? Und der Strom? Kann mir das mal einer sagen? Die Vororte der Weißen sind hell und sauber, und wie sieht es bei uns aus? Glauben die vielleicht, dass wir Schwarzen uns jetzt mit ihrem Strom und ihren Schulen abspeisen lassen, nachdem wir uns gegen ihren Unsinn gewehrt und zu den Waffen gegriffen haben?

Wir haben Nein gesagt, *aiwa, bodo, hwi, nikisi, kwete, haikona, tsvo.*

Sie wollen uns die Sicht verhängen mit ihrer Täuschung. Sie wollen uns bestechen, auf dass wir unser Leid vergessen und für ihre ›interne Lösung‹ stimmen.

Ich schwöre bei meinem Großvater Musekiwa, der 1959 starb, und selbst wenn sämtliche Townships von Rhodesien im weißesten Licht erstrahlen, ich schwöre, dass ich niemals für Muzorewa stimmen werden.

Und hätte man mir diesen Finger an meiner linken Hand nicht 1965 abgehackt, hätte auch ich zu den Waffen gegriffen.

Und dann hättet ihr aber was erlebt.«

Die neuen Schulen, die damals gebaut wurden, sollten dem *hot-seating* ein Ende setzen, das dazu geführt hatte, dass wir vormittags zu Hause blieben, während andere unser Klassenzimmer nutzten, und den Unterricht erst nachmittags besuchen konnten. Jetzt würden wir in eine neue Schule gehen, eine von dreien in der Township, die jenseits des Flusses errichtet worden war. Neue Schule hieß: neue Uniform. *Mainin'*Juliana sagte, wir sollten zu ihr in den Laden kommen, um unsere Uniformen zu kaufen, weil *Mu*India ihr einen Rabatt gewähren würde.

Der Laden von Mr Vaswani befand sich an der Ecke Bank Street und Manica Road, in dem Teil der Innenstadt, der *kuMa*India genannt wurde. Als wir an einem verstaubten Laden mit dunklem Innenraum und einer Schneiderpuppe im Schaufenster vorbeikamen, sagte Juliana: »Das ist der Herrenschneider, der für den Premierminister Anzüge macht.«

Ich versuchte mir vorzustellen, wie Premierminister Smith mit seinem Schafsblick durch *kuMa*India ging, um seine Maße nehmen zu lassen. Er würde mit Afrikanern zusammenstoßen, mit Frauen, die ihre Einkäufe bündelweise auf dem Kopf trugen. Er würde dieselben Inder sehen wie wir und ein paar Farbige, aber praktisch keine Europäer, sein Gesicht wäre eins von ganz wenigen weißen. Falls er die Straße überquerte, würde er in die Straße zum Market Square geraten und könnte in einen Bus nach Mbare steigen und von dort aus ins Umland fahren. Und falls er auf der Manica Road bleiben und links in die Inez Terrace einbiegen oder der Baker Avenue folgen würde, oder der Gordon Avenue, würde er die First Street erreichen und das feine Kaufhaus Barbour's in seiner ganzen Pracht erblicken und die vielen anderen Geschäfte, wie Miltons' und Thomas Meikle's, in denen nur Weiße wie er ihre Einkäufe erledigten. Aber wie sehr ich mich auch anstrengte, konnte ich mir den Premierminister einfach nicht inmitten dieses Lärms und Trubels vorstellen, und ich dachte genau das, was *Sekuru*Lazarus manchmal sagte: »Tante Juliana übertreibt gern.«

Der Laden von Mr Vaswani befand sich in einem Gebäude mit kannelierten Pfeilern und einem Portal, auf dem stand: VASWANI BROTHERS GENERAL DEALERS EST. 1921. Über uns hingen reihenweise Fahrräder von der Decke. Noch nie hatte ich so viele Black Beautys auf einmal gesehen. Haufenweise Decken, während die Kitengestoffballen wie knallbunte Säulen aufragten. Es gab auch stapelweise Teller, Töpfe und Pfannen von Kango und die Emaillebecher, an denen man sich den Mund verbrannte, wenn der Tee noch nicht abgekühlt war, graue Zinkeimer, Stahlgeschirr, daneben türmten sich die schweren *bhodho*-Töpfe. Und in Plastikhüllen mit dem Aufdruck ENBEE lagen auch schon die verschiedenen Uniformen für sämtliche Schulen in sämtlichen Townships von Salisbury bereit.

Mittendrin stand Mr Vaswani.

Er sah mich direkt an, und ich senkte den Blick, aber erst nachdem ich hinter der Rauchwolke, die ihn umgab, seine kreisrunden gelblichen Augen, die braunen Zähne, die glänzenden Knöpfe an seinem Hemd und den Plastikkamm erspäht hatte, der sich in sattem Gelb von seinem glatten schwarzen Haar abhob.

»Wie alt bist du?«, fragte er.

Ich brachte kein Wort heraus, ich hatte nicht damit gerechnet, dass er mich so unvermittelt ansprechen würde, schließlich gelang es mir doch noch zu sagen: »Ich bin elf, und er ist neun.«

»Sahr gut, sahr gut. Du musst schön fleißig sein, okay.

Die Welt hat für Faulenzer nichts übrig. Vielleicht arbeitest du auch irgendwann mal für mich, und dann beschaftige ich Julianas ganze Familie.«

Englisch sprach er nicht so wie wir, aber er hörte sich auch nicht so an wie der weiße Doktor, der Danai und mir im Missionsspital in der Nähe von Chitsa eine Spritze verpasst hatte. Er lachte und zeigte noch mehr braune Zähne, bis tief in die Mundhöhle hinein. Ich fragte mich, ob er vielleicht doch *sadza rerukweza* aß, wie meine Großmutter es ihm geraten hätte.

*Mainin'*Juliana wies uns eine Bank in der Ecke zu, und Danai und ich musterten Mr Vaswani von dort aus, in der Hoffnung, er würde in der Nase bohren. Seine Frau stand mit ihm am Tresen. Fasziniert beobachtete ich, wie sie sich dahinter bewegte, ohne dass sich der Stoff, in den sie drapiert war, jemals löste. Ich wollte den Geruch von Curry erschnuppern, roch aber nur Brylcreem, Schweiß und Gummi, dazu Lifebuoy- und Perfection-Seife und den Geruch der neuen Waren, die hier angeboten wurden.

Mr Vaswanis Redefluss war genauso unaufhaltsam wie der Devure-Fluss neben dem Bauernhof meiner Tante Vongai an Weihnachten, auf dem Höhepunkt der Regenzeit. Dieser Redefluss richtete sich nicht nur an *Mainin'*Juliana, sondern auch an die Kunden, die sich viel Zeit ließen, um jede Ware eingehend zu prüfen, bevor sie ihr Geld widerwillig herausrückten. »Schneller, schneller, wir haben nicht den ganzen Tag Zeit.« Seine Worte entsprachen so sehr den Schilderungen von *Mainin'*Juliana, dass ich mich zusammenreißen musste, um nicht loszukichern. Mr Vaswani wurde auf eine Frau aufmerksam, die vergeblich versuchte, ihren widerspenstigen Sohn auszuziehen.

»Na, na, na, was soll denn das?«, fragte er.

Die Frau ging nicht darauf ein, sondern zwang das Kind, seine Sachen abzulegen, damit es eine Uniform anprobieren konnte. Der Junge wand sich vor Verlegenheit, während seine Mutter lachte, als hätte sie Mr Vaswani gar nicht gehört. »Der spinnt doch, *Mu*India *uyu*«, sagte sie zu *Mainin'*Juliana und deutete mit dem Kinn auf Mr Vaswani. »Wie soll ich eine Uniform kaufen, wenn mein Sohn sie nicht anprobieren darf?«

Sie zerrte ihm das Hemd vom Leib; er hielt seine Shorts fest und bekam eine Standpauke zu hören. Als auch die Shorts abgelegt waren, wunderten sich alle, nur seine Mutter nicht, dass er keine Unterwäsche trug, und sie redete einfach weiter, während Danai und ich so taten, als hätten wir die Tränen der Scham nicht gesehen, die in den Augen des kleinen Jungen schimmerten.

Eine andere Kundin kam mit Shorts und einem T-Shirt in zwei verschiedenen Größen in den Laden. »Keine Rückgabe, keine Erstattung«, sagte Mr Vaswani und zeigte auf ein weißes Schild mit der schwarzen Aufschrift: BARZAHLUNG KEINE RÜCKGABE KEINE ERSTATTUNG. »Gekauft ist gekauft.« Die Kundin hörte erst auf zu schimpfen, als ein Weißer den Laden betrat, begleitet von einem Schwarzen, der Gummistiefel und einen fabrikneuen blauen Overall trug.

Der Weiße sagte: »Wir brauchen ein weiteres Fahrrad, Sanjiv.«

»Oh, Mr Johnson, Sie sahr, sahr guter Kunde.« Mr Vaswani lachte mit dem Mund, mit dem Kopf und mit den Armen. Er versuchte, das Fahrrad selbst von der Decke zu holen, kam aber trotz Leiter nicht nah genug heran, also musste Timothy ihm dabei helfen.

»Warum dürfen Inder nicht Fußball spielen, Sanjiv?«, fragte der Weiße.

Mr Vaswani lächelte breit und sagte: »Ach, wieder so ein guter Witz, Mr Johnson. Ihre Witze sind immer so lustig.«

»Kriegen sie eine Ecke, machen sie einen Laden auf. Alles klar? Ecke, Laden, Eckladen.«

»Sahr lustig, Mr Johnson. Wirklich ein sahr guter Witz. Ecke kriegen, Laden aufmachen.« Wieder lachte er mit Mund und Kopf und Armen. Mrs Vaswani gab dazu perlende Töne von sich. Der Mann im Overall klopfte sich auf den Schenkel und lachte lautlos. Mr Johnson lachte noch, als er den Laden verließ. Der Mann im Overall folgte ihm mit der Black Beauty, die Hände so fest um die Lenkergriffe geschlossen, dass die Knöchel hervortraten. Kaum waren die beiden draußen, verschwand das Lächeln von Mr Vaswani, als wäre nichts gewesen. »Schneller, schneller«, sagte er. »Wir haben nicht den ganzen Tag Zeit.«

Kurze Zeit nach unserem Besuch im Laden wurden in den Townships zum ersten Mal Wahlen abgehalten. Überall hingen Plakate und Transparente mit den vier Grundsätzen von Bischof Muzorewa: Nationalismus für das Volk, Demokratie für das Volk, Lebensunterhalt für das Volk, Frieden für das Volk, dazu das Emblem seiner Partei, Hacke und Speer gekreuzt, dahinter ein Schutzschild.

Je mehr Plakate *Sekuru*Lazarus sah, desto säuerlicher wurde seine Miene.

»Das ist keine richtige Unabhängigkeit. Sie wollen uns kaufen, damit wir dafür stimmen, bis in alle Ewigkeit Bürger zweiter Klasse zu bleiben.«

Danai und ich stopften uns mit Chips und aromatisierter Milch voll, die von den Wahlhelfern päckchenweise an alle Kinder in den Townships verteilt wurden. Wir dichteten ein Lied aus den Namen der Maskottchen auf den Chipspackungen und sangen lautstark: »Zsa Zsa das Starlet, Mama Chompkin, Putzi der Hund, Professor Flubb, Jake der Pirat, Hairy der Hippie.«

Man hörte Bischof Muzorewa durch die Township dröhnen: »Stimmt für die interne Lösung. Stimmt für ein Ende des Krieges. Stimmt für Schulen, für Strom, für eine Zukunft, von der wir alle etwas haben.« Das nächste Mal, dass wir seine Stimme hörten, war im Radio, als verkündet wurde, er sei der neue Premierminister unseres neuen Landes Simbabwe-Rhodesien.

Der Krieg hörte nicht auf während der neun Monate, die wir in Simbabwe-Rhodesien lebten, und so blieben wir in Salisbury. *Sekuru*Lazarus erzählte uns, es werde in England Gespräche geben, um den Krieg zu beenden, in einem Gebäude namens Lancaster House, Gespräche zwischen den Guerillakämpfern, der früheren weißen Regierung und der neuen schwarz-weißen Regierung. Zum Jahresende erfuhren wir, dass die Verhandlungen abgeschlossen waren und es neue Wahlen geben sollte, diesmal unter Beteiligung der Guerillakämpfer.

Wir gingen nicht wieder in den Laden von Mr Vaswani, hörten aber durch Juliana von dem Bruch, der sich zwischen ihm und seinem Bruder anbahnte. »*Handiti*, ihr wisst ja, dass der Bruder sonst nie in den Laden kommt«, erzählte *Mainin'*Juliana, »heute war er aber den halben Tag da, und wenn gerade keine Kunden im Laden waren, haben sich die beiden pausenlos angeschrien.

Der Bruder sagte, er will nach Südafrika. Wir können doch nicht weg, das ist unsere Heimat, dein Sohn ist hier geboren, sagte Mr Vaswani. Was heißt schon Heimat, sagte der Bruder, sieh dir Uganda an. Den Jungen nimmst du aber nicht mit, den lässt du hier, sagte Mr Vaswani, und der Bruder sagte, er kommt mit, worauf Mr Vaswani sagte, wer soll denn dann den Laden übernehmen, und der Bruder sagte, er ist nun mal mein Sohn, Sanjiv, es ist doch nicht meine Schuld, dass du und Suri keine Kinder bekommen könnt.«

»Sie sollten einen Heiler aufsuchen, um den Schoß seiner Frau zu öffnen«, sagte meine Großmutter. *Sekuru*Lazarus verzog den Mund und schnaufte verächtlich, dann sagte er, die Inder sollten eben alle nach Indien zurück, wenn ihnen unsere Unabhängigkeit solche Angst einjagte.

～

Die neuen Wahlen ließen uns Mr Vaswani vergessen. Alle sagten, sie würden uns wirklich die Unabhängigkeit bringen. Auch meine Großmutter sang die Lieder der Stunde. *»Na nana ayiyaye Zimbabwe. Africa ayiawo Zimbabwe«*, und Bob Marley wurde bald Teil unseres vertrauten Umfelds. Sie war nicht die Einzige, die Simbabwe ständig auf den Lippen hatte.

»Von morgen an heißt mein Unternehmen nicht mehr Autoschlosserei Trymore, sondern Autoschlosserei Simbabwe«, teilte unser Nachbar von links *Sekuru*Lazarus mit. Da wollte der Mann, der von Mufakose bis Glen Norah Flaschen sammelte, unbedingt mithalten, brachte aber nur die Buchstabenfolge »Simbab« auf seinem kleinen Handkarren unter, auf dem bereits der Schriftzug »Flaschensammler« prangte.

Während um uns herum überall sichtbare und unsichtbare Veränderungen stattfanden, blieb mein Onkel sich treu, *kupaumba*. »Niemals werde ich für den UANC stimmen. Entscheidend ist die ZAPU. Joshua Nkomo war von Anfang an dabei. Stellt euch das nur mal vor, Premierminister Joshua Nkomo, *hela*!«

Niemanden, selbst *Sekuru*Lazarus nicht, dürstete es mehr nach der Unabhängigkeit als meine Tante Juliana. Sie erzählte uns vom *gutsaruzhinji*, den die Guerillakämpfer einführen würden, dem Sozialismus, der, wie sie uns erklärte, dafür sorgen würde, dass es keine Diener und Herren, keine Unterdrückung mehr geben würde, weil dann alle gleich wären. »Dann wird es nicht mehr so zugehen wie zwischen dir und deiner Madam«, sagte sie zu Susan. »*Mu*India sollte sich mal lieber vorsehen. Sonst passiert noch was.«

*Mainin'*Juliana plante bereits, was alles passieren sollte. »Er muss uns höhere Löhne zahlen. Samstags nehmen wir uns frei. Und wenn ich mehr Geld verdiene, kann ich meine Prüfung zur Sekretärin ablegen.«

»Juliana, da brennt etwas an, ich kann es riechen«, sagte meine Großmutter.

An diesem Abend aßen wir unser *sadza* und das Blattgemüse mit schwarz verkohltem Fleisch, aber wir träumten gemeinsam mit *Mainin'*Juliana und teilten *Sekuru*-Lazarus' Gewissheit, dass der Premierminister Joshua Nkomo heißen würde. Nur Susan bezweifelte, dass die Veränderungen auch ihr Leben verändern würden. »Kann ja sein, dass es zu diesem Sozialismus kommt, Juliana, aber ich weiß jetzt schon, dass kein Sozialismus der Welt meine Madam dazu bringen wird, ihre Unterwäsche selbst zu waschen.«

Zwei Tage vor den Wahlen gingen wir noch einmal in den Laden von Mr Vaswani, um für Danai Schuhe zu kaufen. »Als hättest du Dünger in den Füßen«, sagte *Sekuru*Lazarus zu ihm. *Mainin'*Juliana hatte uns Schweinefleischpasteten versprochen, und wir freuten uns auf diese Leckerei.

Wir wollten den Laden gerade verlassen, als Mr Vaswani uns zur Ordnung rief. »Na, na, Juliana, was soll das, wo willst du hin?«

»Sie haben mir doch erlaubt, heute früher zu gehen, ich muss die Kinder nach Hause bringen.«

»Ja schon, aber sieh dich doch um, jetzt haben wir sahr, sahr viele Kunden.«

»Ich gehe«, sagte *Mainin'*Juliana. »Wie abgemacht.«

Sie drehte sich um, und Mr Vaswani zerrte am Ärmel ihres Pullis. Dann hörten wir Mrs Vaswani aufschreien. Als Nächstes sahen wir Mr Vaswani am Boden liegen, aus seiner Nase strömte Blut, seine Brille war neben ihn gefallen und das rechte Glas dabei zu Bruch gegangen. Immer noch schreiend, stürmte seine Frau aus dem Laden und raste wie ein leuchtend rosa Wirbelsturm über die Straße. Keine zwei Minuten später kam sie mit einem Polizisten zurück, der uns alle zur Wache geleitete. Mr Vaswani hielt sich ein Taschentuch unter die Nase, Mrs Vaswani wich nicht von seiner Seite, *Mainin'*Juliana wurde vom Polizisten geführt, Danai und ich bildeten das Schlusslicht. Die Schuhe hielt Danai an seine Brust gedrückt.

Die Wache bestand aus einem Haufen Polizisten mit glänzenden rotbraunen Schuhen und kakigrünen Uniformen, aus Leuten, die sich über ein Verbrechen beschwerten, Leuten, die man eines Verbrechens bezichtigte, und Leuten, die sich nach Leuten erkundigten, die man eines Verbrechens bezichtigte. »Unterschreiben Sie einfach ein Schuldeingeständnis, und dann ist die Sache erledigt«, sagte der Polizist, der Juliana festgenommen hatte, auf Shona zu ihr.

Die alte *Mainin'*Juliana hätte sich wohl darauf eingelassen, aber dieser neuen *Mainin'*Juliana war der *gutsaruzhinji* zu Kopf gestiegen. »*Handina mhosva*«, rief sie. »Ich habe mir nichts zuschulden kommen lassen. Das hier ist Simbabwe, Rhodesien haben wir hinter uns gelassen. Und ich würde es jederzeit wieder tun, wenn es sein muss.«

»Sie sehen ja, wie sie mich bedroht«, sagte Mr Vaswani. Er warf Juliana durch das heil gebliebene linke Brillenglas einen bösen Blick zu. »Verhaften Sie diese Frau.«

»Nur zu, verhaften Sie mich«, sagte *Mainin'*Juliana. »Andernfalls *ndinomuita kanyama kanyama* werden Sie diesen Mann vom Boden Ihrer Wache kratzen müssen. Verhaften Sie mich.«

Sie wurde verhaftet.

Und so verbrachte *Mainin'*Juliana drei der allerletzten Tage Rhodesiens im Untersuchungsgefängnis von Salisbury.

*SekuruLazarus hatte sich geirrt: Der neue Premierminister hieß am Ende doch nicht Joshua Nkomo. Als die Wahl-

ergebnisse bekannt gegeben wurden, strömten alle Anwohner in das Haus unseres Nachbarn, um den Premierminister Robert Mugabe im Fernsehen zu erleben. Der
Premierminister sagte, es sei an der Zeit, sich zu versöhnen und Schwerter zu Pflugscharen zu machen. Er sagte,
wir sollten einander freundschaftlich die Hände reichen,
damit Schwarze und Weiße gemeinsam am Aufbau des
neuen Landes mitwirken könnten. Obwohl Mr Vaswani
weder schwarz noch weiß war, hatte er sich die Ansprache des Premierministers möglicherweise auch angesehen,
denn zwei Wochen später schickte er Timothy mit der
Botschaft vorbei, wenn sie wolle, könne *Mainin'*Juliana
ihren Job wiederhaben.

»*Ende futi Mu*India hält sich ja für so witzig«, berichtete
sie nach ihrer Rückkehr in den Laden. »Jetzt sagt er den
Kunden, wenn sie stehlen, hetzt er ihnen seine Verkäuferin an den Hals. ›Die wird Sie genauso verprügeln, wie sie
mich verprügelt hat‹, sagt er.«

⌒

Es dauerte noch drei Jahre, bis sie ihren Traum verwirklichen konnte, aber dann wurde sie vom Ministerium für
Arbeitsbeschaffung als Schreibkraft eingestellt. Ihr Sekretariatsdiplom hatte *Mainin'*Juliana im Beisein und unter
dem Beifall von Mr Vaswani und seiner Frau, Timothy,
*Sekuru*Lazarus, meiner Großmutter, meinen Eltern, Danai und mir entgegengenommen.

»Die Welt hat für Faulenzer nichts übrig. Nehmt euch ein Beispiel an eurem Tantchen«, sagte Mr Vaswani zu Danai und mir.

Wir erinnerten *Mainin'* Juliana immer wieder an den Tag, als sie Mr Vaswani einen Fausthieb verpasst hatte. Sogar nachdem sie geheiratet und als tragende Säule der Gesalbten Kirche des Heiligen Lamms jeder Form von Gewalt abgeschworen hatte, konnte sie ihre Vergangenheit nie ganz abschütteln, sodass selbst ihr Mann diesen Vorfall gern nutzte, um ihre Kinder zu gutem Benehmen anzuhalten. »Eure Mutter ist eine Boxerin. Sie wird euch genauso niederstrecken, wie sie diesen Inder niedergestreckt hat.«

Mr Vaswani wurde ebenso Teil des Lebens ihrer Kinder, wie er Teil unseres Lebens gewesen war. Auch mit ihnen ging sie in seinen Laden, nur dass sie jetzt in der Woche vor Schulbeginn als geschätzte Kundin dort erschien. Danach beschwerte sie sich oft darüber, dass Mr Vaswani mit dem Alter zu milde wurde. »Seinen Angestellten so viele Freiheiten zu lassen, ist kein Zeichen von guter Geschäftsführung«, sagte sie.

Als sie starb, kam Mr Vaswani zu ihrer Beerdigung. Er saß bei den Männern unserer Familie, während die Frauen seinen Namen flüsterten. Wenn die Trauer uns allzu sehr bedrückte, lachten wir über die vielen komischen Zwischenfälle in ihrem Leben. Wir baten eine der Schwiegertöchter, uns die Verstorbene in Aktion vorzuspielen. Sie boxte in die Luft, und unser Lachen erfüllte den ganzen

Raum, als sie von allein auf die Idee kam, den rechten Haken nachzumachen, den *Mainin'*Juliana Mr Vaswani verpasst hatte.

DIE RISSIGEN ROSA LIPPEN VON ROSIES BRÄUTIGAM

Die Hochzeitsgäste blicken auf die rissigen rosa Lippen von Rosies Bräutigam. Sie blicken auf Rosies Lippen, die ihre rötlich pinke Färbung wohl eher durch Schminke als durch Krankheit erlangt haben. Ob Rosie dasselbe sieht wie sie, fragen sich die Gäste – dass ihrem frisch angetrauten Ehemann die Krankheit aus jeder Pore quillt? Die Krankheit blüht im öligen Glanz seiner Haarbüschel; sie atmet in der dunkler werdenden Haut, im Weißen seines Auges, das weißer ist, als von der Natur vorgesehen, in den knallig rosaroten Lippen, aus deren rissiger Haut das Blut hervorschießen will.

Rosies Bräutigam lächelt oft. Er lächelt, wenn eine betrunkene Tante die Gäste mit einem Tanz beglückt, den man außerhalb dieser Feier sanktionierten Beischlafs als obszön bezeichnen könnte. Er lächelt, wenn ein Onkel, der sich im englischen Manchester niedergelassen hat, seinen Sohn auf dem Handy anruft, um ihm, dem Bräutigam, über eine Entfernung von neuntausend Kilometern zu gratulieren, die an seinem Ende durch Vodafone und an diesem Ende durch Econet verkürzt wird. Sein Lächeln wird breiter, als der Sohn dem Zeremonienmeister mitteilt, dass der Onkel ihnen als Hochzeitsgeschenk zweihundert Pfund zusichert; es wird noch breiter, als der Zeremonienmeister verkündet, dieses Geschenk sei auf dem Parallelmarkt von Harare zweihundert Millionen Dollar wert. Er lächelt und lächelt und hört gar nicht mehr auf zu lächeln und enthüllt dabei die tiefrote Färbung seines Zahnfleischs.

Die Hochzeitsgäste sitzen im großen, von Rooney's gemieteten Festzelt. Eine Pracht, in den Farben erstrahlend, die Rosie für die Hochzeit ausgesucht hat, Creme und Buttermilch, dazu Gold als Kontrast. Die Gäste kauen Reis und nagen an Hühnchenschenkeln, spülen beides mit großen Schlucken aus Limonade- oder Bierflaschen hinunter und mit einer prickelnden Unterhaltung über den Ruf von Rosies Bräutigam.

Das ist nun seine zweite Ehe, wie alle wissen.

Eine Frau hat er bereits unter die Erde gebracht, das weiß sogar Rosie.

Was Rosie nicht weiß: Er hat außerdem zwei Geliebte unter die Erde gebracht, vielleicht auch mehr.

Die Beweistauglichkeit seines Äußeren, das für sich genommen nur ein Indiz wäre, wird nicht nur durch den Tod von einer Ehefrau und zwei Geliebten bekräftigt, sondern auch durch andere Vorfälle im Leben von Rosies Bräutigam.

So ist zum Beispiel bekannt, dass er oft in Begleitung von Mercy erschien, die inzwischen verschieden ist und früher in Glen View (Zone 3) wohnte, der berüchtigten Mercy, die reihenweise Männer verführt hat, von hier bis Kuwadzana.

Und da wäre noch der Umstand, dass er jeden Abend in der illegalen Bar einen trinken gegangen ist, die *Mai*Tatenda bei sich zu Hause betrieb, *Mai*Tatenda, die zwar einen kleinen Tatenda, aber dazu keinen *Baba*Tatenda vorweisen konnte, *Mai*Tatenda, die ihre Kunden rundum versorgte und verwöhnte, *Mai*Tatenda, die zuletzt vor einer Woche gesichtet wurde, klapperdürr, erbärmlich hustend und schlotternd, der Dezemberhitze zum Trotz. Natürlich möchte man nicht zu hart urteilen, sagen die Gäste, aber das ist nun mal das Los von Huren, die mit Männern verkehren, ohne ihre rechtmäßige Ehefrau zu sein.

Zu guter Letzt noch eine unbestreitbare Tatsache: Das Auto von Rosies Bräutigam wurde vor dem Haus eines Predigers im Muhacha Crescent in Warren Park gesehen, der angeblich mit Händen gesegnet ist, die den Satan austreiben können, diesen Teufel, der die Gestalt eines unheilbaren Virus angenommen hat, um sie alle heimzusuchen. Der Prediger hat in sämtlichen Zeitungen eine Anzeige geschaltet. Rosies frischgebackener Ehemann muss sich daraufhin gemeldet haben, ganz bestimmt, denn sein Auto, dieser silberne Toyota Camry, der früher immer vor dem Haus von *Mai*Tatenda stand, wurde jetzt vor dem Haus des Predigers gesehen.

In der Anzeige steht: »Ist einer unter euch krank, dann rufe er die Ältesten der Gemeinde zu sich; sie sollen Gebete über ihn sprechen und ihn im Namen des Herrn mit Öl salben. Das gläubige Gebet wird den Kranken retten, JAKOBUS 5,14-15. Jesus von Nazareth rettet«, heißt es weiter. »Kommt zu mir, auf dass Er Seine Heilenden Hände auf euer banges Herz lege. Bei mir werden alle Krankheiten geheilt. Denn nichts ist dem Herrn unmöglich, GENESIS 18,14.«

Nur eine einzige Krankheit bringt Männer dazu, mit ihrem Toyota Camry, ihrem Mercedes Benz, ihrem Pajero oder BMW Warren Park anzusteuern. Nur dieses eine Übel führt sowohl die Bestmotorisierten als auch die Unmotorisierten zum Prediger. Die große Krankheit mit dem kleinen Namen, das Übel, dem offiziell niemand erliegt, das Leiden, dessen wahrer Name niemals ausgesprochen wird, die Seuche, die sich durch rosarote Lippen offenbart, durch öliges Haar, durch das unnatürliche Weiß des Weißen im Auge.

Die Hochzeitsgäste verfügen über prophetische Gaben, sie blicken auf die Lippen von Rosies Bräutigam und erkennen darin Rosies Schicksal. Sie wird als Erste sterben, klar, denn so läuft es immer, erst die Frau und dann der Mann. Erst die Frau, sodass der Mann wieder heiraten kann, die nächste Frau heiraten kann, die ebenfalls als Erste sterben wird. Bei Rosies Totenwache werden sie laut wehklagen, sie werden sich gegenseitig um den Hals fallen. Und wenn sie die ersten Tränen vergossen haben, werden sie über Rosies Todesart reden.

In der Öffentlichkeit werden sie sagen: Rosie ist plötzlich krank geworden. Einfach so, aus heiterem Himmel, ohne Vorwarnung. Sie ist morgens aufgewacht, hat das Essen für ihre Familie zubereitet. Gegen elf sagte sie: Mein Kopf, mein Kopf. Und als es Zeit wurde, das Abendessen zu kochen, war sie schon von uns gegangen. So schnell, werden sie sagen. Unfassbar schnell. Da wird einem das Herz schwer, werden sie sagen. Wann hat man je gehört, dass jemand an Kopfschmerzen stirbt?

Im Dunkeln jedoch, fernab der Öffentlichkeit, werden sie munkeln: *Haiwa*, wir wussten es von Anfang an. Ihr Tod stand auf den knallrosa Lippen ihres Bräutigams geschrieben, wie lange sollte das ihrer Meinung nach gut gehen? Denkt an die erste Ehefrau, denkt an Mercy, denkt an *Mai*Tatenda, denkt an die zwei, vielleicht auch mehr, Geliebten. Was glaubte Rosie eigentlich, wie lange das gut gehen sollte?

Doch dieser Tag ist noch fern, er ist nicht hier, er ist nicht jetzt. Hier und jetzt klatschen und jubeln und höhnen die Gäste, während Rosie mit ihrem frischgebackenen Ehemann tanzt. Sie schieben sich Reis und Hühnchen zwischen die Lippen, die inzwischen auch bei ihnen gerötet sind, und beschweren sich, es gebe nicht genug zu essen, nicht genug zu trinken. Der Zeremonienmeister ruft *enko, enko*, und die Hochzeitsgäste tanzen.

MEINE SCHWESTER-COUSINE RAMBANAI

Meine Schwester-Cousine Rambanai kam mit zwei Koffern voll viel zu enger Klamotten in knalligen Rosatönen und einem neuen Akzent aus Amerika zurück. Irgendwann verblassten die Klamotten, nach unzähligen Wäschen mit Cold Power und weil sie zum Trocknen in der glutheißen Sonne von Harare hingen, aber nicht der Akzent. Ihre neue Stimme schwoll bei uns zu Hause an und ab, wenn sie von ihrem Leben *in den Staaten* erzählte, von der Schwierigkeit, ihren *Nine-to-five*-Job bei einem Versicherungsmakler in *downtown* Dallas mit ihrem regen Sozialleben zu vereinbaren, von dem tropfenden Wasserhahn in ihrem *duplex*. Sie sagte Dinge wie »am besten nimmst du diese Raut«, wenn sie Route meinte. Unser Hausmädchen *Sisi*Dessy erzählte ihrer Freundin Memory, dem Hausmädchen von nebenan, Rambanai höre sich genauso an wie die Leute im Fernsehen.

Als Tochter des jüngsten Bruders meines Vaters – meines Onkels *Ba'muniniBa'*Thomas – war Rambanai auf

Shona meine Schwester, auf Englisch meine Cousine und auf Shonglisch meine Schwester-Cousine. Sie und ihr älterer Bruder Thomas lebten beide im Ausland, aber nur sie kehrte heim, um ihren Vater zu beerdigen. Statt persönlich zu erscheinen, schickte Thomas mit Western Union siebenhundertfünfzig Pfund aus dem englischen Manchester, wo er inzwischen wohnte.

»Fünf Jahre. Fünf ganze Jahre, seit er das letzte Mal hier war, und jetzt kommt er nicht mal, um den eigenen Vater zu beerdigen, *heh*«, sagte die Frau meines Onkels – die zweite Frau meines Onkels. Sie war die Mutter meiner Zwillingsbrüder-Cousins Tadiwa und Tadiswa, aber nicht die Mutter von Thomas und Rambanai. »Würde sich ein anständiger Sohn etwa so benehmen? *Handiye nevanji?* Sollte er als neues Familienoberhaupt nicht hier sein?«

Sosehr sie sich beschweren mochte, war es der Familie nur dank Thomas' Geld möglich, meinen Onkel in einem prächtigen Totenschrein namens Paradiesischer Frieden zu beerdigen, einem strahlend weißen Sarg mit goldenen Griffen und einem goldenen Rahmen, der im Deckel eingelassen war und in den meine Tante ein Foto meines Onkels bei seiner Examensfeier steckte, im Talar und mit dem Doktorhut der Universität von Leeds. Als *VateteMai*Mazvita meiner Tante ein Kompliment für diesen fürstlichen Sarg machte, schnäuzte diese sich und unterdrückte ein Schluchzen, um zu antworten: »Das ist ein Totenschrein, Vatete, kein Sarg. Ein Totenschrein.« Sie barg das Gesicht in ihrem Taschentuch und tränkte die schwarzen Falten erneut mit ihren Tränen.

Rambanai war ihrem Vater nicht besonders nahe gewesen. Er war so abweisend, dass niemand ihm Zuneigung entgegenbringen konnte. Als ich ein kleines Mädchen war und die erste Frau meines Onkels noch lebte, hatte sie ein Bild von Jesus an der Wand im Wohnzimmer hängen. Seine klaren blauen Augen schienen mir überall hin zu folgen. Unter dem wallenden Haar, den allsehenden Augen und den rosa-blauen Gewändern von Jesus stand geschrieben: »Ich bin der stumme Gast bei allen Mahlzeiten. Ich bin der stumme Zeuge bei allen Taten. Ich bin der stumme Zuhörer bei allen Gesprächen.« Das Bedrohliche dieser Worte versetzte mich in Angst und Schrecken, und wenn wir sie mal wieder in ihrem Haus in Mount Pleasant besucht hatten, wachte ich nachts manchmal auf und schrie, Jesus sei in meinem Zimmer und höre mir beim Atmen zu. Weil das Bild über seinem Lieblingssessel hing, brachte ich Jesus' Allmacht mit *Ba̍muniniBa'* Thomas in Verbindung, der einfach wortlos dasaß, in der ganzen Zeit, in der ich ihn noch erlebt hatte, kein einziges Mal lachte und nur mit einem Knurren reagierte, wenn wir ihn zur Begrüßung auf traditionelle Weise beklatschten und uns nach seinem Wohlbefinden erkundigten.

Die einzige Gelegenheit, bei der er seine Einsilbigkeit ablegte, war zu Beginn und am Ende eines jeden Schulhalbjahrs, wenn er Rambanai, Thomas, meinen Bruder Godi und mich um sich versammelte und uns einen Vortrag hielt; es war immer derselbe Vortrag. Mit seiner tiefen, schleppenden Stimme nannte er uns alle beim Namen, einen nach dem anderen, vom Ältesten zur Jüngsten.

»Godfrey. Thomas. Matilda. Und du, Rambanai. Kinder, ihr müsst begreifen, wie wichtig Bildung ist. Alle Eltern hoffen, dass es ihren Kindern einmal besser gehen wird als ihnen. Alle Eltern setzen auf Bildung, damit diese Hoffnung sich erfüllt. Denkt immer daran, Kinder, wie wichtig Bildung ist.«

So lautete sein Vortrag, mehr sagte er nicht, und als ich ihn am Abend seiner Aufbahrung sah, den er auf dem Couchtisch im Wohnzimmer verbrachte, hatte ich das Gefühl, er würde sich in den nächsten Minuten aufsetzen, um über Bildung zu sprechen, und dann wieder in seine übliche Wortlosigkeit verfallen.

Ich hatte damit gerechnet, dass Rambanai um ihn trauern würde, ein Vater ist schließlich ein Vater, selbst wenn man ihn niemals lächeln sieht wie im Fall von *Baˊmunini-Baˊ* Thomas. Womit ich allerdings nicht gerechnet hatte, waren die Klagelaute, mit denen sie uns über den Zoll- und Passkontrollbereich hinweg begrüßte, kaum dass sie uns erblickt hatte. Meine Eltern, meine Tante, meine kleinen Brüder-Cousins und ich standen auf der Aussichtsplattform des Flughafens und sahen, wie sie aus der Maschine stieg, den Blick zu uns hob und in lautes Wehklagen ausbrach, was die Gruppe von weißen Touristen, die in der Warteschlange unmittelbar vor ihr standen, aufschreckte. Sie weinte so laut in dieser langen Schlange, die sich nur langsam fortbewegte, dass einer der Zollbeamten sie schließlich am Arm packte und an den Touristen vorbei zum Schalter brachte, damit sie ihren Pass stempeln ließ.

In der Küche wisperte unser Hausmädchen *Sisi*Dessy *VateteMai*Mazvita zu, dass Rambanai genauso aussah, wie sie sich jemanden aus Übersee vorstellte. Da sie fünf Jahre in Amerika verbracht hatte, ohne zwischendurch nach Hause zu kommen, war sie bei der Beerdigung der Star. Jeder wollte einen Blick auf sie werfen. Sie hätte den Trauergästen auch so genug Gesprächsstoff geliefert, aber sie setzte noch einen drauf. Sie raufte sich die Haare. Sie machte Anstalten, ins Grab zu springen. Sie rief mit ihrer vom vielen Weinen heiseren Stimme nach ihrem Vater.

»Wir wissen alle, wie furchtbar es ist, den Vater zu verlieren, *handiti*, aber das ist jetzt doch mehr als übertrieben, *munhu unochemavoka zvine yeyo*. Wann hat man je erlebt, dass eine Tochter mehr Tränen vergießt als die Ehefrau?«, fragte *VateteMai*Mazvita.

Während der Beerdigung meines Onkels wurde besonders über seine Witwe gewacht, sowohl, um ihr Trost zu spenden, als auch aus Angst, sie könnte sich etwas antun. Es waren sich allerdings auch alle einig, dass man ein noch wachsameres Auge auf seine Tochter haben sollte, und so bekamen eine jüngere Tante und ich diese Aufgabe zugeteilt. Mitten in der Nacht, die auf die Beerdigung folgte, weckte mich lautes Stimmengewirr. Ich blickte mich um und stand auf, als ich dort, wo Rambanai hätte liegen sollen, nur eine verwaiste Mulde sah. Den Stimmen folgend, entdeckte ich Rambanai in einem Grüppchen mit anderen Frauen vor dem Haus. Alle Augen waren auf die Witwe meines Onkels gerichtet. Zwei Frauen hielten sie an den Armen fest, während sie laut klagend zum Himmel aufsah, das Kitengetuch, das sie sich sonst fest um die Taille steckte, hing ihr, zu einem dicken Strick gedreht, um den Hals. »Ich werde es tun, lasst mich los. Mein Leben ist sinnlos geworden«, schrie sie. »*Waenda waenda, waenda murume wangu waenda.*«

»Sie hat versucht, sich an diesem Baum hier aufzuhängen«, erklärte Rambanai, als ich mich zu ihr gesellte. Sie zeigte auf einen Pfirsichbaum mit langen, dünnen Zweigen, die kaum in der Lage waren, das Gewicht der eigenen Früchte zu tragen.

Die Frauen überredeten meine Tante, wieder ins Haus zu gehen, die nach diesem extremen, wenn auch verspäteten Ausbruch von Schmerz nur noch weinte, wenn neue Trauergäste kamen. Rambanai hielt sich nach ihrem dramatischen Auftritt am offenen Grab ebenfalls zurück. Erst später sollte ich begreifen, dass sie damals nicht nur ihren Vater beweinte, sondern auch den Tod ihres amerikanischen Traums.

Nach der Beerdigung blieb Rambanai eine Woche, drei Wochen, einen Monat, fünf Monate, elf Monate. Sie blieb so lange, dass die Frage *vakadii veku*USA sich erst in *va-*

*chadzokera riiniko veku*USA verwandelte und dann in *kuti vachadzokera veku*USA. »Sollte deine Schwester-Cousine nicht längst wieder in Dallas sein?«, fragte mein Freund Jimmy. »Wenn sie noch länger bleibt, kann sie am *kurova guva* teilnehmen«, setzte er hinzu und bezog sich dabei auf die Zeremonie, die genau ein Jahr nach dem Tod eines Angehörigen vollzogen wird. Ich antwortete nicht, weil ich zu sehr lachen und ihn davon abhalten musste, mir mit einer Hand den BH auszuziehen, während er mit der anderen das Auto lenkte.

In den elf Monaten, die auf die Beerdigung von *BamuniniBa'*Thomas folgten, schien Rambanai immer kurz vor der Abreise zu stehen. Sie kaufte Mitbringsel für die vielen Freunde, die sie in Amerika zurückgelassen hatte, packte ihren Koffer und machte reihum Besuche, um Abschied zu nehmen. Ihr zufolge hatten die Schicksalsmächte aber andere Pläne. Kaum hatte sie gepackt und ihre Abschiedsrunde gemacht und wir dachten, der Zeitpunkt sei gekommen, sie zum Flughafen zu bringen, erzählte sie uns, es habe wegen ihres Visums wieder Schwierigkeiten gegeben oder wegen ihres Flugtickets, weil drei Fluggesellschaften betroffen waren, Delta, Air Zimbabwe und American Airways.

»Ich habe meinen Anschlussflug von Atlanta nach Dallas bestätigt. Der Flug von Johannesburg nach Atlanta ist auch gebucht. Das Problem liegt tatsächlich bei AirZim. Von jetzt an werde ich nur noch mit SA fliegen«, meinte Rambanai.

»Rambanai muss drei Flugzeuge nehmen, um nach Amerika zu kommen«, hörte ich *VateteMai*Mazvita unserem Hausmädchen *Sisi*Dessy erklären, und *Sisi*Dessy ließ das Fleisch anbrennen, vermutlich, weil sie angesichts einer so langen Reise ins Träumen geraten war. Und als Jimmy sagte, er kenne jemanden, der bei Air Zimbabwe arbeitete, lächelte Rambanai etwas gezwungen und erzählte von Dallas.

Rambanai wohnte bei meinen Eltern und mir in Mabelreign. »Sie möchte die Gesellschaft einer Gleichaltrigen«, sagte ihre Stiefmutter und meinte damit mich, aber wir wussten, dass sie und Rambanai nur wegen *Bamunini-Ba'*Thomas überhaupt miteinander geredet hatten, und da er nun von uns gegangen war, konnten sie nicht einmal ihre Halbbrüder zu einem Aufenthalt im Haus der Familie in Mount Pleasant bewegen.

In meiner arbeitsfreien Zeit streiften wir ausgiebig durch Harare, wo Rambanai sich für die alltäglichsten Dinge begeisterte. »Ich möchte ein Emergency Taxi nehmen. Wir sollten immer mit einem ET fahren.« Ich fügte mich, obwohl ich mich lieber von Jimmy kutschieren ließ, wenn ich irgendwo hinmusste. Wir hielten uns an die Rituale, die eine Fahrt mit den ETs erforderte, diesen Minibussen, die für die Pendler von Harare das einzige zuverlässige Verkehrsmittel darstellten. Den tyrannischen Weisungen des Fahrbegleiters folgend, *garisanai four four* und *ngatibatanidzei tione vabereki nevaberekesi*, saßen wir Pobacke an Pobacke zu sechzehnt in einem Gefährt mit dem Hinweisschild »Maximal 12 Passagiere«. Wir nahmen das Fahrgeld von den Leuten hinter uns entgegen und reichten es an die Leute vor uns weiter, die es wiederum den Leuten vor ihnen gaben und immer so fort, bis das komplette Geld beim Fahrbegleiter gelandet war. Unterdessen schwatzte Rambanai mit dem Fahrer, dem Begleiter und jedem anderen, der sich darauf einließ.

»Ich lebe ja in den Staaten, und da läuft es ganz anders mit den öffentlichen Verkehrsmitteln«, sagte sie etwa, und ich wäre am liebsten in meinem Sitz versunken, weil ihre Stimme so laut war, aber der Fahrer pfiff nur, drehte die Musik herunter und verkündete allen im Bus: »*Ava* die Sister lebt in den Staaten.« Die anderen blickten uns an, und eine Frau nahm ihr Kleinkind auf den Schoß, um uns Platz zu machen.

Mit Rambanai entdeckte ich Harare neu. Am Africa Unity Square traten wir auf abgefallene Jacarandablüten, während fliegende Händler uns mit ihrem Angebot zu locken versuchten. Wir erlebten, wie die Männer vom Blumenmarkt vor dem Meikles Hotel ihre Ware ausriefen und zufällig ausgewählte Passanten dazu bringen wollten, für ebenso zufällig ausgewählte Passantinnen Blumen zu kaufen. Wir kicherten wie Schulmädchen über die Fotografen, die ihre Kunden auf dem Rasen der Harare City Gardens altmodische Posen einnehmen ließen. Wollte Rambanai sich neue Zöpfe machen lassen, ging sie nicht zu Mane Attraction oder Nice and Easy oder Afro Chic, wie es jede andere an ihrer Stelle getan hätte, sondern in die Mbare-

Township. Und so brachten wir dort einen ganzen Tag zu, Rambanai saß auf einem auf dem Boden ausgebreiteten Kitengetuch, während eine Frau namens Manyara ihr die Zöpfe flocht und drei andere Frauen sich um das Finish an den Spitzen kümmerten. Nebenbei erzählte uns Manyara von sämtlichen Kabinettsministern, mit denen sie einst geschlafen hatte, als sie noch eine Prostituierte war.

»Ich hatte sie alle«, sagte sie und zog Rambanai, die zwischen ihren gespreizten Beinen saß, enger an sich, um sich die andere Seite ihres Kopfes vorzunehmen. »Da gab es einen Geschäftsmann, den kennt ihr bestimmt, *uyu we*Tabak, seine Lippen waren so was von knallrosa, der musste einfach krank sein, aber er sagte immer, ich bin ein alter *madhala*, ich bin nicht krank. Den habe ich gemieden wie die Pest, zum Glück, *handiti*, ihr wisst ja, wie er gestorben ist.«

Wir lachten uns schief, als sie uns schilderte, wie unser Innenminister sie im Bett mit einem Assistenzsekretär des Außenministeriums erwischt hatte und dieser fast ein Auge verloren hätte. Manyara tätschelte sich den Schoß und erklärte: »Wer einmal dort gewesen ist, will nie wieder weg.«

»*Pakasungwa neutare*«, sagten die anderen Frauen und klatschten sich mit einem Lachen ab. Manyara überging diese Bemerkung über den eisernen Griff ihrer Lenden und meinte: »Inzwischen *ndinofamba na*Jesu. Jetzt gehe ich den Weg des Herrn und habe das alles hinter mir gelassen. Es gibt keinen Berg, den er nicht versetzen könnte, keine Aufgabe, die ihm zu schwer wäre, denn mit Jesus ist alles möglich.«

Bei diesem Themenwechsel kehrte Stille ein, und sie fuhr fort: »Aber, *takambofara vasikana.*« Die Erinnerung an die gute alte Zeit beschwor eine weitere Anekdote herauf, mit dem Präsidenten der Zentralbank und seinem Geschlechtsteil in der Hauptrolle. Manyara zufolge verhielt sich dessen Größe umgekehrt proportional zur Länge seiner Stellungnahmen in Sachen Geld- und Währungspolitik.

Das Lachen der Frauen beim Finish schallte in die Nachmittagshitze hinaus. Rambanai machte diese Frohnaturen noch froher, als sie ihnen Shake-Shake spendierte, dieses trübe Traditionsgebräu, das ich mit Gärtnern, Minen- und anderen Arbeitern in Verbindung brachte, die sich klares Bier nicht immer leisten konnten. Ich hatte immer nur Männer Shake-Shake trinken sehen, die sich grüppchenweise einen Tetrapack teilten und nach jedem langen Schluck mit dem Handrücken über den Mund wischten. In meinen Augen war das ein so durch und durch männliches Getränk, dass ich schockiert war, als ich Frauen Shake-Shake trinken sah. Rambanai trank mit, ich mochte den Geschmack nicht. Manyara verdünnte das Bier für mich mit süßer Cherry-Plum-Limonade, und bald kicherte ich wie Rambanai und alle anderen. Selbst als Rambanais Zöpfe fertig waren, blieben wir noch stundenlang in Mbare. Bevor wir schließlich gingen, sagte Manyara zu Rambanai: »Mein Bruder-Cousin würde jeden Job annehmen, es wäre schön, wenn du ihm helfen könntest.«

Rambanai hinterließ ihre amerikanische Rufnummer und sagte, sicher, sie werde sehen, was sich machen lässt.

Als wir nach Hause kamen, schrie meine Mutter uns an, wir sollten nachts nicht durch die Gegend streifen, sonst würde man uns für Prostituierte halten. »*Pakasungwa neutare*«, sagte Rambanai und tätschelte sich den Schoß, und ich lachte, bis mir übel wurde und ich ins Bad rennen musste, um das violette Gemisch aus Shake-Shake und Cherry Plum zu erbrechen.

Wir besuchten sämtliche Märkte von Harare, um Kuriositäten und kleine Specksteinskulpturen zu kaufen. »Bald muss ich mir einen größeren Koffer zulegen«, sagte Rambanai. »Vielleicht lasse ich diese Holzschalen da und nehme vor allem die Sachen von der Trading Company mit. Und natürlich auch die Sachen aus Mbare.«

Unser Hausmädchen *Sisi*Dessy lag Rambanai zu Füßen und konnte von ihren Geschichten nie genug kriegen. »Amerika ist das Land der unbegrenzten Möglichkeiten, *Sisi*Dessy. Dort kann man alles werden, was man nur will. Jemand wie du kann heute ein Hausmädchen sein und morgen schon eine eigene Fernsehsendung haben, einfach so!«, erklärte Rambanai.

»*Musadaro*«, sagte *Sisi*Dessy voller Ehrfurcht.

»Ja, wirklich. Alles, was man nur will.«

Tatsächlich hatte Rambanai für sich Bereiche erobert, von denen wir nichts ahnten. »Sie arbeitet für einen Versicherungsmakler in Dallas«, stellte ich sie meiner Freundin Sheila vor.

»Ich bin auch Tänzerin«, sagte Rambanai.

»Und ich dachte, du arbeitest in einem Büro«, sagte Sheila.

»Ich tanze aber auch.«

»Meinst du, so als Hobby?«, fragte Sheila.

»Nein, ich bin Tänzerin.«

»Das heißt, du arbeitest im Büro und tanzt gleichzeitig?«

»Ich bin auch Dichterin.«

»Wow«, sagte Sheila, und ich konnte förmlich sehen, wie ich selbst in ihrer Achtung stieg. »Hast du schon ein Buch rausgebracht oder in Zeitschriften veröffentlicht?«

»Bisher nicht, aber ich arbeite daran.«

Kurzes Schweigen.

»Und was ist mit dem Tanz, gehörst du einer Kompanie an oder einer Art Performance-Gruppe oder einer Truppe, wie zum Beispiel Tumbuka?«

»Daran arbeite ich auch. Ich gehe vier Mal die Woche ins Studio. Sobald ich wieder dort bin, fange ich mit Flamenco an.«

Ich bekam mit, wie *Sisi*Dessy ihrer Freundin Memory, dem Hausmädchen von nebenan, erzählte, in Amerika könne man alles werden, was man nur wolle, man könne dort tanzen, dichten und gleichzeitig in einem Büro arbeiten. »Wäre ich in Amerika, hätte ich jetzt eine eigene Fernsehsendung«, sagte *Sisi*Dessy.

»*Musadaro*«, sagte Memory.

»Ja, wirklich«, sagte *Sisi*Dessy mit Nachdruck. »In Amerika kann man alles sein, was man nur will, einfach alles.«

Rambanai blieb noch so lange nach der Beerdigung, dass sie sich zu den Frauen gesellte, die, nach altem Brauch in bunte Kitengestoffe gehüllt, bei uns im Wohnzimmer saßen, als Jimmys Familie auf meine Familie zuging, um das Brautgeld für mich zu entrichten. So wurde die Heirat von Jimmy und mir auf traditionelle Weise besiegelt. Gegen Ende des Abends erregten sich die Gemüter, weil Jimmys Familie der Meinung war, meine Familie habe von ihnen zu viel verlangt.

»Das hast du davon, dass du eine Karanga heiratest. Du weißt doch, dass sie die teuersten Frauen im ganzen Land sind«, sagte sein Freund Tichaona zu Jimmy. Aber nun war es geschehen, der Ausgleich, der am Hochzeitsabend nicht erzielt werden konnte, würde mit der Zeit gelingen, Jimmy und ich waren verheiratet. Fehlte nur noch die Hochzeit in Weiß.

Jetzt durfte ich mit Jimmy zusammenleben, und wir bezogen unsere neue Wohnung an der Ecke Josiah Chinamano und Third Avenue. Rambanai war ständig bei uns und brachte nach und nach ihr ganzes Zeug in die Wohnung, die knallengen rosa Tops und die Hüftjeans, den Poncho, den sie als kirschrot und Jimmy als grellpink bezeichnete, Stück für Stück schleppte sie die Sachen ein, bis es fast normal schien, dass wir sie als Mitbewohnerin aufnahmen.

»Es ist so praktisch hier«, sagte sie. »Man ist gleich in der Stadt.«

»Nicht so praktisch, wenn man frisch verheiratet ist und nichts anderes im Sinn hat, als seine Frau zu …«, antwortete Jimmy, und ich verschloss ihm lachend den Mund.

Wenn Rambanai nicht bei uns oder mit mir unterwegs war, suchte sie ganz Harare nach ihren Lieblingsorten von früher ab. Oft kam sie völlig außer sich zurück. »Du wirst es nicht glauben!«, sagte sie bei einer dieser Gelegenheiten.

Ich schreckte aus der Lektüre meiner Zeitschrift auf, weil ihre Stimme so herzzerreißend traurig klang.

»Die Italian Bakery ist voller Fliegen. Fliegen! Ich war so entsetzt, dass ich nichts anrühren konnte. Wie kann es sein, dass dort so viele Fliegen sind?«

Ich hatte nicht den Eindruck, dass die Fliegenpopulation von Simbabwe seit Rambanais Weggang exponentiell gewachsen war. Bevor ich etwas sagen konnte, fuhr sie fort: »Ich bin an der Buchhandlung in Avondale vorbeigegangen, jetzt verkaufen sie dort Briefpapier. Wusstest du, dass Weng Fu dichtgemacht hat? Dort gab es die allerbesten Frühlingsrollen.«

Sie nahm es offenbar persönlich, dass Weng Fu sein Lokal hatte aufgeben müssen, als hätte er dies nur getan, um sie zu ärgern. Und es war ja nicht nur Weng Fu. Der Anblick eines Trödelmarkts, der ein Restaurant oder eine Eisdiele von früher ersetzt hatte, löste großes Wehklagen aus.

»O Gott, was ist nur mit der Ximex Mall passiert? Dort gab es das allerbeste Eis. Weißt du noch – als ich mein pinkes Edgars-Oberteil und meine weiße Truworths-Jeans trug und meine Freundin Mandi und ich diese Typen vom Saints College kennengelernt haben? Ach, Quatsch, vom Falcon College. Jedenfalls haben wir mit ihnen zu Mittag gegessen, in diesem Restaurant gleich im Eingangsbereich der Ximex Mall, neben dem Postamt, und ich hatte die allerbesten Huhn-Apfel-Schnitten. Und jetzt gibt es in der Ximex nur noch diesen Billigscheiß aus China, kein Restaurant mehr und nichts.«

Als sie ihre Freunde von früher ausfindig machen wollte und dann feststellen musste, dass diese mit Ende zwanzig schon fett und ältlich waren, vermutete sie eine Verschwörung, die ihr die Lebensfreude verderben sollte. »Das ist doch nicht fair«, sagte sie. »Wie können sich die Dinge nur so schnell verändern?«

Ihr Simbabwe war im Jahr 1997 erstarrt, dem Jahr ihres Weggangs. Ihr Land war eines gewesen, wo man das Geld mit vollen Händen ausgab, rasante Studenten rasend schnelle Autos fuhren und eine Party auf die nächste folgte, ein Simbabwe ohne Inflation im zweistelligen Bereich, ohne Gerüchte über unfaire Wahlen. Weil sich dieses Leben nicht wiederaufnehmen ließ, redete sie unablässig von den alten Zeiten.

»Weißt du noch, als ich das erste Mal nach Dallas gereist bin?«, fragte sie mich.

»Ja, und wir mussten uns gehörig anstrengen, um *MaiguruMai*Susan klarzumachen, dass Dallas tatsächlich ein realer Ort ist, du aber auf keinen Fall Bobby Ewing und Cliff Barnes treffen würdest.«

»Ach, *Dallas*! Weißt du noch, als Bobby starb?«

»Ja, und dann wachte Pam auf und stellte fest, dass Bobbys Tod nur ein Traum gewesen war, genau wie die ganze Staffel davor.«

»Ich bin froh, dass sie ihn wiederbelebt haben«, sagte sie.

»Warum? Das war doch eine Riesenmogelei. Wozu diesen ganzen emotionalen Aufwand betreiben, um jemanden zu betrauern, der dann mir nichts, dir nichts aus dem Totenreich zurückkommt?«

»*Aiwaka*, Matilda«, sagte sie. »Stell dir mal *Dallas* ohne Bobby vor.«

»Du hast mir immer geschrieben, was ich verpasst hatte, weißt du noch?« Ich lächelte.

Sie war in Harare zur Schule gegangen, während ich in einem Internat gewesen war.

»Ja, und die Mädchen in meiner Klasse dachten, ich würde meinem Freund schreiben.« Sie grinste.

»Und meine Mitschülerinnen glaubten, deine Briefe wären von meinem Freund.«

Wir lachten beide.

Nach einer Pause sagte sie: »Ich kehre nicht nach Dallas zurück.«

Ich blickte vom Bügelbrett auf.

»Ich habe nicht die geringste Chance auf eine Rückkehr in die Staaten«, platzte es aus ihr heraus. »Die lassen mich nicht wieder einreisen, ich war illegal dort, nach Ablauf meines Touristenvisums.«

»Aber du warst doch an der Uni …«

»Volkshochschule«, korrigierte sie mich. »Und das nur drei Monate lang.«

»Und deine Stelle beim Versicherungsmakler …«

»Ich habe in einem Restaurant gejobbt.«

Und die Hypothek und die Dichtung und der Tanz, dachte ich, ohne es auszusprechen. Und die Männer – alle reich, alle wild darauf, sie zu heiraten, aber bei jedem gab es einen Haken.

»Ich kann nicht zurück, aber ich kann auch nicht hierbleiben. Was würden die Leute sagen? Dass ich nicht zurück kann, das würden sie sagen.«

»Harare ist nicht Dallas, ich weiß. Aber ist es hier wirklich so schlimm?«, fragte ich sanft.

Sie schüttelte den Kopf.

»Hier kann ich nicht ich selbst sein. Ich will in die große, weite Welt. Ich muss unbedingt zurück. Meinen Pass kann ich aber nicht mehr verwenden. Schau mal, sie haben einen Vermerk angebracht.« Sie zeigte mir das Dokument, und ich las den Zusatz *Einreise nur unter Vorbehalt* eingestempelt, wie Peitschenstriemen auf einer Wange.

»Was soll ich nur tun?« Weinend barg sie ihr Gesicht in den Händen. »Es ist so hart für mich. Alles ist so hart.«

»Wir müssen ihr helfen«, sagte ich zu Jimmy, als er abends nach Hause kam.

»Wie das? Wir sollten ihr helfen, Arbeit zu finden.«

Am nächsten Morgen las er ihr die wenigen Stellenanzeigen vor, die in der Zeitung zu finden waren. »Ich will in die große, weite Welt«, sagte sie und bestrich ihren Toast mit Marmelade. »Große, weite Welt *yekutengesa ma*Hamburger«, sagte Jimmy, als sie außer Hörweite war, und ich legte ihm einen Finger auf den Mund, damit nichts zu ihr durchdrang.

»*Kana ada zvekutsava*, da wäre ja noch Macheso«, fuhr er fort. »Wenn sie unbedingt tanzen will, kann sie als Background-Tänzerin für ihn arbeiten. Und wenn sie lieber Paul Mkondo sein will – Versicherungsfirmen gibt es auch hier.«

Er schnappte sich seine Schlüssel, um zur Arbeit zu fahren, und sang: »*Itai penny penny vakomana ndatambura. Vakomana urombo uroyi. Kana usina mari hauna shamwari.*« Erst als die Tür hinter ihm zugefallen war, begriff ich, dass er die Titelmelodie von Paul Mkondos Sendung über Versicherungen gesungen hatte, die früher auf Radio 2 lief.

⌣

Nachdem Rambanai reinen Tisch gemacht hatte, sang sie munter zu Boyz II Men auf ihrem Discman, verstopfte den Abfluss unserer Badewanne mit ihren künstlichen Haaren und erzählte, was sie mit unserem Geld vorhatte. »Amerika kann ich vergessen«, sagte sie fröhlich. »Jetzt geben die mir nie mehr ein Visum. Ich werde nach London gehen. Wenigstens brauchen wir für England kein Visum, dank Commonwealth. In England kann ich mir einen Bürojob suchen. Ich mache mit dem Tanzen weiter. Oder ich probiere es mit Schauspiel. Ich wollte schon immer

Schauspielerin werden. Ich werde mir eine richtige Arbeitsstelle suchen und abends studieren. Ich werde etwas auf die Beine stellen.«

»Aber dein Pass hat jetzt diesen Vermerk …«

Sie machte eine wegwerfende Handbewegung, als wäre das nicht weiter von Belang.

»Stimmt. Unter meinem Namen kann ich nicht hin. Sie haben ja alles im Archiv. Ich brauche einen anderen Pass, der auf einen anderen Namen ausgestellt ist. Das machen viele, wenn man sie aus einem Land ausgewiesen hat, sie besorgen sich einfach einen neuen Pass.«

»Neue Pässe wachsen nicht auf Bäumen, *Mainini*«, sagte Jimmy.

»Richtig. Deswegen müsst ihr mir helfen, einen neuen zu beschaffen«, antwortete Rambanai und strahlte. »Und einen neuen Namen brauche ich auch. Meinen haben sie im System. Ich kann mir jeden Namen aussuchen, der mir gefällt. Tamera, Chantal, Michelle. Wahrscheinlich nehme ich einen Ndex-Namen. Da gibt es ein paar richtig coole. Nonhlanhla. Busisiwe. Sihle. Gugulethu. Und ich weiß auch schon, welchen. Langelihle, das bedeutet schöner Tag. Langa wäre die Kurzform. Ich könnte Ndebele sein, ja, sogar eine Ndebele-Prinzessin.«

»Du bist aber keine Ndebele«, sagte ich.

Sie fuhr einfach fort: »Das wird cool, so als Ndex, mit der ganzen Zulu-Connection. Wusstet ihr, dass Oprah Winfrey unter anderem von Zulus abstammt?«

»Ich weiß ja nicht, was man euch da drüben so erzählt,

Mainini, aber nach allem, was mir vom Geschichtsunterricht geblieben ist, wurde kein einziger Zulu als Sklave nach Amerika verschleppt«, sagte Jimmy.

»Du sprichst ja nicht einmal Ndebele«, sagte ich.

»Ich bin sicher, dass es viele Ndebele gibt, die kein Ndebele sprechen. Dann bin ich eben eine von denen! In England können die das so oder so nicht unterscheiden.«

»Und was ist mit deinen Zeugnissen?«, fragte ich entgeistert. »Wie willst du Arbeit finden, wenn du keine Zeugnisse vorlegen kannst? Sie sind ja auf deinen richtigen Namen ausgestellt.«

»Ich werde mich einfach aufs Tanzen konzentrieren. Und vielleicht auch aufs Schauspiel. Ich wollte schon immer Schauspielerin werden. Du weißt doch, dass ich in der Schule Theater gespielt habe.«

Vor meinem geistigen Auge sah ich nicht nur Rambanai als schwangere Jungfrau Maria in dem Krippenspiel, in dem sie als Elfjährige mitgewirkt hatte, sondern auch *Ba'muniniBa'* Thomas, der in seinem Totenschrein Paradiesischer Frieden rotierte und dazu mit seiner volltönenden Stimme über den Wert von Bildung sprach.

⌒

Jimmy wollte ihr zunächst kein Geld geben, aber schließlich konnte ich ihn doch noch dazu überreden. Ein neuer Pass, ohne Vermerk und auf einen anderen Namen ausgestellt, würde nicht billig werden. Wir verkauften ein paar Aktien, die Jimmy von seinem Vater geerbt hatte, und verschoben die Anschaffung eines neuen Herds und eines neuen Kühlschranks für unsere Wohnung auf später. Diese Opfer sorgten zwischen Jimmy und mir für einige Spannung, und ich musste Rambanai das Versprechen abringen, uns das Geld zurückzugeben, sobald sie wieder auf eigenen Beinen stand. »Ich überweise es euch in den ersten vier Wochen nach meiner Ankunft. Ihr könnt mir vertrauen, wirst schon sehen«, sagte sie.

Wir mussten ewig lange auf eine neue Geburtsurkunde warten, dann auf einen neuen Personalausweis und schließlich auf einen neuen Pass. Unsere Mission begann im Makombe-Gebäude, wo Rambanai sich den ersten Beleg für ihre neue Identität verschaffte, eine Geburtsurkunde der Republik Simbabwe. Wir warteten inmitten von Säuglingen, die an der entblößten Brust ihrer Mütter schrien, und lauschten den Stimmen der Verzweifelten.

»Helfen Sie mir, bitte, ich musste so einen langen Weg auf mich nehmen, *mukuwasha*.«

»*Imi ambuya*, wir können nichts für Sie tun, wenn Sie uns das Kind nicht zeigen. Woher sollen wir wissen, dass dieses Kind existiert, wenn wir es nicht sehen?«

»Warum sollte ich denn ein Kind erfinden? Vom Staat bekomme ich so oder so keine Unterstützung. Warum sollte ich behaupten, dass ich ein Kind habe, wenn ich keins hätte?«

»Warum bringen Sie dieses Kind dann nicht einfach mit?«

»*Nhai mukuwasha, kana murimi*, ich will doch nicht, dass mein Kind in dieser Hitze schmort.«

Der Mann zeigte auf die rotgesichtigen Babys, die im stickigen Warteraum weinten. »Sind das etwa keine Kinder? Was ist an Ihrem denn so besonders, dass Sie es nicht hierherbringen können? *Makazvara chidhoma?*«

Die Babys heulten, die Mütter drückten sie an ihre Brust und setzten sich auf die Stühle und auf den Boden, um sie zu stillen, und die Babys sogen mit der Muttermilch auch den Gestank eines kaputten Abflussrohrs irgendwo in der Nähe ein.

Wir blieben nicht lange bei den jungen Müttern. Bald wurden wir in eines der Amtszimmer geführt. Der Mann, der sich um uns kümmern sollte, lächelte bis über beide Ohren, als er fragte: »Haben Sie mein Päckchen dabei?« Kaum hatte Rambanai ihm den Umschlag ausgehändigt, öffnete er ihn, nahm das Bündel Scheine heraus, feuchtete seinen Finger mit der Zunge an und zählte das Geld wie ein Profi. Danach tätigte er einen Anruf. Während er Rambanai über Amerika ausfragte, kam ein junger Mann mit einem Umschlag herein, in dem die Geburtsurkunde von Langelihle Chantal Ndhlukula steckte, mit dem Geburtsdatum, das Rambanai diktiert hatte und das zwei Jahre nach ihrem richtigen Geburtstag lag. »Ich wollte schon immer im Dezember Geburtstag haben. So kann ich Steinbock sein. Außerdem bleiben mir noch mindestens fünf Jahre Zeit, bis ich dreißig werde.«

Das war nur die erste Etappe. Sie benötigte auch einen

neuen Personalausweis, und ein anderer dicker Umschlag sorgte dafür, dass sie ihn in Rekordzeit erhielt. Als das geschafft war, steuerten wir den grauen Bungalow an, in dem die Passbehörde untergebracht war, und warteten vor Schalter Nr. 6, um unseren Antrag einzureichen. Der Raum wimmelte von Straßenkindern, die sich als Platzhalter in die Schlangen einreihten, während die wahren Bittsteller schliefen, aßen oder sich erleichterten. Die Kinder waren auch bereit, die Früchte ihrer Erfahrung mit den wartenden Antragstellern zu teilen. Ein Junge, der höchstens zwölf war, brüllte Anweisungen, während die Schlange länger wurde.

»Achtet darauf, dass ihr alle Unterlagen beisammenhabt. Die vollständige Geburtsurkunde, Personalausweis, Perso des Vaters, Perso der Mutter, Todesurkunde von Mutter und Vater, falls verstorben, Heiratsurkunde, falls verheiratet, Perso des Ehemanns, falls verheiratet, ein Antragsformular, zwei Passfotos. Hände müssen sauber sein, für die Abnahme der Fingerabdrücke.«

»*Nhai mwananagu*«, fragte ihn eine verstörte ältere Frau. »Den Personalausweis des Vaters wollen sie bestimmt nicht sehen. Für Leute in unserem Alter gilt diese Anweisung wohl nicht?«

»Niemand ist ohne Vater«, sagte der Junge. Zu einer anderen Frau sagte er: »Und was dich angeht, Sister, kann ich dir gleich sagen, dass du deine Zeit verschwendest. Sie werden deine Fotos nicht akzeptieren. Du musst die Ohren freilegen.«

Während Rambanai und ich uns Schalter Nr. 6 näherten, hörten wir einen Mann mit Dreadlocks schreien: »Aber das ist doch meine Religion. Meine Religion!« Die Frau, die er anschrie, war durch ein Metallgitter vor seinem Zorn geschützt. »Mag ja sein«, sagte sie und biss in einen Keks, »mag sein, dass es Ihre Religion ist, mit Ihrem Pass hat das aber nichts zu tun. Dreadlocks sind nicht zugelassen.« Der Frau, die nach dem Dreadlockmann an die Reihe kam, sagte sie: »*Mototorwa dzimwe* Sister, du lächelst ja auf diesen Fotos. Auf deinem Passfoto darfst du aber nicht lächeln.«

Die Botschaft verbreitete sich in Windeseile durch die Schlange. Keine Dreadlocks, weder Kunsthaar noch irgendeine andere Art von Kopfschmuck, kein Lächeln. »Wer lächelt schon für ein Passfoto?«, rief der Straßenjunge verächtlich der Lächlerin hinterher, als sie ging, und zum Dreadlockmann sagte er: »Und du lässt dir am besten die Haare schneiden.«

Als wir drankamen, gaben wir den Namen der Frau an, die man uns genannt hatte. Sie lächelte und sagte: »Warum warten Sie in dieser schrecklichen Schlange, Sie hätten gleich am Eingang vorkommen sollen.« Wir begaben uns zum Allerheiligsten, Amtszimmer 56, wo man Rambanai im Tausch für einen anderen Umschlag die Fingerabdrücke abnahm und ihre Personalien aufnahm. Und so ging es weiter: Im Tausch für den nächsten Umschlag besorgte ihr jemand im Mkwati-Gebäude ein polizeiliches Führungszeugnis, und eine Woche später traf der Pass ein, grün und jungfräulich und mit der Verheißung einer Fülle von neuen Möglichkeiten. Als Rambanai den Pass sah, küsste sie ihn. Sie küsste auch Jimmy, und ich musste ihm in den Rücken stupsen, damit er sie endlich losließ.

»Ich vergesse euch nicht«, sagte sie. »Ihr müsst unbedingt bei mir wohnen, falls ihr mal nach England kommt. Ich zahle euch jeden Cent zurück.« Zehn Monate nachdem sie eigentlich nach Dallas, Texas, hätte fliegen sollen, begleiteten wir Rambanai bei ihrer nächsten Abschiedsrunde und brachten sie mit ihrem Koffer voll Skulpturen und Stoffen von der Trading Company zum Flughafen. Wir kämpften uns durch eine Gruppe weiß gewandeter Leute, die für eine abreisende Familie beteten. »Lass sie in Deinem Namen ziehen, Jehova. Führe sie sicher über die Klippen der Emigration. Sorge dafür, dass denjenigen, die sie ausweisen wollen, die satanischen Gedanken entfallen.« Auch wenn Rambanai sich dem Gebet nicht anschloss, wusste ich, dass ihr unter dem knallengen rosa T-Shirt das Herz bis zum Hals klopfte, als sie uns zuwinkte und durch das Gate ging, um ihren British-Airways-Flug nach London anzutreten.

Sie ließ uns wissen, dass sie gut gelandet war; weil Jimmy und ich in unserer Wohnung aber keinen Telefonanschluss hatten, rief sie bei meiner Mutter an, die es mir dann erzählte. Doch selbst nachdem ich mir ein Handy gekauft und die Nummer bei meiner Mutter und meiner Tante hinterlegt hatte, damit sie diese an Rambanai weitergaben, falls sie wieder anrief, meldete sie sich nicht. Täglich rechnete ich mit einem Brief oder einer Postkarte, die den Buckingham Palace zeigte, es kam jedoch nichts. Auch kein Geld.

Ich ließ sogar den wöchentlichen Gebetskreis meiner Tante in Mount Pleasant über mich ergehen, um herauszufinden, ob sie etwas von Rambanai gehört hatte. Ich suchte auf ZimUpdate und ZimUnite und anderen Internetforen für heimwehkranke Auslands-Simbabwer nach ihrem Namen, bis mir einfiel, dass sie ihn ja geändert hatte, und suchte dann nach ihrem neuen Namen. Vergeblich, wie sollte es auch anders sein, schließlich hatte Langelihle Chantal Ndhlukula keinerlei Vorgeschichte. Nach ihr suchte niemand, weil sie nirgendwo, weil sie nichts war.

Im Internet fand ich Rambanai zwar nicht, dafür erinnerten mich in Harare sämtliche Orte, die wir gemeinsam besucht hatten, an sie. Ich fuhr sogar nach Mbare, um mir die Haare machen zu lassen, aber es war nicht mehr so wie damals. Es ging Manyara so schlecht, dass sie kaum sprach, und sie kam auch nur langsam voran, wegen ihres trockenen Hustens, der sie beim Flechten unterbrach. »Deine Schwester-Cousine hatte doch versprochen, etwas für meinen Bruder-Cousin zu unternehmen«, sagte Manyara. Ich versprach, mich darum zu kümmern und Rambanai anzurufen, und notierte mir Manyaras Nummer.

Ich zahlte ihr den vollen Betrag, obwohl sie mit meinem Haar nicht fertig geworden war, und anstatt am nächsten Tag zu ihr zurückzugehen, flocht ich die Zöpfe wieder auf. Etwa ein Jahr später begegnete ich ihr beim Chicken Inn an der Inez Terrace. »Weißt du noch, wer ich bin?«, fragte sie, und ich erkannte sie sofort wieder, trotz ihres hager gewordenen Gesichts und der rissigen rosa Lippen. Ich erkannte sie wieder, aber ich wollte nicht über Rambanai reden und tat deswegen so, als hätte sie mich mit einer anderen verwechselt.

Genau ein Jahr nachdem Rambanai nach London abgeflogen war, führte die britische Botschaft eine Visumspflicht für Simbabwer ein. Zweieinhalb Jahre später entschieden Jimmy und ich, uns den drei Millionen Menschen anzuschließen, die das Land verlassen hatten. Eine Entscheidung aus rein wirtschaftlichen Gründen, erklärten wir allen, die uns danach fragten, eine Entscheidung aus rein wirtschaftlichen Gründen, sagten wir uns selbst, insgeheim wussten wir allerdings, dass wir unsere Familien verlassen mussten, wenn wir unsere Ehe retten wollten. Allmählich erwarteten sie ein Zeichen – durchscheinende Ohren, einen vorspringenden Bauch, eine Abneigung gegen starke Gerüche –, irgendein Anzeichen dafür, dass ein Baby unterwegs war.

»Ist ihr endlich spei-speiübel, zieht sie endlich die Nase kraus?«, wollten sie wissen und schickten Kundschafter los, die herausfinden sollten, ob schon etwas zu sehen war. Wir hatten es ja versucht, aber es passierte nichts, jedenfalls nicht schnell genug, und ich konnte die Blicke nicht mehr ertragen, das Geflüster bei Trauerfeiern, das plötzlich verstummte, sobald ich den Raum betrat. Da dachten Jimmy und ich an England und ich wieder an Rambanai.

»Rambanai ist irgendwo in Birmingham«, sagte ihr Bruder Thomas, als ich ihn das erste Mal anrief. Danach war sie in Newcastle, dann Leicester, schließlich wieder in London. Unsere E-Mails verpufften im Äther, auf telefonische Nachrichten folgte kein Rückruf.

Unsere Visa erhielten wir am Ende genauso, wie Rambanai ihren Pass erhalten hatte, auf simbabwische Art – jemand kannte jemanden in der britischen Botschaft, dem wir Umschläge voll Bargeld überreichten. Ich gab meine Stelle als Lehrerin auf und Jimmy seine als Ingenieur, um nach England zu gelangen, wo uns der Fluch des grünen Passes dazu verdammte, in den dunkelsten Ecken des englischen Gesundheitssystems zu arbeiten, in Pflegeheimen, wo wir unsere Verbitterung durch winzige Akte von Grausamkeit an greisen Patienten ausließen. Ich dachte oft an *Ba'muniniBa'* Thomas, der geglaubt hatte, Bildung würde uns die Zukunft sichern.

Selbst wenn meine Ohren Londoner Geräusche wahrnahmen, die Rufe des Zeitungsverkäufers – *Helft den Obdachlosen, Hilfe zur Selbsthilfe, kauft die Big Issue* –, den Prediger an der Station Oxford Street, der in so sanften Tönen von Hölle und Ewiger Verdammnis sprach, dass er genauso gut ein Wochenende im Ferienlager hätte anpreisen können, das Donnern der Tube von einer Station zur nächsten, hörte ich auf mein Herz, das von Rambanai sprach. Und dann sah ich sie, an einem bitterkalten Februarmorgen, auf einer Rolltreppe an der Station Liverpool Street, während ich völlig verfroren an meine Arbeit im Pflegeheim dachte, die mich am Ende der Jubilee Line erwartete. Sie fuhr mit der Rolltreppe in die entgegengesetzte Richtung, ihr Mantel leuchtete knallrosa in der Menge von schwarz gekleideten Londonern. Mit aufrichtiger Freude in der Stimme rief ich ihren Namen. Sie hob den Kopf und strahlte, als hätte sie nur darauf gewartet, dass ich genau hier und jetzt auftauchte, auf einer Rolltreppe Richtung Ausgang an der Liverpool Street.

»Hey, Matilda«, rief sie und streckte die Hand von einer Rolltreppe zur anderen aus. Ich streckte ebenfalls die Hand aus, und wir drückten uns dicht an den Rand der Stufen, ohne dass unsere Hände sich berührt hätten.

Wir lachten über diesen fehlgeschlagenen Versuch.

»Ich warte oben auf dich«, rief ich.

»Ich bin spät dran und muss meinen Zug erwischen«, brüllte sie, »aber ruf mich bitte an, ja? Ruf mich an. Heute Abend, ja?«

Auf dieser Rolltreppe an der Station Liverpool Street, unter den scharfen Blicken der Anzugträger, brachte ich nur ein leises *Okay* über die Lippen, das sie möglicherweise nicht mehr hörte. Ich beobachtete, wie sie an den gerahmten Werbeplakaten für das Musical *Queen* und den neuesten Harry-Potter-Band vorbei nach unten glitt, und erst dann wurde mir bewusst, dass ich ihre Telefonnummer nicht hatte. Da war sie bereits aus meinem Sichtfeld verschwunden, und ich malte mir aus, wie sie sich als rosa Chamäleon zwischen den dunklen Gestalten am Bahnsteig hindurchzwängte und darum kämpfte, mitten in der *rush hour* ihren Zug zu kriegen.

AUSSERGERICHTLICHE EINIGUNG

Thulani fiel nicht sofort auf, wie dunkel es war. Erst als er das Haus betreten und den Wandschalter im Flur gedrückt hatte, dessen Klicken ohne Ergebnis blieb, begriff er, dass es keinen Strom gab. Lastabwurf. Ein paar Zeilen von Oliver Mtukudzi singend, ging er in die Küche, *»Zvimwe hazvibvunzwi, zvimwe hazvibvunzweiwe«*.

Auch nach all den Jahren, die er in Harare verbracht hatte, konnte sich seine Ndebele-Zunge nicht an die *zv-* und *nzw*-Laute des Shona anpassen. Und so würde es wohl bleiben. Er hörte auf zu singen und summte nur noch, als er nach den Kerzen tastete, die sie über dem Kühlschrank aufbewahrten. Er zündete eine an und machte die Mikrowelle auf. Schon wieder *isitshwala* mit Schmorfleisch und Blattgemüse. Bevor er den Maismehlbrei essen konnte, musste er die Haut abziehen. Er hatte den rauchigen Geschmack von Speisen, die über einem offenen Feuer gekocht wurden. Das Fleisch war kalt, und das Gemüse fühlte sich im Mund klamm an. Er spülte das Essen mit dem Rest Pilsener hinunter, den er aus dem Mannenberg-Club geschmuggelt hatte. Das Bier war warm, weil er die

Flasche auf der Heimfahrt zwischen die Beine geklemmt hatte.

»Ein Candle-Light-Dinner«, sagte er.

Er fand das witziger, als es in Wirklichkeit war, und lachte in sich hinein. Beim Essen summte er weiterhin Liedfetzen von Oliver. Elf Bissen später ging er ins Schlafzimmer, wo die Kerze in seiner Hand ihn als Schatten an die Wand warf. Das Licht flackerte über die Umrisse seiner schlafenden Frau. Er zog Hemd und Hose aus, ließ beides als Haufen auf dem Boden liegen und ging ins Bett. Seine Frau drehte sich im Schlaf seiner Seite zu. Thulani fühlte einen Anflug von Verlangen, der sich aber so rasch wieder verflüchtigte, wie er gekommen war. Er legte sich auf den Rücken und versuchte, die Ausgelassenheit, die er eben noch verspürt hatte, wieder einzufangen. Wie ging dieser Witz noch mal, den Themba ihm erzählt hatte? Er hätte mit ihm nicht so leichtfertig umspringen dürfen, offenbar wollte Themba diese Frau wirklich heiraten.

»Das musst du dir doch nicht antun«, hatte er gesagt, aber Themba hatte nur gelacht und vage angedeutet, er wolle sesshaft werden. Wäre er doch nur entschlossener aufgetreten, hätte er seinem Freund nur gesagt, dass dieses Sesshaftwerden vor allem Haft bedeutete, dass er sehenden Auges seine Freiheit aufgab und sich freiwillig unterwarf.

»Sieh, hier ist das Vorhängeschloss.«

Er überlegte angestrengt, woher diese Worte stammten. Kaum hatte er aufgegeben, fiel es ihm wieder ein: Arabella, die mit ihrem Ehering angibt, nachdem sie Jude

Fawley, dieses arme Schwein, zum zweiten Mal geheiratet hat. Seit seiner letzten Lektüre des Romans vor neunzehn Jahren hatte er nicht mehr an *Herzen in Aufruhr* gedacht, damals musste er den Stoff zur Vorbereitung auf eine Literaturklausur büffeln. Und während er nun versuchte einzuschlafen, fiel ihm eine andere Passage ein: »Alles in allem genommen ist sie 'n ganz gut aussehendes Weibsstück – besonders bei Kerzenlicht.«

Er stand auf. Seine Frau schlief weiter. Er hob Hemd und Hose vom Boden auf, ging ins Wohnzimmer und zog sich wieder an. Im Dunkeln streckte er sich auf dem Dreisitzer aus. Vor sechs Jahren, kurz nachdem sie ihn gekauft hatten, wollte er Vheneka auf diesem Sofa verführen, er hätte alles getan, um das öde Einerlei zu durchbrechen, aber sie hatte Nein gesagt, nein, die Kinder, und er hatte es nie wieder versucht.

Er sprang auf und ging zum Bücherregal, um seinen geheimen Zigarettenvorrat herunterzunehmen, zündete sich eine an und legte sich wieder aufs Sofa. Während er rauchte, ließ er die Gedanken schweifen. Vor seinem inneren Auge sah er den nackten Körper seiner Frau, die Brüste, den vorspringenden Bauch, die Narbe vom Kaiserschnitt, als Nkosana geboren wurde.

»Mach du erst mal diese Narbe rückgängig, dann reden wir meinetwegen über eine Scheidung«, hatte sie gesagt, als er vor drei Jahren das Gefühl zu ersticken gar nicht mehr ertragen konnte und um seine Freiheit gebeten hatte. Seither hatte er das Thema nie wieder angesprochen.

Ob er sie damals wirklich verlassen wollte? Inzwischen war er nur noch passiv. Er begehrte sie nicht mehr, freute sich nicht mehr darauf, nach Hause zu kommen, sie zu überraschen, streckte morgens nicht mehr als Erstes die Hand nach ihr aus. Er dachte daran, wie schön sie ihm früher einmal erschienen war, und selbst jetzt überraschte sie ihn manchmal, wenn ihr Duft ihn plötzlich ablenkte, wenn sie sich umdrehte und lachte und er hinter den aufgedunsenen Wangen und einer ihrer merkwürdigen Frisuren die junge Frau wiedererkannte, die ihm in den Räumen der Studentenvereinigung aufgefallen war.

Er hatte auf Spaziergängen nach Avondale um sie geworben, mit chinesischem Essen und Kombipacks des Chicken Inn. Mit Blumen von Interflora und Kinofilmen im Kine 600. Er hatte den unaufhörlichen Spott seiner Freunde aus Bulawayo über sich ergehen lassen, die ihn auslachten, weil er sich in eine Shona-Braut verguckt hatte, aber selbst sie mussten einräumen, sie sei so schön, dass man sie für eine Ndebele halten könnte. Am Abend ihres zwanzigsten Geburtstags hatte er sie ins Gabrielle's ausgeführt, aber sie wollte lieber mandschurisch essen. Die vierzig Dollar, die er für diesen Abend gespart hatte, fühlten sich in seiner Tasche plötzlich sehr leicht an, und als die Rechnung kam, wurde ihm flau.

Dann würde er eben seinen Ausweis dalassen, hatte er sich vorgenommen und wollte gerade aufstehen, um mit dem Kellner zu reden, als sie ihre Hand auf seine legte.

»Wir können die Rechnung durch zwei teilen«, sagte

sie. Natürlich hatte er sich zunächst gesträubt, aber nicht allzu sehr, und schließlich nachgegeben. Sie waren Hand in Hand zur Universität zurückgegangen, und später, im Manfred-Hodson-Wohnheim, in dem Zimmer, das er sich im Flur P mit Xholisa Bhebhe teilte, auf einem schmalen Bett, das ganz durchgelegen war, weil sich vor ihnen schon so viele Studenten darauf geliebt hatten, wurde ihr erstes Kind gezeugt.

Er hatte nicht vorgehabt, mit einundzwanzig zu heiraten, diese erste Schwangerschaft hatte ihm aber keine andere ehrbare Möglichkeit gelassen. Der Sex hatte ihn darüber hinweggetröstet. Er hatte das Gefühl von Überlegenheit genossen, wenn er mitbekam, wie verzweifelt seine Kommilitonen sich darum bemühten. Er konnte sich die Streifzüge durch die Townships sparen, die Suche nach Flittchen, die gleich die Beine spreizten, wenn man den Studentenausweis zückte, oder das stundenlange Sitzen im Hotel Terraskane, um sich so viel Mut anzutrinken, dass man eine der Frauen anzusprechen und sie in die Welcome Lounge gegenüber mitzunehmen wagte, wo »dreißig Minuten Ausruhen« sechzig Dollar kosteten und »eine Stunde Ausruhen« hundert Dollar. Thulani war von dieser Suche verschont geblieben. Er hatte eine Frau, mit der er pausenlos legalem Sex frönen konnte.

Wenn er jetzt Lust auf Sex hat, geht er nicht immer zu seiner Frau. Einmal hatte er eine Geliebte, aber seine Frau kam ihm auf die Schliche. An diese Periode seines Lebens dachte er nie zurück, das konnte er sich gar nicht erlauben.

Und als er just diesen Gedanken hatte, kam ihm unwillkürlich ein anderer – das Kind ist vermutlich elf. Da gibt es ein elfjähriges Kind mit meinem Blut in seinen oder ihren Adern. Ein Kind, das ein Teil von mir ist. Er verdrängte diesen Gedanken.

Manche seiner Freunde hatten das, was sie selbst als »Häuschen« bezeichneten. Er hatte ein solches Arrangement nie ausprobiert, diese Frauen erwarteten in ihren kleinen Häusern ebenso viel Geld und Zuwendung wie die richtigen Ehefrauen. Die Vorstellung, es gebe nicht nur eine, sondern zwei Frauen, die von ihm alles erwarteten, die ihn beide mit dieser besonderen Spielart passiv-aggressiven Verhaltens traktierten, die Frauen mit der Muttermilch einsaugen, war so schlimm, dass er lieber ganz auf Sex verzichten würde.

Nachdem er sich gegen solch ein festes Arrangement entschieden hatte, setzte er auf zufällige Begegnungen. Anlässlich des Sommerseminars der Anwaltskammer, mit einer geneigten Kollegin, gern ebenfalls verheiratet, die sich mit dem Wissen trösten konnte, dass ihr Mann genau dasselbe tat.

Thulani zündete sich die nächste Zigarette an und lächelte bei dem Gedanken, dass die Krise im Land Anwälten einen wahren Boom bescherte. Sie hielten Tagungen im Troutbeck Inn und Leopard Rock ab, Ferienanlagen, in die keine Touristen kamen, sondern nur Vertreter von NGOs, Staatsrechtler und auf Menschenrecht spezialisierte Anwälte, die sich über die – wie sie selbst sagten – himmelschreiende, nicht hinnehmbare, sich stetig verschlechternde Lage der Menschenrechte im Land ausließen. Vor den Wahlen hatten sie Seminare zur Ausgestaltung von Demokratisierungsprozessen abgehalten, nach den Wahlen beriefen sie Tagungen zur Nachbereitung ein. Und das Geld der Spender und Sponsoren strömte ihnen nur so zu, richtiges Geld, Dollar, Pfund und Euro.

Nachdem man den Mangel an demokratischer Öffentlichkeit erörtert und sich über das einseitige Vorgehen der Polizei empört hatte, ging man miteinander ins Bett. Bei der letzten Tagung hatte sich Thulani mit Estella Mhango vergnügt. An der Uni hatte sie drei Jahre hinter ihm zurückgelegen und war beim Examen in Verfassungsrecht zweimal durchgefallen, was sie nicht daran hinderte, sich nun als Staatsrechtlerin und Menschenrechtsaktivistin auszugeben.

Die Nacht mit ihr war so unbefriedigend gewesen, dass es keine Wiederholung geben würde. Was hatte es mit diesen wirklich atemberaubend schönen Frauen nur auf sich? Sie waren irgendwie hölzern, als hätte man ihnen so oft bestätigt, wie schön sie waren, dass sie sich zu keinerlei Anstrengung genötigt sahen. Vheneka allerdings nicht. So war sie nie gewesen. Jedenfalls nicht am Anfang.

Es fiel ihm leicht, Ausreden dafür zu finden, dass er sie betrog. Der Sex mit ihr hatte etwas Obszönes an sich, als würde er es mit einer Angehörigen treiben. Sein Schaudern wurde dadurch verstärkt, dass er dabei hin und wieder auch einen Hauch von Verlangen spürte. Er musste sich eingestehen, dass dieses Verlangen nicht ihr galt, sondern dem Sex an sich. Im Dunkeln konnte sie jede beliebige Frau sein. Und nun wollte Themba also genau das, dieses Leben hinter einem Vorhängeschloss. Plötzlich war Thulani müde. Er streckte sich und gähnte.

Dann schlief er ein und träumte von Oliver.

Als Vheneka am nächsten Morgen aufwachte, ging sie schnurstracks ins Wohnzimmer. Thulani schlief noch. Sie weckte ihn nicht, sondern ging unter die Dusche, dann zog sie gemeinsam mit ihrem Hausmädchen die Kinder an und machte ihnen Frühstück. Danach ging sie wieder ins Wohnzimmer. Thulani schlief immer noch. Aus seinem Mundwinkel tropfte Speichel. Sie rüttelte ihn wach, ließ ihm keine Zeit, sich zu besinnen, sondern sagte rundheraus: »Wieso bist du gestern so spät nach Hause gekommen? Ich habe versucht, dich zu erreichen, aber du hattest dein Handy ausgeschaltet.«

Er murmelte etwas, und sie wiederholte, was sie eben gesagt hatte.

»Mein Akku war praktisch leer«, sagte er.

Er gähnte. Sie konnte die dunkle Füllung eines Backenzahns sehen. Er schloss wieder die Augen. Da wurde sie plötzlich wütend und versuchte sich zu beherrschen, während sie fortfuhr: »Wieso kommst du ständig so spät nach Hause? Wie wäre es wohl, wenn ich auch damit anfinge? Wer würde den Kindern dann bei ihren Hausaufgaben helfen?«

Sie merkte, wie ihre Stimme immer harscher und schroffer wurde, konnte aber nichts dagegen tun. »Und was ist mit dem Wasserhahn im Garten, der schon ewig kaputt ist und immer noch tropft, wie oft habe ich dich schon gebeten, jemanden anzurufen, der ihn repariert, und nie kümmerst du dich darum.«

»Warum kümmerst du dich nicht einfach selbst darum?«

»Warum muss ich denn immer alles übernehmen?«

»Ich habe doch gesagt, dass ich das übernehme.«

»Leere Versprechungen. Mehr kommt von dir nicht.«

Er stand auf und ging ins Bad. Als er die Tür zumachte, sagte sie: »Ja, mach nur, verzieh dich, wie immer.«

Später, als sie die Kinder zur Schule fuhr, dachte sie über die ausgetretenen Pfade nach, die sie bei ihren Auseinandersetzungen immer wieder beschritten. Ihr war klar, dass sie die Klischees wiederholte, die vor ihr schon Tausende von verletzten Frauen von sich gegeben hatten, aber sie konnte einfach nicht damit aufhören. Sie wollte so gern über das reden, was ihnen beiden eigen war, über Vheneka und Thulani, aber daraus ergab sich immer wieder dieselbe Leier, Versprechen, die nicht eingehalten oder gar nicht erst gegeben wurden. Worte, die nicht ausgesprochen, Zärtlichkeiten, die verweigert wurden. Ihre Streitigkeiten hatten nie ein Ende. Sie wurden lediglich auf später verschoben. Und nie ging es dabei um das Wesentliche.

Als sie die Kinder an ihrer Schule abgesetzt hatte und

weiterfuhr, dachte sie, wie schon so oft, dass nicht einmal ihr Name ihr gehörte. Vheneka Dhlamini, für ihre Kollegen Mrs Dhlamini. Ihr angenommener Name, ihr Ndebele-Name, und die Tatsache, dass sie die Sprache ihres Mannes fließend beherrschte, konnte Ndebele-Muttersprachler nicht über ihre Abstammung hinwegtäuschen, aber beides war Grund genug für einige ihrer Shona-Kollegen, sie anders zu behandeln. Erst letzte Woche hatte sie mitbekommen, wie die Geschichtslehrerin den Biologielehrer fragte, warum das Ministerium diesen Ndebeles Stellen in Harare zuwies, wenn es doch auch in Bulawayo Schulen gab.

Während sie in die Prince Edward Road abbog, verscheuchte Vheneka diese Gedanken und konzentrierte sich stattdessen auf die Vheneka Chogugudza, die sie einst gewesen war, die beim Korbball im Mittelfeld spielte und zu einer Frau heranwuchs, die sich der Macht ihrer eigenen Schönheit bewusst war, einer Schönheit, die die Männer in ihrem Umfeld aus der Fassung brachte. Viele Männer hatte sie nicht gehabt, nur Patrick, bevor er zum Studieren nach Polen ging, und nach ihm Thulani.

Sie lächelte, als sie an den Anfang ihrer Beziehung zurückdachte, als sie manchmal den ganzen Vormittag oder Nachmittag im Bett verbracht und sich gegenseitig mit allen Sinnen erkundet hatten. Da hatten sie noch Träume. Bescheidene Hoffnungen, bescheidene Ziele. Bildung für ihre Kinder, Erfolg im Beruf, zwei Familienautos. Reisen nach Südafrika, vielleicht sogar nach England. Ganz bescheidene Dinge, die in den Flammen der Inflation verbrannten.

Als sie mit Nobuhle schwanger war, hatte es nur diese eine Möglichkeit gegeben. Sie wusste, dass er ihr nicht die gleichen Gefühle entgegenbrachte wie sie ihm. Denn sie wollte keinen anderen als ihn. Er war nicht ihre erste Liebe gewesen, sollte aber ihre letzte sein. Sie war nicht seine erste Liebe gewesen und ganz bestimmt nicht seine letzte.

Nobuhle war mit fünf Jahren gestorben, an Meningitis, hatten die Ärzte gesagt, durch Hexerei, meinten ihre Mutter und die von Thulani. Damals hatte es wohl angefangen. Sie war ins Wanken geraten, hatte sich aber gefangen. Und dann dieser Schlag: Thulani hatte eine andere Frau geschwängert. Diese Frau war zu ihr in die Schule gekommen, sie liebe Thulani, hatte sie behauptet, und er liebe sie. So sei es nun mal, und sie werde sein Kind bekommen. Sie sei im vierten Monat schwanger, hatte die Frau gesagt. Weihnachten sei der Geburtstermin. Und ihr Nobuhle war tot.

Thulani blieb bei ihr. Sie hatte ihn nicht darum gebeten, er tat es von sich aus. Über das andere Kind hatte er kein Wort verlauten lassen. Sie hatte ihn nicht danach gefragt. Sie ahnte, dass er aus Gründen geblieben war, die komplizierter waren als die Liebe. Danach bekam sie Busisiwe und Nkosana, aber genau wie ein fehlender Zahn sich durch sein Fehlen bemerkbar macht, blieb Nobuhle für sie präsent.

Sie wusste, dass Thulani die ganzen Jahre hindurch mit

anderen Frauen Affären gehabt hatte, sie hatte dafür Anzeichen gesehen. Nach der letzten Tagung der Anwaltskammer hatte sie in seiner Jackentasche eine Packung
Kondome gefunden. Die Packung war angebrochen.
Zwei Kondome fehlten. Ein eisiges Gefühl machte sich
in ihrem Magen breit, aber sie brachte nur einen einzigen
kohärenten Gedanken zustande – ob beide Kondome bei
ein und derselben Gelegenheit zum Einsatz gekommen
waren.

Danach hatte sie sich gerächt – mit Peter Kapuya, dem
frischgebackenen Referendar von der Pädagogischen
Hochschule in Belvedere. Sie hatte ihn verführt, als sie
ihn nach einer abendlichen Sitzung des Lehrerkollegiums
zum Thema Streik nach Hause fuhr. Er war ihr unange-
nehm gewesen, dieser fremde Mann, der auf so unvertrau-
te Weise in sie eindrang, die Erinnerung an die fehlenden
Kondome war ihr jedoch Ansporn gewesen. In derselben
Nacht hatte sie zum ersten Mal seit Monaten bei Thulani
die Initiative ergriffen.

Beim Blick in den Rückspiegel, bevor sie auf das Schul-
gelände fuhr, erhaschte sie einen Blick auf sich selbst. »Wie
uralt ich aussehe, dabei bin ich erst fünfunddreißig«, sagte
sie laut. Die Vorstellung, so könnte es auch die nächsten
fünfzehn Jahre weitergehen, jagte ihr auf einmal Angst ein.

Einmal hatte Thulani sie um die Scheidung gebeten.

Damals hatte sie eine solche Wut verspürt, dass es sie
fast den Verstand gekostet hätte, doch sie hatte sich bemüht, langsam zu sprechen, ruhig. In seiner Mutterspra-

che hatte sie gesagt: »Mach du erst mal diese Narbe rückgängig, und dann treibst du mir diese Sprache wieder aus. Danach kannst du gern wiederkommen, und wir reden meinetwegen über eine Scheidung.«

Danach hatte er nichts mehr dazu gesagt. Manchmal dachte sie, es sei an ihr, ihn zu verlassen, aber dann packte sie die Angst vor dem Alleinsein. Außer ihm, außer ihrer Familie hatte sie nichts. Ihr geliebter Beruf hatte sie enttäuscht. Bei ihrer großen Liebe fand sie keine Zuflucht mehr, sie hatte keine Freude mehr daran, Inhalt und Form von *Der Bürgermeister von Casterbridge* zu analysieren oder den fünfhebigen Jambus zu erläutern. Ihre Schülerinnen interessierten sich nicht dafür. Und wie sollte man ihnen daraus einen Vorwurf machen? Wie sollten sie mit Eliot und Pinter und Golding schnell Geld verdienen? Welche Zukunftschancen konnten Achebe und Marechera und Dangarembga ihnen bieten? Ihre Schülerinnen verlangten nach den neuen Fächern, Informatik, Buchhaltung, Volkswirtschaft, Betriebswirtschaft. Sie wollten es irgendwie nach London schaffen oder bei *Studio 263* mitspielen oder an Schönheitswettbewerben teilnehmen.

Als sie auf das Schulgebäude zuging, hörte sie hinter sich jemanden rufen. Sie drehte sich um. Thulani. Sie blickte von ihm zu seinem Auto, das er vor dem Schultor geparkt hatte.

»Du bist mir hinterhergefahren«, sagte sie. Es klang wie eine Anschuldigung. »Für so was habe ich jetzt keine Zeit.«

»Es geht nicht um uns«, sagte er. Seine Stimme war

anders als sonst, aber bevor sie etwas erwidern konnte, klingelte das Handy in ihrer Handtasche.

»Lass es klingeln«, sagte er.

Sie sah abwechselnd auf ihre Tasche und auf ihn. An seinem Gesicht konnte sie ablesen, dass nichts in Ordnung war.

»Ja, ich bin dir hinterhergefahren. Kurz nachdem du weg warst, hat dein Bruder angerufen, aber ich wollte es dir lieber selbst sagen.«

Die Kinder, dachte sie, die Kinder. Aber sie waren doch in Sicherheit, sie waren in der Schule, sie hatte die Kinder selbst hingebracht.

»Es geht um deine Mutter«, sagte er. »Man konnte nichts mehr für sie tun. Dein Bruder meinte, sie sei plötzlich zusammengebrochen, einfach so.«

Wieder klingelte das Handy.

»Lass es klingeln«, wiederholte er.

»Aber jetzt werden alle … die Familie, die Freunde, sie werden alle wissen wollen, wie es jetzt weitergeht«, sagte sie. Und dann fügte sie hinzu: »Die Schule. Ich kann jetzt nicht in den Unterricht. Ich muss Mrs Muza Bescheid geben.«

Er begleitete sie ins Büro der Schulleiterin, wo die Nachricht hinterlegt und zur Kenntnis genommen wurde. Als sie über den Schulhof zurückgingen, ertönte der Gong zur ersten Stunde. Sie gerieten in ein Meer von Mädchen in grün-weißen Uniformen, die lachend zu ihren Klassenzimmern rannten. Das Lachen verklang, als Thulani und Vheneka den Parkplatz erreichten.

Sie waren schon beim Auto, als das Handy wieder klingelte. Sie wollte es aus ihrer Tasche holen, er hielt ihre Hand fest. »Mein aufrichtiges Beileid«, sagte er, die förmlichste Art von Kondolenz, die auf Shona denkbar war.

Warum nimmt er mich nicht in den Arm, dachte sie, warum redet er wie ein Außenstehender mit mir, warum, doch bevor sie den nächsten Gedanken zu Ende brachte, ergriff er auch ihre andere Hand. Sie wagte nicht zu weinen, weil sie wusste, dass sie dann nicht mehr damit aufhören würde. Und dann war sie in seinen Armen, und er hielt sie, hielt sie fest, während sie auf das Tor zugingen. Sie ließen ihr Auto zurück und fuhren mit seinem nach Hause. Unterwegs planten sie den Anruf beim Bestattungsinstitut und all die anderen Dinge, groß und klein, die noch erledigt werden mussten.

MITTERNACHT IM HOTEL CALIFORNIA

Kaum zu glauben, dass es mal eine Zeit gab, in der man ein halbes Dutzend Eier, eine Packung Colcolm-Würstchen, zwei Laib Brot und ein Päckchen Tanganda-Tee mit einem Zehn-Dollar-Schein kaufen konnte und genug Wechselgeld für zwei Flaschen Castle Lager und eine Schachtel Everest übrig blieb. An diese Zeit dachte ich zurück, als ich heute von Mbare nach Tynwald ging. Ich war in Mbare gewesen, um mein Auto abzuholen, aber Lovemore, mein Mechaniker, war nicht fertig geworden.

Dauert noch ein paar Tage, *m'dhara,* sagte er.

Damit musste ich mich abfinden. Ich war noch in Mbare, als Shaky anrief und sagte, er kenne jemanden, der jemanden kenne, der mir fünfzig Liter Benzin zum Schnäppchenpreis überlassen würde. Ein Superschnäppchen, *m'dhara,* sagte Shaky, das Angebot gilt nur heute, schlag gleich ein oder lass es sein.

Letzteres konnte ich mir nicht leisten, denn etwas anderes hatte ich nicht in Aussicht. Vor zehn Tagen erst musste ich einen anderen Deal platzen lassen, weil irgendein Volltrottel meinte, er täte mir den weltgrößten Gefallen, als er mir für einen Generator mit Viertakt-Dieselmotor neunhundert Milliarden anbot. Er hatte tatsächlich erwartet, dass ich lächeln und *Jesu wangu* rufen würde, aber ich sagte, vergiss es, für so wenig gebe ich ihn nicht her, und er sagte, mehr kriegst du dafür nicht, und ich sagte, wenn das so ist, behalte ich ihn lieber, *simbi haiore, m'dhara, uye haidyi sadza.*

Bei uns im Hause Gumbo herrschten magere Zeiten, meine Frau zog Grimassen, und im Häuschen hatte meine Geliebte auf einmal keine Zeit mehr für mich. Darum machte ich mich sofort auf den Weg, als Shaky mich auf diesen Benzin-Sofortsuperdeal ansetzte. Verkehrsmittel Fehlanzeige, und so musste ich den ganzen Weg von Mbare nach Tynwald zu Fuß zurücklegen.

Als ich den Typen sah, mit dem ich verabredet war, dachte ich zunächst, er wäre high. Clever ist mein Name, und clever bin ich ohnehin, ha, ha, ha, sagte er, und noch mal ha, ha, ha, ich sagte, wie viel willst du dafür? Er schob sich die Dreadlocks aus der Stirn und meinte, eine halbe Milliarde. Du träumst wohl, dachte ich insgeheim und zog einen der Trinkhalme hervor, die ich in meiner ramponierten Aktentasche mit dem Logo der Old Mutual immer dabeihatte. Ich steckte ihn in das Ölfass und sog daran, weil ich die Flüssigkeit schmecken wollte, gut so, denn man hatte diesem Benzin definitiv etwas anderes beigemischt. Ich spuckte die Kostprobe aus und hoffte, es wäre bloß mit Wasser gepanscht und nicht mit Urin – wer gar keine Skrupel hat, benutzt gern Urin, weil er die gleiche Farbe hat wie Benzin.

Ich weiß von nichts, *m'dhara*, ich bin nur der Mittelsmann, sagte der clevere Clever. Für eine Diskussion war ich zu müde, es spielte auch keine Rolle, wer der Schuldige war, weil ich mir die Mühe so oder so hätte sparen können. Nicht nur, dass ich leer ausging, ich musste auch noch den ganzen Weg zur Stadt zurücklaufen.

Ich rief Shaky an. Die Nummer, die Sie gewählt haben, ist momentan nicht erreichbar, sagte der Stimmroboter von Econet, bitte versuchen Sie es später noch einmal. Ich wählte seine Telecel- und seine NetOne-Nummer, unterschiedliche Stimmen, selbe Botschaft. Meine Laune wurde noch mieser, als ich an einer protzigen Tynwald-Privatschule vorbeitrottete, die angeblich von einem Armeegeneral im Ruhestand betrieben wurde.

Unterwegs überlegte ich, ob ich mich einem anderen potenziellen Benzindeal zuwenden sollte, von dem mir ein anderer Verbindungsmann erzählt hatte. Es läuft nämlich so: Es gibt diese neuen Farmer, die das Benzin zum Superschleuderdumpingstaatlichsubventioniertenvorzugspreis bekommen. Die Regierung schanzt neuen Farmern alles Mögliche zu, damit sie produzieren: billigen Treibstoff, Gratistraktoren, Gratissamen, Gratisdünger, ja sogar Gratisarbeiter – es gab eine Zeit, da haben sie auf den Feldern Häftlinge eingesetzt. Schade, dass sie nicht eine Prise Gratismotivation dazugeben können, weil die neuen Farmer den billigen Treibstoff ja nicht für ihre Gratistraktoren verwenden, sondern sowohl die Traktoren als auch den Treibstoff an Leute wie mich verhökern und Leute wie ich diese Güter an die große Mehrheit weiterverkaufen, die nicht über gute Verbindungen zur Regierung verfügt und der man keine Vorzugspreise gewährt und die ihr Benzin darum nur auf dem Schwarzmarkt kaufen kann.

Natürlich ist diese ganze Schwarzmarktchose illegal, aber dann könnte man gleich alle Menschen verhaften, die zwischen dem Limpopo und dem Sambesi leben, und die Sache wäre gegessen. Das hier ist das neue Simbabwe, wo alle kriminell sind. Einer meiner besten Kunden, Euer Ehren Mr Mafa, ist Kreisrichter in Harare, ein anderer, Hochwürden Malema, ist ein Pfeiler der Gesalbten Kirche des Heiligen Lamms. Als ich Euer Ehren das letzte Mal Diesel verkauft habe, bezahlte er einen kleinen Teil dessen, was er mir schuldete, mit Tomaten – sein Amtszimmer in Rotten Row ist vollgestopft mit Gemüse, das er auf einer Parzelle an der Bulawayo Road zieht, neben den großen rostigen Schildern der Stadtverwaltung von Harare, auf denen steht: ACKERBAU VERBOTEN: WIDERRECHTLICHES BETRETEN WIRD STRAFRECHTLICH VERFOLGT.

Im Gegensatz zu diesen armen Schweinen, die feststellen mussten, dass ihre hochgeschätzten Studienabschlüsse in unserer neuen Wirtschaft nutzlos sind, bin ich mehr oder weniger bei meinen Leisten geblieben. Ich setze die Fertigkeiten ein, die ich als Versicherungsvertreter in den

Achtziger- und Neunzigerjahren verfeinert habe. Mein Ex-Schwager sagte immer, ich könnte sogar seiner Schwiegermutter Zahnseide verkaufen – einer Frau, die weniger Zähne hatte als eine Henne.

Und ich verkaufe keineswegs nur Treibstoff. Man könnte mich als Händler für Waren aller Art bezeichnen: Was gekauft wird, kann auch verkauft werden, und wenn es verkauft werden kann, bin ich der Richtige. Ich habe Computer gekauft und weiterverkauft, die der Präsident während seiner letzten Wahlkampagne Landschulkindern in Chipinge gestiftet hatte – die Kinder können damit sowieso nichts anfangen, weil es in ihren Schulen keinen Strom gibt. Ich habe generalüberholte Autos aus Japan und Singapur verkauft, Flachbildfernseher aus Dubai, Zucker und Salz und Kinderspielzeug aus Südafrika. Ich habe sogar Wasserreinigungspräparate aus Malaysia an den Stadtrat von Kwekwe verkauft. Alles reibungslos abgewickelt, keine Nachfragen. Keine Garantie, kein Umtausch, keine Erstattung. Keine Überweisungen, keine Kreditkarten – wie heißt es so schön auf dem Schild im Wie wär's-Hotel in Esigodini? *Mr Credit Was Killed By Mr Cash.*

Letztes Jahr habe ich mein bislang größtes Objekt verkauft, einen Mähdrescher von John Deere, früher im Besitz eines armen weißen Teufels, den die großmütigen Genossen genötigt hatten, sein Land für die Umverteilung herzugeben. Wenn die Genossen Land umverteilen, verteilen sie auch alles um, was sich darauf befindet, sämtliche Nutzpflanzen, Maschinen, Möbel, Teller, Messer und Gabel, bis hin zum Whisky, der sich möglicherweise im Haus befindet.

Auf diese Weise kam ein Glückspilz von Genosse zu seinem Gratismähdrescher, für den er im urbanen Warren Park keine Verwendung hatte, sodass er ihn mir zum Spottpreis von anderthalb Billionen überließ. Ich verkaufte ihn für das Hundertfache dieser Summe, wenn nicht mehr, und bekam das Geld auch noch in amerikanischen Dollar ausgezahlt, die ich mit einer hübschen Marge verkaufte. Darum konnte ich meiner Frau einen RAV4 aus dritter Hand kaufen, auf einen Schlag Schulgebühren für das ganze Jahr bezahlen und meiner Geliebten ein langes Wochenende in Victoria Falls spendieren und so viel Garantiert Menschliches Haar *(made in Taiwan)*, wie sie nur wollte.

Ich dachte an all diese Deals, als ich das Feld überquerte, das Tynwald von Ashdown Park trennt, und zur Ecke Eves und Ashdown Drive schlenderte. Von hier aus würde mich vielleicht jemand in die Stadt mitnehmen. Ich kaufte einem Händler, der seinen Stand an dieser Ecke aufgebaut hatte, eine Everest ab. Als ich mir die Zigarette anzündete, wurde ich fast von einem riesigen silbernen Prado überfahren, der mit quietschenden Reifen unmittelbar neben mir hielt. Der Fahrer sprang heraus, ließ die Tür offen und kaufte ein paar Zigaretten beim Händler.

Ich wollte ihn gerade ansprechen, als mich die Musik ablenkte, die aus seinem Auto drang. Diesen Riff hätte ich selbst im letzten Kreis der Hölle wiedererkannt. Die

Eagles. »Hotel California«. Die Musik strömte aus seinem Auto und ergoss sich über den Ashdown Drive. Im Nu war mein Zorn verraucht. Ich lachte schallend. Der junge Autofahrer und der Straßenhändler starrten mich an. Ihre Neugier wurde von drei Männern geteilt, die auf eine Transportmöglichkeit warteten, um in die Stadt zu gelangen. Es passierte nicht alle Tage, dass jemand an der Ecke Eves und Ashdown Drive den Verstand verlor. Ihre verdutzten Gesichter brachten mich noch mehr zum Lachen, es war so heftig, dass ich mich krümmte.

Ko ndeipi blaz?, fragte der Prado-Fahrer.

Das glauben Sie mir nie, wenn ich es Ihnen erzähle, sagte ich.

Das wollen wir doch mal sehen, sagte er.

Das war die Gelegenheit.

Ich erzähle es Ihnen nur, wenn Sie mich in die Stadt mitnehmen, sagte ich. Ich wies mit dem Kopf auf die anderen drei. Nehmen Sie uns alle mit, und ich erzähle Ihnen die beste Geschichte, die Sie jemals gehört haben.

Ein *mita* pro Kopf, sagte er.

Ich winkte die drei anderen heran, die hinten einstiegen. Ich setzte mich auf den Beifahrersitz. Jeder von uns überreichte dem Fahrer eine Million Dollar, dann brausten wir zu den letzten krachenden Tönen der Eagles davon. Während wir den Harare Drive entlangfuhren, erzählte ich ihnen von den Swinging Nineties, als Simbabwe noch Simbabwe war und ich eine Nacht im Hotel California verbracht hatte.

In meiner Kindheit war Paul Mkondo mein großer Held, der Titelsong seiner Sendung über Geldanlagen der Soundtrack meiner jungen Jahre. Er war alles, was ich gern werden wollte, und so war es kein Wunder, dass mir die Versicherungsbranche als Goldgrube erschien und ich dort mein Glück versuchte. Als Versicherungsvertreter war ich erfolgreich, weil ich den genialen Einfall hatte, mich vor allem auf die Kleinstädte zu konzentrieren, die von den meisten Vertretern gemieden wurden. Harare und Bulawayo ließ ich links liegen, auch Gweru und Kwekwe, Mutare und sogar übergroße Dörfer, die sich als Stadt ausgaben, wie Marondera. Dort tummelten sich Dutzende von Versicherungsvertretern. Mit meinem Datsun Bluebird steuerte ich die kleinen Bergbausiedlungen und die Städtchen an, nicht direkt in den ländlichen Gebieten, aber immer daran entlang, Kamativi und Karoi, Esigodini und Hwange.

Meine Abschlussquote war erstaunlich konstant. Man macht sich ja keine Vorstellung davon, wie viele Bergarbeiter und Provinzlehrer damals Geld in ihren Wäscheschränken horteten, und ich konnte sie überreden, einen kleinen Teil davon in Versicherungspolicen zu stecken. Ich verkaufte ihnen Schutz aus dem Handkoffer, mit einer Unterschrift auf der gestrichelten Linie sicherte ich ihre Zukunft ab – eine Ausfertigung für Sie, bitte sehr, zwei weitere für unsere Akten. Ein anderer Vorzug waren die vielen einsamen Hausfrauen, auf die ich traf. Außerdem gab es nichts Schöneres, als lange Strecken auf verwaisten Straßen zu fahren, in bester Gesellschaft mit mir allein und den Bhundu Boys in der Stereoanlage.

Während einer solchen Tour kam ich einmal gegen sieben Uhr abends in Kamativi an. Ich wollte Mabel, eine meiner Hausfrauen, überraschen. Vier Monate hatte ich sie nicht gesehen, seit meinem letzten Besuch in Kamativi, als ihr Mann im Stollen war. Hier bekäme ich ein Bett für die Nacht, davon eine halbe Nacht voll Lust, so, wie ich Mabel kannte, und in mir regte sich schon die Vorfreude. Ich suchte nach etwas, was als Mitbringsel taugte, und stöberte in meinem Kofferraum schließlich zwei warme Flaschen Lager auf. Meine Kondome steckten wie immer in der Aktentasche, ich nahm alles mit, dazu noch ein paar Zeitungen. Das musste reichen. Ich ließ das Auto stehen und ging zum Haus.

Ich hatte noch gar nicht geklopft, als ihr Mann vor mir stand, kurz von Wuchs, dafür mit riesigem Misstrauen. Hinter ihm sah ich Mabel, eine große Frau, die sich plötzlich klein machte, ihr Lächeln war gekünstelt, und sie blickte überall hin, nur nicht zu mir. Eine halbwegs vernunftbegabte Frau hätte mich als ihren Onkel oder Cousin vorgestellt, aber sie überließ mich meinem Schicksal.

Da blieben mir nur meine Geistesgegenwart und Schlagfertigkeit.

Ich biete Versicherungen an, sagte ich.

Was denn für Versicherungen, wenn es schon so spät ist?, fragte er.

So spät komme ich ja nur, weil ich Ihre Frau kenne.

Meine Frau? Woher kennen Sie meine Frau?

Ich meinte, ich bin Ihrer Frau schon mal begegnet.

Und wo genau sind Sie meiner Frau begegnet?

Ich war schon mal hier, um Versicherungen anzubieten, und sie sagte, eine so wichtige Entscheidung könne sie nur in Ihrem Beisein treffen, und so dachte ich, dann komme ich eben ein anderes Mal wieder.

Am Ende gaben die Zeitungen, die ich unterm Arm trug, den Ausschlag, mehrere Ausgaben von *Kwayedza*, die in der Lokalsprache erschien und immer eine berauschende Mischung von Berichten über Hexerei und Ehebruch enthielt, alle im moralinsauren Ton einer uralten Tante verfasst. »*Kitsi Yakapfekedzwa Sekacheche*«, lautete die Schlagzeile des Tages, »Als Baby verkleidetes Kätzchen gefunden«, und ich sah, dass der Mann meiner Hausfrau immer wieder darauf schielte. Da ich im Auto noch ein paar andere Zeitungen hatte, bot ich ihm diese an und erwähnte auch die zwei warmen Biere. Mehr Schmiere war nicht nötig, um mir den Weg ins Haus zu ölen. Auf meinen Touren in diese abgelegenen Landesteile war mir bereits aufgefallen, dass Druckerzeugnisse das beste Mittel sind, wenn man das Vertrauen der Männer gewinnen will, egal ob Buch, Zeitung oder eine Ausgabe des *Wachtturms*. So hatte ich mir schon viele Freunde gemacht, indem ich manchmal bis zu sechs dieser Männer einfach erlaubte, über meine Schulter hinweg Zeitung zu lesen. Seine Augen blitzten geradezu angesichts der Fülle, die ich ihm verhieß, denn außer der *Kwayedza* hatte ich im Auto noch die *Daily Gazette*, die *Parade* und den *Horizon*.

Wir setzten uns draußen hin und lasen im Licht, das aus den Fenstern fiel. Ich bot ihm eine Everest an, er nahm sie, dann rauchten wir und tranken unsere warmen Biere, ohne ein Wort zu sagen. Mabel war unterdessen in ihrer Küche verschwunden, aus der verlockende Gerüche drangen. Nach Lektüre der halben *Kwayedza* und drei Zigaretten traute ich mich allmählich, auf meinen Status als Reisender hinzuweisen und zu fragen, wo ich wohl übernachten könnte.

Alles wäre mir lieber, als noch eine Nacht im beengten Innenraum meines Datsuns zu verbringen, sagte ich. Und wenn ich auf dem Boden schlafen müsste, ha, ha, ha.

Das Hotel California B&B ist ganz in der Nähe, sagte er. Seine Wegbeschreibung war so detailliert und einprägsam, dass mir nichts anderes übrig blieb, als den Wink zu verstehen und ihm für seine Unterstützung zu danken. Ich verabschiedete mich und fuhr in die angegebene Richtung.

Im Dunkeln konnte ich nicht so viel erkennen, aber das Gebäude sah weniger nach Hotel aus als nach einem überdimensionierten Haus. Vom Geräusch des Motors angelockt, kam ein Mann zur Tür und nahm mich in Empfang. Willkommen, herzlich willkommen, sagte er auf Shona. *Mauya, mauya ku*Hotel California.

Da musste ich grinsen, natürlich erinnerte mich das an den Song der Eagles und an das Spiel, das meinen Brüdern und mir so unendlich viel Spaß gemacht hatte, es bestand darin, dass wir den Text englischer Songs ins Shona übersetzten. Hat man einen Song verinnerlicht, geht er einem natürlich nie wieder aus dem Kopf. Solange ich in diesem Hotel war, spielten die Eagles fast pausenlos in meinem Kopf, und auch noch etliche Tage danach.

Im Licht dessen, was hier als Lobby durchging, konnte ich meinen Wirt eingehender betrachten. Aus seinem Mund ragte ein Streichholz, das ihm vermutlich als Zahnstocher diente. Es steckte zwischen zwei Zähnen und bewegte sich auf und ab, während er sprach. Sie haben großes Glück, junger Mann, sagte er. Heute Abend bin ich ausgebucht, aber weil Sie es sind, finde ich schon noch ein Plätzchen.

Er nahm mein Geld für eine Übernachtung entgegen, zeigte mir, wo das Klo war, als ich danach fragte, und meinte, ich sei genau zur richtigen Zeit erschienen, um noch ein warmes Essen zu bekommen, es werde im Wohnzimmer serviert. Dann führte er mich in einen Raum, wo sich fünf Männer auf zwei identische Couchgarnituren mit Karomuster verteilten. Sie machten mir Platz, und so fand ich mich zwischen zwei von ihnen eingequetscht. Einziger Wandschmuck war ein Porträt des Präsidenten, nur dass er zum Zeitpunkt dieser Aufnahme Premierminister war und sich noch nicht die Haare färben ließ. Es hing leicht schief über dem Fernseher, in dem gerade die Nachrichten liefen. Die Inflationsrate sei im letzten Quartal auf 8,85 Prozent gestiegen, sagte der Sprecher, der Finanzminister mahne jedoch zur Besonnenheit, denn sie werde keinesfalls in den zweistelligen Bereich klettern, auf keinen Fall.

Ständig stand jemand auf, um die Antenne zu justieren, das Bild wurde kurz scharf und verschwamm dann wieder. Ich hatte noch keine zehn Minuten da gesessen, als eine junge Frau mit dem Essen reinkam. Ich betrachtete sie und wusste nicht, was mir gerade anziehender erschien, ihre prallen Brüste und ihr knackiger Hintern oder die mit *sadza*, Blattgemüse und geschmorten Schweinsfüßen beladenen Teller, die sie vor uns abstellte.

Eigentlich darf ich kein Schweinefleisch essen. Die Familie meines Vaters gehört dem *mbeva*-Totem an, und nach dessen Ratschluss sind die niedere Maus und das niedere Schwein irgendwie verwandt, also soll ich vom Fleisch der beiden die Finger lassen. Ich war aber hungrig, und die Schweinsfüße rochen verführerisch. Wäre ja nicht das erste Mal, dass ich gegen ein Gebot meiner Ahnen verstoße, rechtfertigte ich mich innerlich, nahm mir vor, nachträglich ein Trankopfer darzubringen, verdrängte alle Vorbehalte und fing an zu essen. Ich hatte keine Ahnung, dass Schweinsfüße so köstlich schmecken konnten. Vielleicht war ja mein mutwilliger Verstoß gegen das Gebot meiner Ahnen der Auslöser für das, was danach passierte.

◡

An diesem Punkt meiner Geschichte musste mein neuer Freund auf die Bremse treten. ACHTUNG POLIZEI, stand auf einem Schild. Die guten alten Jungs in braunen Shorts und brauner Uniformjacke, die gewieftesten Erpresser Harares, hatten an der Kreuzung kurz hinter dem nationalen Sportstadion eine Straßensperre aufgebaut. Das Auto hielt, und ein Polizist ging lächelnd auf das Fenster des Fahrers zu. Er spähte in den Innenraum und bat meinen neuen Freund, ihm die Kontrollleuchten zu zeigen.

Sie funktionierten alle einwandfrei.

Scheibenwischer, sagte der Polizist.

Kaum vernehmlich surrten sie über die Windschutzscheibe.

Hupe.

Sie trötete beruhigend laut und penetrant.

Der Polizist winkte zwei seiner Kollegen herbei und gab ihnen ein Zeichen, sie sollten sich hinter dem Auto postieren.

Handbremse, sagte er.

Die beiden Polizisten stemmten sich mit aller Kraft gegen das Auto.

Es rührte sich nicht vom Fleck.

Lizenzplakette und Führerschein, sagte der Polizist.

Mein junger Freund hatte beides, und die Plakette war noch gültig.

*Tivhurireiwo ku*Heck, *vakuru*, war der nächste Befehl, mein Freund gehorchte und öffnete die Heckklappe. Dahinter verbarg sich nichts Verdächtigeres als ein Ersatzreifen, den der Polizist mit feierlichem Ernst herausnahm.

Er ließ ihn auf der Straße springen, als wollte er ihn testen, und legte ihn dann wieder zurück.

Er spähte noch einmal herein, um zu prüfen, ob ich mich angeschnallt hatte.

Der Gurt spannte sich fest über meine Brust.

Dann nahm der Polizist die Rückbank in Augenschein.

Und warum sind diese drei nicht gesichert?, fragte er.

Welches Gesetz schreibt denn vor, dass man sich hinten anschnallen muss?, fragte ich.

Ist das vielleicht Ihr Auto, *vakuru*, sagte er und wandte sich dann an den Fahrer: Sie müssen für jeden Fahrgast, der nicht gesichert ist, jeweils ein Verwarnungsgeld von einer Million zahlen. Als mein neuer Freund mit mir zusammen protestierte, sagte uns der Polizist, wir könnten die Diskussion gern auf der Polizeiwache fortsetzen.

Leider – fügte er hinzu – herrsche dort gerade Hochbetrieb, sodass wir mit einer Wartezeit von mindestens fünf Stunden rechnen müssten.

Mein Freund klappte das Handschuhfach auf, entnahm ihm drei Millionen Dollar und zahlte das Verwarnungsgeld.

Ich habe keinen Quittungsblock dabei, sagte der Polizist. Sie wissen ja, wie das ist, an allem herrscht Mangel, wegen der vielen internationalen Sanktionen gegen unser Land. Sie müssten nächste Woche zu uns in die Wache kommen und sich die Quittung vor Ort geben lassen.

Der ist noch nicht lange dabei, dachte ich. Ein alter Hase hätte keinerlei Anstalten gemacht, den Schein zu wahren. Er winkte uns durch, und nachdem wir unserem Fahrer jeweils einen Anteil des Verwarnungsgelds gezahlt hatten, wollten er und die anderen unbedingt hören, wie die Geschichte weiterging.

Nach dem Essen fragte ich unseren Wirt, ob er auch Bier habe. Da mein Hunger gestillt war, wollte ich mich gern großzügig zeigen und meinen Tischgenossen ein oder zwei Runden ausgeben.

Wir haben nur trübes Bier, sagte er.

Das sollte mir recht sein, und bald ließen wir ein Tetra-pack Shake-Shake kreisen, während wir uns das Fußball-spiel anguckten, das auf die Nachrichten folgte. Es gefiel mir allmählich besser im Hotel California. Auf diese Weise tranken wir gemeinsam an die sechs Tetrapacks, bis ich müde wurde und nach meinem Bett fragte. Der Wirt zeigte mir, wo das Zimmer war. Die Decken waren alles andere als weich, die Laken alles andere als sauber, alles wirkte so, als wäre es zu Zeiten Ian Smiths das letzte Mal mit Wasser und Seife in Berührung gekommen, aber ich war so müde, dass ich mich nicht darum scherte. Ich weiß nicht mehr, wie ich einschlief, aber ich muss eingeschlafen sein, denn ich träumte, dass überall um mich herum gestöhnt und gelacht wurde. Plötzlich wachte ich auf. Zunächst wusste ich gar nicht, wo ich war. Ich warf einen Blick auf meine Sanyo, es war fast Mitternacht. Nun wusste ich wieder, wo ich war. Und dann drangen Stöhn- und Lachlaute durch die Wände. Es war kein Traum gewesen.

Und wieder Stöhnen.

Dann Lachen.

Stöhnen.

Lachen.

Flüsternde Stimmen.

Und dann: He, nicht dieses perverse Zeug, sagte eine weibliche Stimme.

Ich zahl auch mehr, sagte eine männliche Stimme.

Für diesen Kram fehlt dir das Geld, antwortete die Frau. Dann wurde wieder gestöhnt. Ich wollte das zwar nicht, aber es erregte mich. Auf den Typen mit den perversen Gelüsten folgte ein Mann, der im entscheidenden Augenblick *hau madoda, hau madoda* brüllte, und zwar so laut, dass er meiner Überzeugung nach im ganzen Hotel zu hören war.

Ich sah mich gezwungen, das zu tun, was ein Mann tun muss, wenn er einen besonders starken Drang verspürt und keine Partnerin zur Hand hat. Aber ich hatte Angst, dass mein Wirt die Flecken auf seiner Bettwäsche bemerken würde. Außerdem war sie schon so verdreckt, dass sicher irgendetwas befruchtet werden würde. Also nahm ich eins der Kondome, die ich für Mabel vorgesehen hatte, riss die Hülle auf und streifte es über.

Ich weiß nicht mehr, warum, aber ich zog mich auch komplett aus. Dann kniete ich mich auf das Bett und dachte an den Ratschlag, den mein Freund Robson mir mal gegeben hatte: Manchmal sei es angezeigt, die linke Hand zu verwenden und die rechte ruhen zu lassen – das fühle sich nämlich so an, als würde man sich selbst betrügen.

Und dem war tatsächlich so. Ich wollte gerade selbst *hau madoda, hau madoda* rufen, als ich Schritte hörte, die sich auf mein Zimmer zubewegten, und dann machte sich jemand an der Tür zu schaffen. Ich schlüpfte panisch unter die Bettdecke und zog sie bis zum Kinn hoch.

Die Tür sprang auf, und herein kam der Wirt des Hotel California B&B. Er machte das Licht an. Ich blinzelte und starrte ihn über die Bettdecke hinweg an.

Sie sind ja noch wach, sagte er.

Ich nickte, lächelte zaghaft und sagte kein Wort.

Sie haben doch gesagt, Sie wären müde.

Sehr müde, antwortete ich und täuschte ein Gähnen vor.

Ich hatte auch einen langen Tag, sagte er. Wahrscheinlich, weil die Tage zu dieser Jahreszeit ohnehin so lang sind.

Er streckte sich und gähnte und redete immer weiter. Es sei ein trockenes Jahr gewesen. Das ganze Jahr lang habe es nicht geregnet. Ob es überhaupt noch einmal regnen würde? Das wisse er nicht. Das wisse keiner so richtig. Selbst der Agrarbericht lege sich da nicht fest. Ob ich gern Radio 2 hörte? Er brauche ja seine tägliche Dosis *Kwaziso*.

So peinlich mir die Situation war, wunderte ich mich doch vor allem darüber, dass das Streichholz zwischen seinen Zähnen stecken blieb, während er redete. Fast wäre mir ein Lachen entwichen, zum Lachen verging mir aber bald die Lust. Mit wachsendem Entsetzen verfolgte ich, wie er sich bis auf die Unterwäsche auszog und sich zu mir ins Bett legte.

Vor lauter Verblüffung brachte ich kein Wort heraus. Unter der Bettdecke trug ich nichts als das Kondom. Auf einmal nahm ich es wahr – der Latexgeruch schien das ganze Zimmer zu erfüllen. Erstaunlich, dass ihm das nicht auffiel. Ich klammerte mich an die Decke. Er griff nach der Hälfte, die ihm zustand. Ich rückte an den Rand des Betts und harrte dort aus. Er redete. Ich tat so, als hörte ich ihn nicht.

Von nebenan waren immer noch die gleichen Geräusche zu hören, aber das war mir inzwischen egal. Ich blieb liegen, bis sein Atem gleichmäßig wurde und ich sicher war, dass er schlief. Ich ließ die Decke los, woraufhin er sich in meine Richtung drehte. Ich regte mich nicht. So ging es die halbe Nacht weiter, jedenfalls kam es mir so vor, bis er schließlich schnarchte und ich mich ein bisschen entspannte.

Ich muss wach bleiben, ermahnte ich mich. Wach bleiben.

Als ich wach wurde, schien mir die Sonne ins Gesicht, und mein Schlafgefährte war weg. Ich sprang aus dem Bett und wollte das Kondom abstreifen. Es war nicht mehr da. Ich dachte, es klebte mir vielleicht am Rücken, und verrenkte mich nach allen Richtungen, um es zu ertasten, aber vergeblich. Ich schüttelte Decke und Laken aus. Ich schüttelte meine Kleider aus. Ich schüttelte die Kissen aus.

Ich hob sogar die Matratze an und sah unter dem Bett nach. Daraus musste ich schließen, dass ich es im Schlaf verloren und mein Gefährte es aufgelesen hatte.

Ich zog mich an, durchquerte das Wohnzimmer und hoffte, unbemerkt aus dem Hotel und zu meinem Auto schleichen zu können.

Guten Morgen, sagte mein Bettgefährte.

Er saß in der Ecke und tunkte sein Margarinebrot in einen Becher Tee. Das Streichholz bewegte sich mit seinem Mund auf und ab. Immerhin war ich munter genug, um mich zu fragen, ob es das Gleiche war wie am Vortag.

Guten Morgen, sagte ich. Ich muss los.

Wie wär's mit einem Frühstück? Wir bieten beides, Bett und Frühstück.

Ich hab's eilig, sagte ich.

Gute Fahrt.

Er grinste und winkte mir zum Abschied.

Ich rannte zu meinem Auto und raste davon, als wären sämtliche Dämonen Legions hinter mir her.

Als ich die Geschichte zu Ende erzählt hatte, waren der Prado-Fahrer und ich bereits beste Freunde. *Muri vahombe, m'dhara*, sagte er. Du bist mir ja einer. Wir setzten die drei anderen ab, und er bestand darauf, mir einen Drink zu spendieren. Er gab mir sogar die Million zurück, die ich ihm für die Fahrt gezahlt hatte. Als ich an diesem

Abend nach Hause kam, war es längst nach sieben Uhr – zunächst hatten wir im Londoner's getrunken und dann im Tipperary's. Anschließend fuhr er mich nach Hause, und wir nahmen aufs Freundlichste Abschied.

Ich winkte ihm noch hinterher, als Shaky anrief. Ich war in so heiterer Stimmung, dass ich den geplatzten Benzindeal fast vergessen hatte.

Diamanten, *m'dhara*, sagte Shaky. Ich red grad mit jemandem, der jemanden kennt, der uns Diamanten beschaffen kann.

Ich ging mit dem Handy am Ohr ins Haus und hörte zu, während er von den Diamanten erzählte, die man in Marange entdeckt hatte und die uns, ihn und mich, reich machen würden, reicher als jemals erträumt.

LChoice App kostenlos laden,
dann Code scannen und jederzeit
die neuesten Arche-Titel finden.